KB215475

폰더 씨의 위대한 하루
실천편

- 앤디에게는 한 사람의 존재를 규정하는 중요 문제를 선별하여 집중적으로 다룰 줄 아는 특별한 능력이 있다. 『폰더 씨의 위대한 하루 : 실천편』은 중요한 일이 있을 때 결단력을 발휘하는 방법을 알려준다. 정말 탁월한 책이다!

  도크 포글송(미시시피 주립 대학 총장)

- 『폰더 씨의 위대한 하루 : 실천편』은 당신에게 영감을 주고, 영혼 깊숙이 감동을 안겨줄 것이다. 지금 이 순간 삶에서 두 번째 기회를 잡고 싶다면 바로 이 책을 읽어라!

  돈 홉스(휴스 앤드 허더 광고회사 공동 CEO)

- 힘든 과거 때문에 어려움을 겪는 사람이나 불확실한 미래와 씨름하는 사람이라면 『폰더 씨의 위대한 하루 : 실천편』이 당신을 승리로 이끌 것이다.

  존 스타(코 이큅먼트 회장)

- 책을 통해서든 강연을 통해서든 앤디 앤드루스가 들려주는 한 마디 한 마디는 전 세계 기병대대 지휘관의 삶에 깊은 의미를 남기면서 언제까지고 기억될 것이다.

  마이클 W. 울리(미 공군 소령, 공군 특수작전 사령부 지휘관)

- 앤디는 이야기와 유머를 통해 모든 사람이 가장 알기 쉽도록 값진 교훈을 가르친다. 『폰더 씨의 위대한 하루 : 실천편』은 우리가 각자 하는 일과 삶에 커다란 변화를 안겨줄 것이다.

  론다 퍼거슨(파이낸셜 콘셉트사 회장)

▪ 내 친구 앤디 앤드루스는 그야말로 영감 그 자체다! 『폰더 씨의 위대한 하루 : 실천편』을 읽고 당신도 느껴보기를!

레베카 루커(배우, 연예인)

▪ 하느님을 믿는 것과 행동을 취하는 것 사이에 적절한 균형을 잡는 일은 매우 어려운 과제이다. 『폰더 씨의 위대한 하루 : 실천편』은 이런 힘든 과제를 실질적으로 해결하도록 도와준다.

조시 젱킨스(트리하우스샘 닷컴 CEO)

▪ 삶 속에는 혼자 힘으로 이루기 어렵고 다른 사람과 함께 하면 덜 힘들어지는 여러 구성 요소가 들어 있다. 『폰더 씨의 위대한 하루 : 실천편』은 이런 구성 요소를 조화롭고 매끈하게 연결시켜준다.

작스 스미스(머천트플러스 사장)

▪ 『폰더 씨의 위대한 하루 : 실천편』은 재미를 넘어선 그 이상의 뭔가가 있다. 이 책은 우리에게 자신감을 불어넣어 우리 삶 자체를 한 편의 걸작으로 만들도록 이끌 것이다.

제레미 부카르트(스피커크래프트 사장)

하루하루 실천하는 7가지 위대한 결단

폰더 씨의 위대한 하루
실천편

앤디 앤드루스 지음 | 하윤숙 옮김

세종서적

폰더 씨의 위대한 하루 : 실천편

지은이	앤디 앤드루스
옮긴이	하윤숙
펴낸이	이명식
펴낸곳	세종서적(주)
기획	강경혜
편집	주지현 · 장웅진 · 조승주 · 김지영
디자인	박정민 · 박은진
마케팅	김하수 · 강희성 · 이화숙
경영지원	이정태 · 유지연
출판등록	1992년 3월 4일 제 4-172호
주소	서울시 광진구 구의동 74-5 3층
전화	영업 (02)778-4179, 편집 (02)775-7011
팩스	(02)776-4013
홈페이지	www.sejongbooks.co.kr

초판 1쇄 발행 2008년 12월 15일
초판 17쇄 발행 2010년 10월 9일
2판 1쇄 발행 2011년 1월 5일

ISBN 978-89-8407-348-7 14840
ISBN 978-89-8407-346-3 세트

■ 잘못 만들어진 책은 바꾸어드립니다.
■ 값은 뒤표지에 있습니다.

조지아 주 로즈웰의 마리안 타일러와 제리 타일러,
내게 항상 사랑, 지혜, 믿음, 인내, 모범을 보여준
두 분께 무한한 감사를 드리며 이 책을 바칩니다.

| 차례 |

| 머리말 |

2002년 『폰더 씨의 위대한 하루』가 처음 나왔을 때, 다들 이 책을 어떻게 받아들여야 할지 난감해했다. 서점조차 이 책을 어느 분야에 진열해야 할지 결정하지 못했다. 언론 역시 마찬가지였다.

ABC방송국의 「굿모닝 아메리카」라는 프로그램에서 이 책을 소개하자 전국 모든 베스트셀러 목록에 제목이 실리기 시작했다. 「뉴욕 타임스」는 문학 코너에 이 책을 올렸고, 「월스트리트 저널」은 비문학 코너에 올렸다. 반스 앤드 노블 서점에서는 '자기계발', 인터넷 서점 아마존에서는 '문학', 『퍼블리셔스 위클리』에서는 '종교', 「USA 투데이」에서는 '비문학'으로 이 책을 분류했다. 마침내 「뉴욕 타임스」가 자체 분류 방식에 따른 '조언' 분야에 이 책을 올렸다가 다시 '소설' 분야로 옮겼다가 다시 '경제경영' 분야로 옮긴 후에야 비로소 자리를 잡을 수 있었다. 그 후 이 분야에 17주 동안 머물러 있었다.

한 번도 실수한 적 없었던 『퍼블리셔스 위클리』까지도 실수를 저지르면서 이 책 서평을 두 번이나 내놓았다. 짐작하겠지만 두 가지 서평은 내용이 전혀 달랐다. 첫 번째 서평에서는 이 책이 뚜렷한 개성도 없고 재미도 없다고 지적했는데, 바로 다음 주 서평에서는 나를 가리켜 '주목할 만한 작가'라고 평하면서, 이 책은 '새로운 전형을 만들어냈고, 광범위한 독자층에게 정말 있을 법한 진실로 다가갈 것'이라고 했다.

이런 혼란 속에서도 나는 그다지 놀라지 않았다. 25년 동안 이 일곱 가지 결단에 대해 조사하고 연구해온 나 역시 이를 분류하고 제목을 다는 일이 쉽지 않았기 때문이다. 그러나 내가 직접 실천할 때나 남들이 실천하는 모습을 지켜볼 때나, 이 일곱 가지 결단은 언제나 가치 있는 것으로 드러났다.

믿어지는가? 이 결단을 직접 실천하든, 남들이 실천하는 걸 지켜보든, 매 순간 효력을 발휘했다니 놀랍지 않은가? 이 결단은 원칙이며, 원칙은 늘 효력을 가진다. 『폰더 씨의 위대한 하루: 실천편』에서 만나게 될 내용은 결코 일곱 가지 생각이나 일곱 가지 이론을 바탕으로 한 것이 아니다. 그렇다고 일곱 가지 습관을 말하는 것도 아니며, 심지어는 내가 발명하고, 발견한 것도 아니다. 나는 그저 이 존재를 확인하고 20년이 넘도록 그 가치를 증명하는 것에 시간을 쏟은 사람일 뿐이다.

그러므로 이 책을 읽는 동안 원칙은 어떤 경우에도 적용되고 효력을 가진다는 사실을 잊지 마라. 독자가 원칙을 알든 모르든 이것은 우리가 사는 세상에 작용하고 있다. '법을 몰랐다는 건 변명이 되지 못한다'는 말을 들어본 적 있는가? 원칙을 모른다고 해서 원칙에서 예외가 되는 건 아니다. 중력을 모르는 사람이라고 해서 중력에 예외가 되는 것은 아니며 그 역시 나무에서 떨어진다.

지금 당신이 손에 쥔 것은 단순히 25년에 걸친 연구 작업이 아니다. 부모 역할, 인간관계, 경제적 성공 등 개인의 성공을 위한 원칙은 마치 중력의 법칙처럼 세상 모든 것에 영향을 미친다. 그러므로 이 원칙을 배우고 실천함으로써 우리가 선택하는 미래를 만들어갈 수 있는 것이다.

당신 앞에는 재미있는 일이 기다리고 있다.
즐길 준비가 되었는가? 그럼 출발!

앨라배마 주 오렌지 비치에서

앤디 앤드루스

내가 선택하는 대로 사는 삶

일곱 가지 결단을 발견하다

『폰더 씨의 위대한 하루』에 나오는 데이비드 폰더는 매우 딱한 처지에 놓여 있었다. 직장을 잃은 데다 열두 살배기 딸아이는 병이 났고, 치료비조차 마련할 수 없었다. 절망 속에서 괴로워하다가 큰 교통사고를 당했고, 이를 계기로 시간 이동을 통한 발견의 모험을 떠났다. 이 여행길에서 그는 일곱 명의 유명한 역사적 인물을 만나게 되었다. 이들은 폰더에게 각기 다른 결단을 보여주었고, 이는 폰더의 인생을 완전히 바꿔놓았다.

그 누구도 삶의 고통과 그늘을 피해갈 수는 없다. 나 역시 그렇지 못했다고 생각한다. 나는 전형적인 중산층 가정에서 자랐다. 부모님의 사랑을 받으며 살았고 마냥 행복하기만 했다. 적어도 열아홉이 되기 전까지는. 내가 열아홉 살이 되던 해에 어머니가 암으로 세상을 떠났고, 아버지마저 교통사고로 돌아가셨다.

나는 누가 봐도 비참한 처지였다. 혼돈과 슬픔은 순식간에 분노로 바뀌었다. 내가 기대어 도움받을 만한 친척도, 친구도 많지 않았다. 결국 나 나름대로 암담한 상황을 헤쳐나갔지만, 상황은 한없이 나빠지기만 했다. 마음속은 온통 비통한 괴로움과 답도 없는 물음으로 가득했다. 그러는 동안 잇달아 잘못된 선택만 내리면서 나는 노숙자 신세로 전락했다(10년 전에는, '노숙자'라는 단어조차 없었다). 50달러를 빌릴 사람도, 집도, 차도, 일거리도, 미래도 없었다.

앨라배마 주 걸프 쇼어스로 옮겨간 뒤에는 다리 밑에서 잠을 자거나, 알지도 못하는 사람의 집 창고를 전전하며 살았다. 그 당시, 어린 시절에 들었던 성경 구절 하나가 내 마음을 아프게 헤집어놓곤 했다.

하느님은 당신 뜻대로 당신이 놓고 싶은 곳에 사람을 데려다 쓰신다.

"고맙습니다. 하느님이 내게 허락한 자리는 다리 밑이군요."

아무것도 할 수 없는 무력감과 절망감에 빠진 나는 '인생은 그저 복권 같은 건가?'라는 오직 한 가지 물음만 계속 던지고 있었다.

　건강한 가족과 함께 좋아하는 일을 하면서 살아가는 사람이 있는가 하면 다리 밑에서 살아가는 사람도 있다. 왜 이런 걸까? 삶은 결국 제비뽑기인가? 삶이 정말 복권 같은 것이고 내 손에 쥔 게 고작 이런 거라면, 차라리 버리는 게 낫지 않을까? 이때 나는 처음으로 자살을 생각했다.

　시간을 이동해서 다른 어딘가로 갔다면 행운이라고 여겼을까? 지금 여기만 아니라면 상관없다고 여겼다. 그러나 나는 그쪽으로 가지 않았다. 대신 생선 손질이나 선박 청소 같은 허드렛일을 시작했으며, 남는 시간에는 자주 도서관을 찾았다. 도서관 무료 이용권은 나를 새로운 차원의 세계로 안내하는 티켓이었다. 그곳은 무한한 가능성을 가진 전 세계의 눈부신 영웅으로 가득 찬 세상이었다.

　그 후 2년 동안 나는 유명한 사람들의 표정을 200~300권이나 읽었다. 행복하게 성공적인 삶을 누리면서 이 세상에 많은 영향을 미친 이들은 다들 자기만의 방식으로 세상을 변화시켰다. 그 중에는 많은 돈을 번 사람도 있었지만, 돈이 내게 감동을 안겨주지는 않았다. 나는 부모로, 친구로, 기업가로, 리더로 만족과 행복 속에서 성공을 일구었던 사람과 만나고 싶었다.

도서관에서 시간을 보내던 중 언젠가부터 자기연민은 열정으로 바뀌었다. 나는 평전의 주인공이 어떻게 그런 삶을 살았는지 방법을 알아내기로 했고, 이를 내 사명으로 삼았다. '그들'에게는 뭔가 특별한 게 있었던 걸까? 어떻게 그리 운이 좋았을까? 그들의 행동 속에는 뭔가 특별한 게 있었을까? 그들만의 어떤 공식이 있는 걸까? 그렇다면 그 공식은 종교나 사회적 지위에서 온 걸까? 삶은 그저 주사위가 굴러가는 대로 결정되는 복권 같은 게 아니라고 믿고 싶었다. 어느 책에선가 알베르트 아인슈타인은 무작위적 가능성, 즉 신이 주사위를 굴린다는 생각을 좋아하지 않았다는 글을 읽었다. 그렇다면 나는 왜 아인슈타인과 다른 생각을 했던 걸까?

찾으라, 그리하면 찾아낼 것이다

구하라, 그리하면 너희에게 주실 것이요. 찾으라, 그리하면 찾아낼 것이요. 문을 두드리라, 그리하면 열릴 것이다.

「마태복음」 7장 7절

처음 읽기 시작한 평전의 주인공으로는 윈스턴 처칠, 조지 워싱턴 카버, 조슈아 체임벌린, 윌 로저스, 잔 다르크, 에이브러햄 링컨, 빅터 프랭클 등이 있었다. 이 평전들을 읽는 동안 일정한 패턴이 보이기 시작했다. 그들이 처한 역사적 상황은 달랐지만, 그 삶 속에 씨줄과 날줄처럼 얽혀 있는 공통의 실이 보였다. 훌륭한 위인은 세상을 보는 방식이 같았고, 비슷한 원칙을 가진 비슷한 신념 체계에서 힘을 얻었으며, 이 신념에 따라 행동하고 세상과 관계를 맺었다.

나는 단서가 될 만한 것들을 열심히 찾아보았다. 강한 호기심을 느끼면서, 다양한 삶 속에 드러나 있으며, 각 인물이 구현한 현실적인 일곱 가지 요소를 찾아나갔다. 이 요소들은 차츰 일곱 가지 원칙으로 뚜렷한 모습을 나타냈다. 어떤 위인은 힘겨운 상황에 처하고 나서 이 일곱 가지 원칙을 깨달았고, 더러는 일찍부터 깨달은 인물도 있었다. 나처럼 일찍부터 이 원칙을 깨닫지 못한 사람도 매일 이 원칙대로 살아갈 수 있을까? 이 원칙을 내 것으로 익힌다면 어떻게 될까? 언젠가 '내 삶'도 글로 남길 만한 가치를 갖게 될까?

그날 이후 내 스스로 실험 대상이 되어 지금까지도 실험을 계속하고 있다. 지난 25년 동안 나는 매일 이 일곱 가지 결단을 내 삶 속에 하나로 통합했고, 다른 사람들과 늘 이에 관한 이야기를 나누었다. 친구들의 입에서 "자네는 이 일곱 가지 결단 때문에 성공한 게 확실해"라는 소리가 나왔다. 그들이 성공을 어떻게 정의하는가에 따라 내 성공을 달리 이해했겠지만 나는 이 한 가지는 분명하게 말할 수 있다. '몇 가지 이유에서 볼 때 나는 이 세상이 알고 있는 모든 성공적 삶의 이야기를 가장 많이 접한 관객 중 한 명'이라고 말이다.

나는 네 명의 미국 대통령을 만날 기회가 있었다. 보브 호프와 함께 그의 집 뒷마당에서 조용히 이야기를 나누었으며, 노먼 슈워츠코프 장군과 숲속을 거닌 적도 있고, 가스 브룩스(1962~, 미국 컨트리 음악 가수), 케니 로저스(1938~, 미국 컨트리 음악 가수), 랜디 트래비스(1959~, 미국 가수 겸 배우)와 함께 버스를 타고 다니며 어울려 놀기도 했으며, 라스베이거스에서 셰어 리버스, 조앤 리버스와 함께 무대 뒤에서 시간을 보내기도 했고, 바트 스타(1934~, 미국 프로 미식축구 선수)와 여러 번 점심을 먹었으며, 낸시 로페즈(1957~, 미국 여자 프로 골퍼)와 골프 코스를 산책했고, 아일랜드공화군 지도자 게리 애덤스(1948~, 아일랜드 신페인당 총재)가 옆방에서 기다리는 동안 더블린에서 FBI 국장과 사적으로 아침 식사를 함께하기도 했다.

나는 이런 기회들을 이용하여 좋은 질문이라고 생각되는 것을 물어보았다. 좋은 대답은 수준 있는 질문에 달려 있다. 나는 내가 이미 아는 것을 다시 확인해주거나 더욱 폭넓은 진실로 안내하는 질문을 던지고 싶었다. 그래서 다음과 같은 질문을 던졌다.

- 우울할 때 가장 먼저 하는 일은 무엇인가?

- 지금까지 살아오면서 가장 중요한 결단은 무엇이었는가?
- 지금까지 살아오면서 가장 최악의 결단은 무엇이었는가?
- 18세 아이에게 들려주고 싶은 한 가지 지혜가 있다면 무엇인가?
- 당신의 부모가 보여준 가장 멋진 행동은 무엇인가?
- 잠자리에 들기 전에 마지막으로 하는 일은 무엇인가?
- 어린 시절에 누군가가 당신의 삶에 큰 변화를 일으킨 일이 있는가?

성공한 사람의 삶 속에는 일곱 가지 결단이 서로 얽혀, 그의 삶 전체를 관통하는 것을 거듭 확인할 수 있었다.

2002년 『폰더 씨의 위대한 하루』가 출판된 뒤 많은 사람들이 일곱 가지 결단에 호응을 보냈다. 전 세계 백만 명이 넘는 사람들이 일곱 가지 결단을 각자의 삶과 통합시키기 위해 노력했고, 이로써 일곱 가지 결단과 관련한 내 실험 범위가 훨씬 넓어졌다. 나는 매주 행복한 축복처럼 각계각층의 사람들에게서도 경험담을 듣고 있다. 이들은 데이비드 폰더의 서약을 이야기하며, 자신들도 일곱 가지 결단의 삶을 살고 나서 생의 큰 전환을 맞이했다고 전해주었다.

일곱 가지 원칙, 일곱 가지 결단

이 일곱 가지 결단은 '언제나' 힘을 발휘한다. 우리가 의식하든 그렇지 않든 간에, 지금 이 순간에도 현실에 영향을 미치고 있다. 앞으로 얘기하겠지만 우리의 생각이 곧 하나의 길이 되어 성공이나 실패로 이어지며, 일곱 가지 원칙을 얼마나 잘 이해하고 있는가에 따라 우리의 생각이 정해진다. 따라서 이 일곱 가지 결단을 보다 깊이 있게 설명하고 실례를 보여줌으로써 독자가 뚜렷한 차이점을 깨닫고 이를 기반으로 꿈꾸던 미래를 만들어 갈 수 있도록 할 것이다.

뉴턴의 머리 위로 사과가 떨어지기 전에도 중력의 법칙은 작용했다. 그러나 일단 뉴턴이 중력의 법칙을 이해하고 나자, 인류는 이 법칙의 힘을 이용하여 비행, 현수교 제작, 우주 여행 등을 이룰 수 있었다.

이와 마찬가지로 성공적인 부모 역할, 인간관계, 경제적 성취의 원리도 항상 작용하고 있다. 우리 모두 이를 활용할 수 있으며, 이를 배우고 실생활에 적용함으로써 자신이 선택한 미래를 만들어낼 수 있다. 예를 들어 자기 삶에 책임지는 자세가 어떤 영향을 가져올지 생각해보자. 한 사람의 인생이 얼마나 나아질까? 한 가지 원리만으로도 강력한 힘을 발휘하는데, 일곱 가지 원칙의 힘을 한데 쌓아올린다고 상상해보라. 삶을 변화시키는 일곱 가지 원리를 하나의 공통된 힘으로 모아놓으면 사소한 산술적 변화를 훌쩍 뛰어넘어 기하급수적인 폭발을 일으킬 것이다. 일곱 가지 결단을 완전히 내 것으로 익히면 나뿐만 아니라 내 주변 사람들의 삶까지도 달라질 것이다.

좀 더 깊이 들어가기 전에 '개인의 성공을 결정하는 일곱 가지 결단'을 소개한다.

첫 번째 ▪ 책임지는 결단

공은 여기서 멈춘다. 내 과거는 모두 내 책임이라고 인정하며, 내 성공을 책임질 것이다. 과거의 삶이 내 운명을 좌우하지 못하도록 할 것이다.

책임지는 결단은 지금 내가 서 있는 삶의 모습을 놓고 더 이상 다른 사람과 외부 환경을 탓하지 않는 방법을 알려준다. 우리는 더 이상 남을 탓하지 않고 자기 인생길을 스스로 계획하며 우리 삶 속에서 선택한 진정한 힘을 증명하는 증거를 보여줄 것이다.

두 번째 ▪ 지혜를 구하는 결단

나는 지혜를 찾아 나서겠다. 하느님은 선택의 기회를 만들기 위해 산을 옮겼다. 나를 옮기는 것은 내 몫의 일이다.

지혜를 구하는 결단은 책이나 사람, 봉사를 통해 소중한 조언을 발견하도록 도와준다. 우리 삶에서 영향력 있는 사람과의 관계망을 제대로 평가하고 다른 사람의 지식에서 지혜를 구하며, 봉사하는 삶에 헌신하게 된다.

세 번째 ▪ 행동하는 결단

나는 행동하는 사람이다. 달리는 한 사람을 위해 많은 사람이 길에서 비켜서고, 더러는 달리는 사람의 뒤를 쫓아가기도 한다. 나는 먼저 달리는 사람이 될 것이다.

행동하는 결단은 기상 나팔소리다. 성공하는 삶을 실현하기 위해서는 일관된 행동이 무엇보다 중요하다. 대단한 성공을 이룬 사람의 업적을 보고 나면 어마어마한 규모에 놀라기도 하고 때로는 심한 좌절을 느끼기도 한다. 그러나 이러한 업적의 대부분은 결코 멈추지 않는 행동의 결과다.

네 번째 ▪ 확신에 찬 결단

나는 단호한 마음을 가지고 있다. 비판, 비난, 불평은 바람 같은 것이다. 이것들은 시시한 사람이 내뱉는 쓸데없는 숨결에 따라 이리저리 흔들릴 뿐 나를 지배하지 못한다.

확신에 찬 결단을 통해 두려움과 판단의 벽을 뚫고 나아갈 수 있으며, 단호한 의지로 온 마음을 모아 우리의 꿈을 좇을 수 있다. 확고한 마음이 있으면 우리가 나아가야 할 길에 대한 확신을 가질 수 있다.

다섯 번째 ▪ 기쁨 가득한 결단

오늘 나는 행복한 사람이 될 것을 선택하겠다. 나의 선택이 내 삶을 만들어간다.

기쁨 가득한 결단은 오해의 소지가 가장 많은 결단이다. 기쁨 가득한 결단은 행복이 선택이라는 사실을 입증한다. 지금 이 순간 내가 행복하지 않다면 이는 내 선택의 결과이지, 삶의 환경 때문이 아니다.

여섯 번째 ▪ 연민 가득한 결단

나는 매일 용서하는 마음으로 오늘 하루를 맞이하겠다. 나는 나를 부당하게 비판한 사람들도 용서하겠다. 나는 나 자신을 용서하겠다.

연민 가득한 결단은 내 마음과 정신과 영혼을 치유한다. 분노와 원한으로 가득 차 있으면 정신이 병들고, 다른 여섯 가지 결단에 따라 살아갈 능력이 떨어진다. 용서하면 영혼의 자유를 얻는다.

일곱 번째 ▪ 끈기 있는 결단

나는 어떠한 경우에도 물러서지 않겠다. 이성은 기껏해야 어느 정도까지만 뻗어나갈 수 있지만 믿음은 무한하게 뻗어나간다. 내일을 실현하는 데 유일하게 한계가 되는 것은 오늘 내 마음속에 품는 의심뿐이다.

물러서지 않는 결단은 위험스러울 정도로 '끝까지' 물러서지 않는 태도를 보여준다. '예외 없이' 고집스레 밀고 나가는 것이야말로 삶의 어느 영역에서든 비범한 성공을 거두는 데 가장 중요한 열쇠가 된다. 물러서지 않은 결단을 일관되게 밀고 나갈 때 무한한 성공을 거둔다.

이 시대의 여행자

나는 지금도 평전을 즐겨 읽는다. 1980년대 후반에 들어서면서 나는 성공학 연구에 보다 적극적인 접근 방법을 시도했다. 평전을 읽고 몇몇 특출한 인물을 인터뷰하는 형식에서 더 나아가고 싶었다. '꼭 내가 아는 사람이 아니더라도 성공한 사람과 만나서 이들에게 성공 비법을 듣고, 거절이나 실패의 경험을 극복하는 전략을 알려달라고 하면 어떨까?'

나는 언론, 스포츠, 비즈니스, 예술, 정치 분야에서 각기 성공을 거둔 사람들에게 받은 수백 통의 편지를 정리했다. 각 분야의 대표 인물로 인정받는 척 예거 장군(1923~, 최초로 음속을 돌파한 비행사), 노먼 빈센트 필(1898~1993, 목사이자 저술가로 『적극적 사고방식』의 저자), 데일 언하트(1951~2001, 미국의 카레이서), 슈거 레이 레너드

(1956~ , 미국 프로 권투선수), 바비 보든(1929~ , 미국 대학 미식축구 코치), 엘리자베스 테일러(1932~ , 미국 영화배우), 마이크 에루치오네(1954~ , 이탈리아계 미국 아이스하키 선수), 오빌 레덴바셰르(1907~1995, 브라질 태생의 미국 기업가) 같은 이들이 자신의 영광과 쓰라린 패배의 경험담을 들려주었다.

놀랄 일도 아니지만, 이들이 보내준 편지에서 일곱 가지 결단의 원칙이 메아리처럼 반복되는 걸 볼 수 있었다. 내 성공이 다시 한 번 확인된 셈이다. 나는 이 수백 통의 편지를 정리해서, 각 결단의 내용을 가장 잘 보여주는 일곱 통의 편지를 선정하여 편집했다. 이 책에 실린 편지들을 통해 일곱 가지 결단을 보다 깊이 이해할 수 있을 것이다.

리더의 자질

두 차례의 세계대전에 모두 참전했던 조지 패튼 장군은 이런 말을 했다.

"적극적으로 나서서 결단을 내려라. 이것이야말로 훌륭한 리더가 가져야 할 가장 중요한 자질이다."

이 책에는 '리더십'이라는 단어가 자주 나오진 않지만, 사실은 이 책에 적힌 모든 내용이 리더십의 원칙을 보다 강화하는 데 도움을 주고 있다. 따라서 '일곱 가지 결단'은 우리가 되고 싶어 하는 리더의 길로 우리를 이끌어줄 것이다.

원하는 삶을 살기 위해서는 리더십, 혹은 이끌어가는 능력이 절대적으로 필요하다. 그러나 일반적으로 리더십 강의나 과정은 너무 과장되고 복잡해서 오히려 많은 사람의 발목을 잡는 장애가 되고 있다. 리더십에 관한 책을 천 권 읽었다고 해서 유능한 리더가 되는 건 아니다.

리더십의 비법은 아주 단순하다. 사람들을 이끄는 데 필요한 모든 자질은 이미 우리 안에 들어 있다. 우리 스스로 이를 알아보고 꺼내어 이용하면 된다. 우리의 생각이 성공을 낳기도 하고 실패를 가져오기도 한다. 생각을 바꾸라. 우리는 이미 리더이며, 이런 생각을 하는 순간 우리의 운명이 바뀐다.

내가 일곱 가지 결단을 주제로 이야기하고 나면 사람들은 정

훌륭한 지도자는 다른 사람의 기준에서 볼 때 그다지 현실적인 사람이 아니다.
이들은 종종 이상한 사람으로 취급받기도 한다.
주변의 부정적인 예상이나 감정 같은 건 무시하거나 아예 듣지도 않으며
자기만의 길을 헤쳐나간다. 할 수 없다는 얘기 따위는 듣지 않기 때문에
이들은 지속적으로 한 차례씩 위대한 일을 해낸다.

말 놀랍게도 내게 와서 한탄스런 표정으로, "난 타고난 지도자가 아니에요"라고 말한다. 나는 이렇게 대답한다.

"그렇지 않아요. 당신은 타고난 지도자예요."

많은 사람들이 자신에게는 리더의 자질이 없다고 생각한다. 아니, 절대로 그렇지 않다. 우리 모두 리더의 자질을 타고났다.

일곱 가지 결단 속으로 들어가기 전에 우선 이 점을 이해하는 게 가장 중요하다. 리더십이란 알고 보면 다음 두 가지로 요약된다. 하나는 자기 자신에 대한 전망이나 믿음이고, 다른 하나는 흔히 '호감'이라고 일컫는 특성이다. 호감이란 다른 사람과 교감을 쌓아 그들이 내 말을 귀담아듣도록 하는 것이다. 사람들은 좋아하는 이의 말을 귀담아듣는다.

우리는 이미 타고난 지도자다. 비록 대상이 어린아이일지라도 우리에게는 누군가를 이끌어본 경험이 분명히 있다. 크게 보면 리더십이란 자기가 믿는 생각이나 의견을 다른 사람에게 확실하게 말해주고 설령 비판이나 이견이 있더라도 이런 확신을 끝까지 지켜내는 힘을 말한다.

친구들과 어울리다 보면 누군가의 입에서 반드시 나오는 말이 있다.

"뭐 먹으러 갈까?"

"글쎄, 넌 뭐 먹고 싶은데?"

이럴 때 필요한 건 누군가의 한마디이다.

"햄버거 먹으러 가자."

사람들이 모여 어울릴 때 무슨 영화를 보러 갈지, 어느 식당으로 갈지 결정하는 사람은 대체로 한 사람으로 정해져 있다는 사실을 생각해본 적이 있는가?

여기에는 기본적으로 두 가지 이유가 있다. 모든 사람이 그 사람에게 호감을 갖고 있기 때문이고, 그 사람이 항상 뭔가 말을 하기 때문이다. 그 사람은 자기 생각을 표현하고, 다른 사람은 대체로 그 생각에 묵묵히 따른다. 인정하지 않는 사람도 있겠지만, 리더십이란 바로 이런 것이다.

사람들이 곁에 있고 싶어 하는 사람이 되어 영향력을 높이는 데 기본 바탕이 되는 것이 바로 이 일곱 가지 결단이다. 시중에 나온 숱한 책들, 리더십 기술이나, 설득 능력, 베스트셀러라고 하는 책보다 이 일곱 가지 결단이 우리를 보다 확실하게 영향력 있는 리더로 만들어줄 것이며, 모든 것을 쏟아놓기 위한 무대를 찾아줄 것이다.

물론 실무 기술을 가르치는 책이나 세미나도 중요하다. 그러나 일곱 가지 결단을 실천하지 않은 상태에서는 솔직히 중요한 의미를 갖지 못한다. 우리가 '올바른' 답을 알고 있고 모든 말과 통계 자료를 줄줄이 꿰고 있더라도 이 모든 것이 의미를 지니기 위해서는 다른 사람이 우리 곁에 있고 싶어 하고 우리에게 존경의 마음을 가져야 한다. 일곱 가지 결단은 모든 비즈니스 개선

활동의 토대가 된다. 이 책을 읽는 동안 '리더십'이라는 단어가 별로 보이지 않더라도 여기 나온 모든 원칙이 우리를 보다 나은 리더로 만들어줄 거라는 점을 기억해두라.

이 책을 읽는 법

내가 이 책을 쓴 목적은 한 가지다. 개인의 성공을 결정하는 일곱 가지 결단을 자기 것으로 익히도록 하기 위해서이다. 우리는 시간이 별로 없기 때문에 수백 권이나 되는 평전을 일일이 찾아 읽으면서 각계각층에서 성공을 이룬 사람이 이 일곱 가지 원칙에 따라 어떤 삶을 살았는지 확인할 수 없다. 『폰더 씨의 위대한 하루: 실천편』은 개인 성공 매뉴얼이 되어 각자가 원하는 삶에서 보다 높은 성취감을 얻도록 도와줄 것이다.

이 책을 읽기 전에 반드시 『폰더 씨의 위대한 하루』를 읽어야 하는 것은 아니다. 그러나 그 책에 실린 여러 이야기는 앞으로 우리가 떠나게 될 여행길에 설레는 감동을 안겨줄 것이다. 독자의 편의를 돕기 위해 데이비드 폰더가 역사적 인물 일곱 명에게서 받았던 일곱 가지 결단을 이 책에 그대로 옮겨놓았다. 아울러 내가 '일곱 가지 결단 강의'에서 종종 이용하는 실전 훈련을 각 내용별로 실어놓았다. 이 실전 훈련을 통해 일곱 가지 결단을 각자의 삶 속에 보다 단단하게 통합시킬 수 있을 것이다.

주의할 점은, 우리의 독서 습관이 대체로 수동적이라는 점이다. 의자에 기대거나 침대에 누운 채로 마치 꿈결 속을 헤매듯 책장을 넘긴다. 물론 기분 전환이나 재미를 위한 것이라면 이런 방식도 나쁘지 않을 것이다. 그러나 이 책에 실린 정보는 차원이 다르다. 그런 방식은 이 정보를 처리하기에 적절하지 않다. 잠자는 동안 책을 머리 위에 얹어놓으면, 마치 식물 뿌리가 물을 빨아들이듯이 뇌가 이 책의 모든 정보를 빨아들인다면 얼마나 멋질까?

이 책의 정보를 보다 잘 이해할 수 있도록 몇 가지 적극적인 방법을 도입하면 훨씬 도움이 될 것이다. 좀 더 자세히 설명하자면 이렇다.

- 공감하는 특정 부분은 되풀이해서 읽는다.
- 형광펜을 칠하고, 밑줄을 긋는 등 나만의 표시를 해가면서 읽는다.
- 별도의 공책이나 다이어리를 이용하여 실전 훈련을 완벽하게 마무리한다.
- 일정 기간 지속해야 하는 실전 훈련의 경우, 도중에 흐지부지되지 않도록 한다.

이 일곱 가지 결단은 쉽게 이해된다. 사실 사람들이 이 결단대로 살지 않은 이유 중 하나는 내용이 너무 단순해 보이기 때문이다. '우리가 찾아야 할 삶의 해답은 이 일곱 가지 결단에 비해 훨씬 더 복잡할 거야.' 다들 이렇게 느끼기 때문에 삶의 단순한 진실이 진정한 가치를 인정받지 못한다.

책을 끝까지 읽은 다음 실전 훈련을 해보는 사람이 있는가 하면, 한 가지 결단의 내용이 끝날 때마다 실전 훈련을 완전히 끝마치고 다음 결단으로 넘어가는 사람도 있다. 어떤 식으로든 반드시 실전 훈련을 해야 한다. 책을 읽기만 해서는 안 된다. 실전 훈련을 끝까지 마무리하고, 나아가 여러 번 반복할 때 일곱 가지 결단을 진정 자신의 것으로 익힐 수 있다.『폰더 씨의 위대한 하루: 실천편』은 경험을 바탕으로 한 학습 과정이자 참고 매뉴얼이며, 우리가 원하는 삶을 향해 여행길에 나설 때 동반자가 되어줄 것이다.

앞으로 참고할 일이 있을 때 쉽게 찾아볼 수 있도록 실전 훈련을 할 때는 낱장의 메모지가 아니라 공책이나 다이어리를 이용하길 바란다. 돈을 투자하여 가죽 양장본 다이어리를 구입하는 것도 좋은 방법이다. 이 다이어리 안에 평생의 꿈, 목표, 독창적인 아이디어, 추억, 인생의 교훈이 될 만한 가치를 담아놓으면 또 다른 재미를 느낄 것이다.

일관성의 힘

우리 모두 지속적인 성공을 거둘 수 있다. 지금까지 살아오면서 한 번쯤은 일곱 가지 결단 중 한 가지를 실행해본 일도 있을 것이다. 이 결단은 단순해서 이해하기는 쉽지만, 실천하는 건 쉽지 않다. 하지만 평생의 성공을 얻기 위한 비법은 오로지 일곱 가지 결단을 일관되게 적용하는 데 있다.

우리는 새로운 것을 접하면 시험 삼아 몇 번 해본다. 결과적으로 효과가 있으면 좀 더 보강하여 지속적으로 실시하지만 그렇지 않을 경우에는 포기한다. 심리학에서는 이를 가리켜 효과의 법칙이라고 한다. 몇 번 해보고 보상이 따르면 계속하지만 반대로 그 일 때문에 혼이 나거나 고통스러우면 피하게 된다. 뚜렷한 의식을 가지고 일관되게 일곱 가지 결단을 적용해나가려면 처음에는 어려울 수밖에 없다. 비록 마음에 들지 않는 삶일지라도 우리에게는 익숙하며, 익숙함은 편안함을 안겨주기 때문이다. 비록 빚도 산더미고, 일도 지지부진하며, 인간관계에 문제가 생겼다 하더라도 우리는 이런 삶에 안주하는 성향이 있다.

결단은 기술이나 능력이 아니라 근육 같은 것이다. 웨이트트레이닝을 해본 적이 있는가? 한 번도 들어보지 못한 무게, 예를 들어 20킬로그램을 처음 들어 올릴 때는 무척 힘들다. 몇 차례 반복하더라도 근육이 찢기는 아픔은 여전할 것이다. 20킬로그램을 들어 올리는 것도 힘들지만 여기에 심한 근육통까지 겹쳐서 다시는 헬스장에 오지 않을지도 모른다. 그러나 마음을 단단히 먹고 일시적인 불편을 감수하면서 계속 20킬로그램을 들어 올린다면 마침내 우리 몸이 적응하면서 운동도 한결 수월해지고 통증과 고통도 사라진다.

일곱 가지 결단을 일관되게 적용하다 보면 정말 기적 같은 일이 생긴다. 한때 '불가능하다'고 결론 내렸던 일이 현실로 나타나고, 예전에는 나를 피해 다니기만 했던 기회가 이제는 내 곁으로 찾아올 것이다. 사사건건 뒤얽히기만 하던 인간관계는 술술 풀려가고, 투쟁과도 같았던 삶은 흥미진진한 모험처럼 다가온다. 예전에는 한계가 버티고 있던 곳에서 가능성이 보이고, 젖 먹던 힘까지 짜내어 '몰아붙이던' 삶은 끝나고 인생의 선물이 내 앞에 '저절로' 모습을 드러낸다. 사람들은 당신에게서 멘토나 안내자, 리더의 모습을 보면서 곁에 머물고 싶어 한다. 이러한 삶의 변화는 주위 사람들, 배우자나 가족, 친구나 동료에게도 전염되고, 심지어는 엘리베이터나 마트에서 만난 사람들도 '일곱 가지 결단'으로 달라진 당신의 모습을 보고 기운이 날 것이다.

일곱 가지 결단을 내 것으로 끌어안으면 이루 헤아릴 수 없이 많은 보상이 따른다. 이제 막 여행길에 올라 새로운 삶을 시작할 때라면 특히 이 말을 명심하라. 힘들고 어려운 일은 이때 생기기 때문이다. 일곱 가지 결단은 우리를 결코 실망시키지 않을 거라고 굳게 믿어라. 이 일곱 가지 결단을 일관되게 적용하고 부지런히 노력하면 우리 앞에는 반드시 풍요로운 성공이 기다린다.

1

책임지는 결단

공은 여기서 멈춘다

개인의 성공을 위해서 '책임지는 결단'은 열쇠와 같으며,
시작을 의미한다. 지나간 과거를 자신의 책임으로 받아들일 때
특별한 미래로 나아갈 수 있다.

「폰더 씨의 위대한 하루」 중에서

우리는 모두 우리가 선택한 상황 속에 있는 걸세.
우리의 생각이 성공과 실패의 길을 결정하는 거야.

해리 트루먼 대통령

『폰더 씨의 위대한 하루』에서 해리 트루먼 대통령은 데이비드 폰더에게 개인의 성공을 결정하는 첫 번째 결단을 선물로 주었다.

공은 여기에서 멈춘다

지금 이 순간부터 나는 나의 과거에 대하여 총체적인 책임을 진다. 나는 지혜의 시작이 내 문제에 대한 책임을 받아들이는 것임을 안다. 내 과거에 대하여 책임을 짐으로써 나는 나 자신을 과거로부터 해방시킬 수 있다. 내가 스스로 선택한 더 크고 밝은 미래로 나아갈 수 있다.

나는 앞으로 나의 현재 상황에 대하여 그 누구에게도 책임을 전가하지 않겠다. 나의 교육 배경, 나의 유전자, 일상생활의 다양한 여건이 나의 미래에 부정적인 영향을 주지 않도록 하겠다. 내가 성공하지 못한 이유를 이런 통제하기 어려운 힘들에 미룬다면, 나는 과거의 거미줄에 사로잡혀 영원히 빠져나오지 못할 것이다. 나는 앞을 내다보겠다. 나의 과거가 나의 운명을 지배하도록 내버려두지 않겠다.

공은 여기서 멈춘다. 나는 내 과거에 대하여 모든 책임을 진다. 나는 내 성공에 대해서도 책임을 지겠다. 내가 오늘날 심리적으로, 육체적으로, 정신적으로, 재정적으로 이렇게 된 것은 내가 선택한 결단의 결과이다. 나의 결단은 언제나 나의 선택에 의해 좌우된다. 나는 나의 사고방식을 바꿈으로써 늘 적극적인 방향을 지향하고, 파괴적인 방향은 거들떠보지도 않겠다. 나의 마음은 미래의 해결안을 응시하고, 과거의 문제에는 더 이상 집착하지 않겠다. 나는 이 세상에 긍정적인 변화를 가져오려고 애쓰는 사람들과 사귀려고 노력하겠다. 나는 편안한 것만을 추구하는 사람들과 어울려 편안한 것만 추구하는 방식은 철저히 배제하겠다.

결단을 내려야 할 상황이 되면 반드시 결단을 내리겠다. 하느님께서 나에게 늘 올바른 결단을 내릴 수 있는 능력을 주셨다고 생각하지 않는다. 하지만 일단 결단을 내리는 능력과, 또 잘못된 결단을 내렸을 경우 그것을 시정하는 능력은 주셨다고 생각한다. 감정의 기복에 따라 나의 정해진 노선을 벗어나는 일은 결코 없을 것이다. 일단 결단을 내리면 끝까지 그것을 밀어붙일 것이다. 나의 모든 정성을 기울여 그 결단 사항을 실현하려 할 것이다.

공은 여기서 멈춘다. 나는 내 생각과 내 감정을 통제한다. 앞으로 "왜 하필이면 나지?"라는 질문을 던지고 싶을 때면, 즉각 "나에게는 안 된다는 법이 어디 있나?"라고 답변하겠다. 도전은 하나의 선물이고 또 배울 수 있는 기회이다. 역경이 찾아오면 나는 그것을 해결해야 할 문제로 생각하지 않겠다. 단지 선택해야 할 문제가 있을 뿐. 내 생각은 명료하므로 올바른 선택을 할 수 있을 것이다. 역경은 위대함으로 가는 예비 학교이다. 나는 이 예비 학교에 입학한다. 나는 멋진 일을 해내고 말겠다!

나는 나의 과거에 대하여 총체적 책임을 진다. 나는 내 생각과 내 감정을 통제한다. 나는 내 성공에 대하여 책임을 진다.

공은 여기서 멈춘다.

남 탓하기는 이제 그만

큰 싸움을 구경하고 싶다면 텔레비전을 켜기만 하면 된다. 시사 토크 프로그램에서는 쉴 새 없이 전쟁이 벌어진다. 한쪽에서 이렇게 말한다.

"이 사람들은 책임을 받아들여야 해요. 스스로 책임을 느낄 때까지……."

다른 쪽에서 대답한다.

"그러나 그들 잘못이 아니에요. 그들을 탓하면 안 됩니다. 그렇지 않나요?"

모두 설득력 있는 주장을 내세우지만 양쪽 모두 틀렸다.

우리는 무엇을, 혹은 누구를 탓하는가? 부모를 탓하고, 날씨를 탓하고, 경제를 탓하고, 대통령을 탓하고, 배우자를 탓한다. 놀랍지 않은가? 어떻게 매번 탓할 대상이 생각날까?

우리는 마음속으로 생각한다. 오늘 내가 놓인 상황은 다른 사람과 외부 상황이 내게 저지른 일의 결과다. 다른 사람을 탓하고 다른 일을 탓하다 보면 힘이 약해진다. 우리는 '내 잘못이 아니야'라고 주장한다. 이런 사고방식에 동의하는 순간, 어떤 성공이든 가능성은 급격히 줄어든다.

예전에 내가 집도 없이 다리 밑에서 밑바닥 생활을 하고 있을 때, 누군가 내게 "이것도 다 네가 선택한 거야"라고 말한 적이 있었다. 이 말을 처음 들었을 때는 화가 치밀었다. '난 절대 이런 삶을 선택하지 않았어. 부모님만 돌아가시지 않았더라도, 보험금만 있었더라도, 아니, 누군가 날 도와줄 방법만 있었더라도, 정말 그렇기만 했더라도 이런 꼴은 되지 않았을 거야.' 그 당시에는 이런 생각만 했다.

우리가 지금 처한 현실을 자기 책임으로 받아들이지 않을 경우 미래를 바꿀 가능성이 없다는 점에서 이런 사고방식은 문제점을 지닌다. 자기의 현실이 대통령 탓이고, 이웃 탓이고, 배우자 탓이고, 정부 탓이고, 날씨 탓이라면, 정말 그렇다면 우리는 아무것도 할 수 없다. 우리가 대통령을 상대로 뭘 할 수 있단 말인가? 날씨를 상대로 뭘 할 수 있단 말인가? 하다못해 이웃에게는 뭘 할 수 있단 말인가? 확실히 말하지만 '아무것도 할 수 없다.' 그러나 거울 속의 자기 모습을 보면서 문제의 해답을 찾는다면, 바로 내 옆에 해결책이 있다면, 무한한 가능성이 있다. 오늘 당장 자신을 상대로 노력을 시작할 수 있기 때문이다.

시사 토크 프로그램에 출연하는 사람들이 미처 깨닫지 못하는 사실이 있다. 어떤 상황을 놓고 책임 소재를 따지거나 누군가의 기분을 상하게 하는 것이 책임은 아니라는 점이다. 책임이란 희망과 통제를 뜻한다. 우리 중 어느 누가 스스로 통제하는 멋진 미래를 '희망'하지 않겠는가? 책임감에 대한 아주 색다른 시각, 즉 '우리 스스로 미래를 통제할 수 있다'는 생각을 널리 퍼뜨릴 때 우리는 희망으로 가득 찬다. 우리 중 어느 누가 더 나은 미래를 원하지 않겠는가? 이 일곱 가지 결단은 오늘 우리의 선택에 영향을 미쳐서 더 나은 내일을 가져다줄 것이다.

스스로 생각할 시간을 가지면서 판단하는 게 중요하다. 이미 일어난 말도 안 되는 일 자체를 나 혼자 힘으로 어떻게 해볼 수는 없더라도 우리가 대응 과정에서 스스로 정한 선택 때문에 이처럼 마음에 안 드는 상황에까지 온 거라고 깨달아야 한다.

우리의 선택이 우리를 원치 않는 상황으로 몰고 간다. 그렇다면 이거야말로 빅 뉴스다. 자신이 선택했지만 이 때문에 원치 않는 상황으로 몰린다면, 우리가 선택을 해서 '원하는' 방향으로 갈 수 있다는 근거가 되지 않을까? 오늘 우리가 처한 상황을 스스로도 어찌할 수 없다면 어떻게 해야 내일의 운명이 나아질까? 게임은 간단하다.

"더 나은 선택을 하라."

길을 만드는 건 우리 자신이다. 이런 사실을 깨달았으니 이제 주장할 수 있다. 책임지겠다고 결단하라, 책임지는 결단에 따라 살아가라. 나는 지난 과거와 미래를 책임진다. 이게 왜 중요할까? 오늘 우리가 처한 상황을 자기 책임이라고 인정하지 않는 한 우리 삶에서 앞으로 나아갈 기반이 없어지기 때문이다.

생각의 힘

책임지는 결단이란 우리 힘을 기르는 문제와 직결된다. 어떤 점에서는 내 선택이 오늘의 나를 만들었다고 할 수 있다. 또한 우리의 '사고방식'은 세상을 보는 내면의 렌즈라고 할 수 있으며, 근본적으로 볼 때 이 사고방식이 만들어놓은 길을 따라 우리는 성공으로 나아가기도 하고 실패로 빠지기도 한다. 우리의 선택을 책임진다는 건 우리의 사고방식을 깨닫고 이를 책임지는 것까지 포함된다. 이러한 점을 뚜렷이 인식할 때 비로소 우리는 앞으로 나아갈 수 있다.

이런 입장에 의문을 보이는 사람들이 있다.

"내 사고방식이 어떻게 길을 만들어 성공이나 실패로 이끌 수 있단 말입니까?"

생각은 어떤 식으로든 할 수 있지만 결론적으로 볼 때 외부 영향이 현재 내가 처한 상황을 책임지지는 않는다. 현재 지점으

과거가 우리 손 안에 있었다는 건 나쁜 소식이지만
그 대신 좋은 소식도 있다네. 미래 역시 우리 손 안에 있지.

로 이어지는 길을 선택했던 사람은 오직 나 하나다.

우리의 생각을 겉으로 표현한 것이 결단이다. 자기가 결정해서 현재 위치까지 오게 됐다는 사실은 대부분 인정한다. 지금 겪는 현실이 아니라 예전부터 꿈꿔왔던 성공으로 나아가기 위해 길을 만들고자 한다면 생각부터 바꿔라.

지금 우리가 이런 상황에 놓인 것은 바로 우리가 생각하는 방식 때문이다. 경제적, 육체적, 정서적, 사회적, 영적으로 최악의 상황에 처해 있다면 이는 우리에게 무엇을 말해주는가? 한번 생각해보자. 처음부터 실패할 생각으로 시작하는 사람은 없다. "나는 기회만 있다면 언제든 나쁜 결단을 내릴 거야"라고 말하는 사람은 없다.

우리는 언제나 이렇게 말한다. "잘 생각해본 후에 옳은 일을 할 거야." 그러나 우리 자신도 모르는 사이, 어느덧 끔찍한 상황까지 와버린다. 어떻게 된 일일까? 우리의 생각이 우리를 여기까지 데려온 것이다. 우리 생각에서 가장 먼저 바꿔야 하는 것은 '현재 상황이 우리 책임'이라는 걸 깨닫는 일이다. 현재 우리가 처한 상황을 책임진다면 앞으로 가고자 하는 곳도 책임질 수 있다. 상황에 대한 책임을 저버리면 우리는 힘을 빼앗기고 멋진 미래를 맞이할 수 없다.

'이건 내 잘못이 아니야'라고 생각하고 싶은 유혹이 자주 생긴다. 앞으로 다시는 우리 입에서 '이건 내 잘못이 아니야'라는 말이 나와서는 안 된다. 아담과 이브가 사과를 한입 베어 물던 때부터 지금까지 이 말은 성공하지 못한 사람의 묘비명에나 적혀 있던 문구다. 오늘 우리가 처한 상황을 자기 책임으로 떠안지 않는 이상, 앞으로 나아갈 기반은 없다. 책임을 떠안을 때, 우리에겐 희망이 생긴다.

책임지는 생각

일상을 살아가면서 마음속에 불행한 마음이 들 때면 어떤 생각을 하는가? 이런 때는 패배적인 물음을 자주 하게 된다. 예를 들면 '나는 왜 이렇게 뚱뚱할까' 같은 물음이다. 이런 물음은 상황을 바꾸는 데 별로 도움이 되지 않는다. 그렇다면 다음 물음은 어떨까? '어떻게 하면 즐기면서 이상적인 몸매를 만들고 내 에너지를 다시 찾을 수 있을까?' 이런 물음은 우리가 원하는 방향으로 나아갈 수 있도록 이끌어준다.

습관적으로 던지는 물음 가운데 우리의 발전을 가로막는 물음은 어떤 게 있을까? 별 도움도 되지 않는데 자주 떠오르는 생각이 있다면 공책이나 다이어리에 적어보자. 그런 다음 가위표를 그으면서 하나씩 지우고 이를 다른 말로 옮겨보라. 내가 정말로 원하는 걸 얻을 수 있도록 힘을 불어넣어주는 말로 바꾼다.

원하는 것을 얻자

  1920년대 한 유명한 부자 기업가가 있었다. 국가 경제에 큰 비중을 차지할 정도로 대단한 사람이었는데, 자기 돈을 들여 동물원을 지었다. 공공 동물원은 아니었고 그렇다고 사설 동물원도 아니었다. 이 동물원은 그야말로 개인 동물원이었으며, 그와 그의 가족만이 즐길 수 있도록 그가 소유한 땅에 위치했다. 때때로 정부 고위인사에게는 동물원 관람이 허용되기도 했다. 동물보호단체에서 동물 거래를 관리하기 이전에, 그의 동물원은 이제껏 동물계에서 알려진 거의 모든 품종이 완벽하게 갖춰져 있었다(그의 동물원 관리인은 여러 나라를 돌아다니며 사파리를 찾아가면서 동물을 데려왔다).

  어느 날 이 부자는 세상 어느 동물원에서도 전시된 적이 없는 아름답고 희귀한 아프리카 동물 이야기를 들었다. 부자는 세계

> 결단을 내려야 하는 상황이 되면 결단을 내릴 것이다.
> 신이 내게 언제나 올바른 결단만 내릴 수 있는 능력을 주지 않았다는 걸 나는 안다.
> 하지만 신은 내게 잘못된 결단을 바로잡는 능력을 주셨다.

최초로 이 동물을 자기 동물원으로 데려와야겠다는 생각에 사로잡히기 시작했다. 부자는 음식과 물자를 마련하고 인부를 동원하여 아프리카로 원정을 떠났다. 아프리카 해안에 도착한 부자는 원주민을 만나 이 동물에 대한 정보와 소재지를 알아냈다. 사람들은 계속해서 같은 얘기를 했다. "절대 잡을 수 없을 거예요. 그 동물은 무척 빠르고 게다가 힘이 아주 세요. 멀리서 총을 쏘아 죽일 수는 있지만 가까이 가서 산 채로 잡을 수는 없어요."

부자는 사파리에 같이 있던 사람에게 이렇게 말했다.

"그런 말이라면 들을 필요도 없어요. 나는 내가 원하는 만큼 그 동물을 잡을 거예요. 아무 문제 없어요."

사람들이 동물 무리가 있는 곳을 알아내자 부자는 한밤중에 사방이 탁 트인 지역을 골라 땅 위에 달콤한 먹이를 뿌려놓고 그 자리를 떠났다. 그리고 다음 날 밤에도 먹이를 뿌려놓았다. 이렇게 2주 동안 부자는 밤마다 먹이를 땅 위에 뿌려놓았다. 아프리카의 동물들은 당연히 그곳에 와서 먹이를 먹었다. 3주째로 접어드는 첫날, 부자는 먹이를 뿌려놓고 거기서 6미터 떨어진 곳에 높이 2.5미터 정도 되는 기둥을 박았다. 다음 날 밤에도 부자는 먹이를 뿌려놓고 반대 방향으로 6미터 떨어진 곳에 다른 기둥을 박았다. 그렇게 매일 밤 기둥을 하나씩 박았다. 그런 다음 먹이를 뿌리는 동안 기둥 사이에 판자를 붙이기 시작했다.

그렇게 6주가 흘러갔다. 부자는 계속 기둥을 박고 판자를 붙였고, 마침내 먹이 주변에 큰 우리가 완성되었다. 매일 밤 이 동물은 기둥 사이 틈을 찾아 안으로 들어왔고, 드디어 마지막 남은 틈 사이로 무리 전체가 안으로 들어왔다. 부자는 동물 무리 뒤편으로 가서 마지막 틈 사이에 판자를 대고 못질을 했다. 이 아프리카 동물은 완전히 우리 속에 갇혔다.

부자는 자신이 손수 지은 동물원에 데려가고 싶은 동물만을 골라낸 뒤 나머지는 모두 풀어주었다. 어떻게 동물 잡는 법을 생각해냈느냐는 질문에 부자가 들려준 답을 듣고 나는 뼛속까지 전율을 느꼈다.

"사람을 다룰 때와 똑같아요. 원하는 걸 주는 거죠. 나는 음식과 쉴 곳을 제공했고, 그 대가로 동물은 자신이 가진 아름다움과 자유를 내게 주었어요."

무엇과도 바꿀 수 없는 자유

혹시 자신이 가진 아름다움과 자유를 내주면서 다른 누군가의 꿈을 실현하도록 도와주고 있지는 않은가? 너무도 많은 사람이 '안전한 삶'을 얻기 위해 자신의 자유를 내주면서도 이를 깨닫지 못한다. '내가 기회를 잡는 것'과 '덫으로 걸어 들어가는 것'에는 차이가 있다. 중요한 건 선택과 덫을 구분하는 것이다.

"공은 여기서 멈춘다. 지금 이 순간부터 나는 나의 과거에 대하여 총체적인 책임을 진다. 내 과거에 대하여 책임을 짐으로써 나는 나 자신을 과거로부터 해방시킬 수 있다. 내가 스스로 선택한 더 크고 밝은 미래로 나아갈 수 있다."

내가 처한 현재 상황에 대해 부모를 탓하고, 배우자를 탓하고, 사장을 탓하고, 동료를 탓할 때마다 내 자유가 팔려나간다. 내가 받은 교육(또는 교육 받지 못한 것)을 탓하고, 내 유전자를 탓하고, 일상에서 부딪히는 어쩔 수 없는 주변 상황을 탓할 때마다 내 자유는 팔려나간다.

내가 성공하지 못한 것을 두고 어찌할 수 없는 외부의 힘만 탓한다면 나는 영원히 과거의 덫에 걸려 있을 것이고 두려움과 좌절의 희생자가 될 것이다. 지난 삶이 내 운명을 지배하지 못하도록 할 것이다. 스스로의 삶에 책임지기로 할 때, 더 이상 끌려다니지 않게 될 것이다. 내 힘으로 어찌해볼 수 없는 상황에 더 이상 내 미래를 팔지 않을 수 있다.

내가 오늘 이런 상황에 놓인 건 내 판단에 의한 것이다. 내 판단은 언제나 내 사고방식에 지배당한다. 그러므로 내가 오늘 정신적, 육체적, 영적, 정서적, 경제적으로 이런 상황에 처한 건 내 생각이 지니는 특성 때문이며, 내가 생각하는 미래에 대한 전망 때문이며, 나 자신과 다른 사람에 대한 견해 때문이다. 다시 말해 내 사고방식 때문이다. 정녕 내 삶에 의미 있는 변화가 생기기를 원하는가? 그렇다면 사고방식을 바꾸라.

개인 기록 작성하기

내 삶을 책임지기 위해서는 우선 지금 내가 처해 있는 상황에 대해 '개인 기록'을 작성한다. 다이어리에 다음의 각 범주별로 현재 어떻게 느끼고 있는지 1에서 10까지 점수로 매긴다. 불행하다고 느끼면 1, 아주 좋다고 여기면 10점이다. 범주는 다음과 같다.

정서, 신체, 경제, 영혼, 인간관계, 직업, 가족…….

실패의 두려움을 극복하자

책임지는 결단을 내리려고 고민하는 동안 어쩌면 실패의 두려움에 맞닥뜨릴 수도 있을 것이다. 슬며시 마음 한편에서는 또 다른 생각도 들 것이다. 내 삶을 스스로 통제하게 될 경우, 만일 실패하면 그때는 정말 내 잘못이 된다.

신은 우리에게 항상 올바른 결단을 내릴 수 있는 판단력을 주지는 않았지만, 잘못된 결정을 바로 잡을 수 있는 능력을 주셨다. 감정의 기복이 오르내려도 다른 길로 벗어나지 않고 나의 길을 갈 것이다. 내 삶을 변명으로 채우지 않을 것이며, 당당한 선언이 되도록 할 것이다. 내 안에 들어 있는 여러 가능성을 특별한 방식으로 입증해 보일 것이다.

실패를 다른 관점에서 바라보자. 실패를 이용하여 성공을 쏘아 올리기 위한 발판으로 삼으려면 어떻게 해야 하는지 스스로에게 물어보자. 바닥을 쳤다는 것은 전환점을 알리는 신호일까? 바닥까지 이르렀다는 건 기분 좋은 일은 아니지만, 전환점인 것만은 틀림없다. 왜냐고? 멋진 아이디어와 영감은 바닥에 이르렀을 때 순간적으로 떠오르는 경우가 많기 때문이다.

IBM을 설립한 토머스 왓슨은 이런 말을 했다. "실패의 반대편에 바로 성공이 있다."

일이 계획대로 풀리지 않는다는 건 궤도 수정을 해야 한다는 의미다. 우리는 토머스 에디슨이 전구를 발명하는 과정에서 천 번씩이나 실패한 일을 놓고 뭐라고 했는지 알고 있다. "나는 실패한 게 아닙니다. 전구가 만들어지지 않는 천 가지 방법을 발견

과거의 문제를 곱씹지 않을 것이며,
미래의 해결책을 생각하면서 살아갈 것이다.

했을 뿐이죠."

'실패'는 성장과 발견을 위한 기회라고 여길 때 실패의 두려움으로부터 자유로울 수 있다. 실패란 성공으로 나아가는 과정에서 배우는 교훈일 뿐인데, 어떻게 실패가 있을 수 있는가?

실패를 통해 배우기

지금까지 삶의 우여곡절을 겪는 동안 가장 커다란 실패는 무엇이었는지 생각해보자. 실패의 경험을 하고 나서 어떻게 되었는가? 무엇을 배웠는가? 이 '실패' 후에 현재 삶은 어떻게 달라졌는가? 좋아졌는가? 실패를 통해서 무엇을 배웠는지 다이어리에 적어보자.

성공을 향한 오그의 첫걸음

거듭된 실패로 거의 파멸 직전까지 떨어졌다가 다시 일어나 엄청난 성공을 거둔 한 사람의 얘기를 들려주고자 한다. 1996년에 고인이 된 오그 만디노라는 이름을 들어봤는지 모르겠다. 그가 남긴 17권의 저서는 지금도 미국 대부분의 서점 책꽂이에 꽂혀 있다. 개인적인 친분 관계는 없지만 오그 만디노는 내 삶에 대단한 영향을 미쳤다.

오그 만디노를 응원하고 옹호해주었던 그의 어머니는 그에게 작가로서 성공할 수 있는 가능성이 있다고 말했다. 어머니는 만디노가 대학에 들어가기 전에 세상을 떠났고, 그는 고등학교 졸업 후 무작정 군에 입대하여 제2차 세계대전에 참전했다. 만디노는 부대에서 폭격수로 복무했다.

전쟁이 끝나자 오그는 미국으로 돌아왔다. 그러나 겨우 고등학교만 마친 폭격수가 얻을 만한 일자리는 많지 않았다. 그 후 10년간의 세월은 그와 그의 아내, 딸에게 그야말로 지옥 같은 시간이었다. 오그는 보험판매원으로 열심히 일했지만 아무리 일을 많이 해도 쌓이는 건 빚더미뿐이었다. 좌절에 빠진 많은 사람이 흔히 그러듯이 오그 역시 문제에 맞서기보다는 외면하는 방식으로 대응했다.

앞으로 "왜 내게 이런 일이 생기는가?"라고 묻고 싶어질 때가 오면
"나라고 이런 일을 당하지 말란 법이 어디 있는가?"라고 바로 반문하라.
시련은 하나의 선물이며, 배움의 기회다.
위대한 사람의 삶에는 한결같이 '문제'라는 공통 요소가 들어 있다.
내게 역경의 시간이 와서 문제가 생길 때마다 이를 해결해야 하는 숙제로 여기기보다
하나의 선택으로 받아들여야 할 것이다.

보험을 파는 긴 하루가 지나면, 오그는 바에 들러 한잔하곤 했다. 한 잔이 두 잔이 되고, 두 잔이 세 잔이 되고, 세 잔은 금세 여섯 잔이 되었다. 아내와 딸은 그가 하는 말과 행동을 더 이상 견디지 못하고 그의 곁을 떠났다. 이후 2년 동안 오그의 삶은 엉망진창이었다. 낡은 포드 차를 타고 전국을 돌아다니면서 허드렛일로 겨우 술값이나 대면서 지냈다. 수없이 많은 밤을 말 그대로 술에 절어서 보냈다. 오그의 말을 그대로 옮기면 "한심하고 가엾은 인간"이었다고 한다.

어느 추운 겨울날 아침, 클리블랜드에 머물고 있던 오그는 자살 충동을 느꼈다. 허름한 전당포 앞에 잠시 멈춰 서서 유리창 너머로 안을 들여다보던 오그는 작은 권총 옆에 29달러라고 적힌 노란 딱지를 보았다. '총알 두 개 살 돈은 되는구나. 이제 내가 묵는 방으로 돌아가면 다시는 거울 속 내 얼굴을 볼 필요가 없을 거야.'

하지만 무슨 이유에서인지 오그는 자살하지 않았고, 훗날 이 일을 농담 삼아 말하면서 자신은 그 당시 줏대 없는 인간이었으며 정말 용기가 없었다고 말했다. 그날 클리블랜드에 내리는 눈을 맞으며 오그는 전당포에서 발길을 돌려 어느 공공 도서관을 찾았다.

오그는 자기계발 서적 코너로 들어가 책을 읽기 시작했다. 그 후 몇 달 동안 그는 거의 매일 오후와 저녁 시간을 도서관에서 보냈고, 끊임없이 책을 읽었다. 그러다가 미국 연합보험 회사의 설립자이자 회장인 클레멘트 스톤(1902~2002, 세일즈맨 출신의 유명한 기업가)이 쓴 『긍정적인 사고방식을 통한 성공 비결(Success Through a Positive Mental Attitude)』을 읽게 되었다. 이 책에는 절망 속에서도 새로운 미래로 나아가기 위한 길을 찾을 수 있다고 적혀 있었고, 오그는 이런 주장에 깊은 감명을 받아 자기 삶의 모든 영역에 이 원칙을 적용하기 시작했다.

이후 클레멘트 스톤 회사에 입사해 성공한 보험 영업사원이 된 오그는 예전에 어머니가 늘 자신에게 바랐고, 그 역시 원했던 일을 시작했다. 스톤의 회사에서 발행하는 잡지 『무한한 성공 (Success Unlimited)』 편집부에 들어가 글을 쓰기 시작한 것이다. 이후 오그는 『무한한 성공』의 편집장이 되었고, 사보였던 잡지를 25만 명의 독자를 거느린 전국 잡지로 키웠다.

오그가 잡지 편집장이 된 지 서너 달 되던 어느 날, 마감을 불과 며칠 남겨놓고 기사 하나가 부족하다는 사실을 알게 되었다. 기존 자료 중에는 적당한 게 없었다. 결국 오그는 평소 골프광이었던 사람답게 골프 선수인 벤 호건에 관한 기사를 밤새워 썼다. 벤 호건은 끔찍한 교통사고를 겪은 뒤 휠체어 신세를 면치 못하다가 마침내 이를 극복하고 US오픈 대회에서 승리를 거머쥔 선수였다.

오그는 『무한한 성공』에 이 기사를 실었고, 그로부터 몇 주

뒤, 이 기사를 읽은 한 뉴욕 출판인에게서 편지 한 통을 받았다. 출판사에서 원고를 검토해보고 싶으니 원고를 보내달라는 내용이었다. 나 역시 작가이기에 하는 말이지만, 이런 편지는 글을 쓰는 사람이라면 누구라도 꿈꾸는 편지다.

이 편지를 받고 나서 18개월이 지난 후에, 오그의 처녀작 『세상에서 가장 훌륭한 세일즈맨(The Greatest Salesman in the World)』이 출간되었다. 오래전 내 부모가 세상을 떠나고 인생의 막다른 골목까지 이르러 다리 밑에서 잠자는 신세로 전락했을 때, 내가 읽고 또 읽었던 책이 바로 이 책과 속편으로 나온 『세계에서 제일가는 비밀(The Greatest Secret in the World)』이었다.

오그의 첫 저서는 초판 5천 부를 찍었다. 그 후 정말 믿기지 않을 만큼 놀라운 일이 일어났다. 판매량이 급성장을 보이면서 곧 35만 부를 넘기더니 다시 50만 부를 달성했다. 초판 발행 이후 30년이 지난 지금도 이 책은 '매달' 10만 권 이상 팔리고 있으며, 세계적으로 오그 만디노의 저서는 4천만 부 이상 팔렸다.

오그 만디노의 저서는 대부분 어려운 처지에 놓였다가 자신의 문제를 극복하고 큰 성공을 이룬 사람들의 이야기가 주를 이루고 있다. 오그는 실패 속에서 영감을 얻었고, 이 영감은 다른 사람에게 힘이 되어 이들이 다시 좋은 시기를 맞이할 때까지 버틸 수 있게 해주었다. 오그 만디노는 몇 년 전 세상을 떠났지만, 실패를 딛고 일어선 그의 전설은 지금도 사람들의 가슴속에 살아 있으며 수백만 명에게 기운을 북돋아주고 있다.

우리의 결단이 미치는 영향

다음 내용은 우리의 결단 때문에 지금과 같은 상황에 놓이게 되었다는 것을 완전하게 이해하기 위한 실전 훈련이다.

앞에서 나온 '개인 기록 작성하기' 실전 훈련에서 각자 삶의 영역 한 가지를 선택한다.

1. 지난날 선택한 일 중에서 현재와 같은 상황을 만드는 데 영향을 미친 일이 있었는지 깊이 생각해본다. 경제 영역을 골랐다면 지금의 경제 상황을 초래한 결단에 대해 생각한다. 예를 들어 새로운 사업을 시작하거나 현재 직업을 계속 유지하는 선택의 갈림길이 있다. 아니면 개인연금이나 다른 연금 계획에 더 많은 투자를 할 수도 있었을 것이다. 지나간 결단을 되돌아보면서 후회나 하자고 실전 훈련을 하는 것은 아니다. 어떤 결정을 거쳐서 현재 각자가 놓인 상황까지 오게 되었는지의 과정을 추적하는 데 이번 훈련의 목적이 있다. 이에 앞서 기억할 게 하나 있다. 어떤 일을 하기로 한 것뿐만 아니라 하지 않은 것 역시 하나의 결단이라는 점이다.

2. 내 삶의 영역에서 현재에 이르기까지 지난 5년 동안 각자가 선택했거나 선택하지 않은 크고 작은 결단을 최소한 다섯 가지 항목으

로 정리한다.

특정한 패턴 같은 게 보이는가? 지금의 결과를 나오기까지 각자가 선택한 결단이 생각보다 훨씬 많은 영향력을 미쳤다는 사실이 조금씩 보이기 시작하는가?

- -

패배한 워싱턴

조지 워싱턴이 초창기 미국 애국자들의 열렬한 환호를 받던 때로부터 200년 이상이 흘렀다. 미국 독립전쟁 당시 대륙군의 총사령관이었고 이후 미국 초대 대통령이었던 워싱턴은 지난 두 세기 동안 미국인들의 가슴 깊은 곳에 하나의 전설로 남아 있었다. 재미있는 사실은, 정작 워싱턴 자신은 대통령직을 원치 않았다는 점이다. 아내 마르타와 함께하는 시간을 무척 좋아했기 때문이었다. 후손을 위해 자신의 소망까지도 기꺼이 희생한 워싱턴 덕분에 미국의 꿈을 실현할 수 있는 토대가 마련되었다.

워싱턴이 보여주었던 용기, 결단력, 성품은 미국인들에게 커다란 힘을 불어넣었다. 특히 그의 책임의식은 매우 유명했다. 워싱턴은 언제나 책임지는 결단을 내렸다.

한 나라를 세우는 복잡한 과정은 워싱턴에게 시련과 실책의 연속이었다. 다행스런 일은 워싱턴이 군인이 된 지 얼마 안 된 시점에서 저질렀던 심각한 잘못을 나중에는 되풀이하지 않았다는 점이다. 이 '교훈'을 얻기까지 워싱턴 휘하에 있던 용감하고 명예로운 수많은 부하들이 목숨을 잃었고, 워싱턴 자신도 목숨을 잃을 뻔했다. 하늘의 뜻에 따라 그는 책임을 인정하고 실책을 통해 배우면서 패배를 딛고 영광스런 승리를 거뒀다.

1754년 버지니아 민병대의 어린 소령으로 복무하던 시절, 워싱턴은 훈련조차 제대로 받지 못한 신참 병사 350명을 이끌고 황야를 통과하여 프랑스 점령 지역인 포트 듀케인, 현재의 피츠버그까지 진격하라는 명령을 받았다. 민병대는 하루에 6.5킬로미터씩 행군하여 포트 듀케인에서 65킬로미터쯤 떨어진 지점에 야영지를 정하고 '필연(Necessity)'이라는 이름의 요새를 구축했다.

민병대는 적군을 향해 진군했고, 프랑스 병사 700명과 인디언 동맹군은 워싱턴과 그의 부하를 무찔러 다시 요새로 몰아넣었다. 요새는 '필연'이라는 이름값을 제대로 해내지 못했다. 사방이 언덕으로 둘러싸였는데, 언덕은 프랑스와 인디언 병사가 숨어서 공격을 개시하기에 완벽한 장소였기 때문에 방어 자체가 불가능했다. 적군은 느긋하게 바위나 나무 뒤에 숨어서 워싱턴의 부대를 향해 총격을 가했다. 워싱턴의 부하들 중 많은 수가 술에 취해 있었기 때문에 부상자가 늘어났다. 9시간의 짧은 전투 동안 30명이 사망하고 70명이 부상당했으며, 이보다 많은 병사가 부대를 이탈한 채로 전투는 끝났다.

전투에서 패배한 워싱턴은 심한 폭풍우가 몰아치던 날 밤, 촛불 아래서 항복문서에 서명한 뒤 어쩔 수 없이 적군에게 칼자루를 넘겨주었다. 장차 '조국의 아버지'가 될 그는 첫 전투도, 첫 요새도, 첫 지휘권도 한꺼번에 잃어버렸다. 이처럼 굴욕스런 패배를 안겨준 뒤 프랑스는 오하이오 계곡 전체를 손에 넣었고 인디언은 서부 변경 지역 어디에서든 마음 놓고 정착민을 공격했다.

워싱턴은 다리를 절며 버지니아, 그의 그리운 마운트 버논으로 돌아오면서 이 비참한 실패에서 교훈을 얻어야 한다고 결심했다. 워싱턴은 어떠한 변명도 하지 않았다. "그쪽은 우리보다 훨씬 수가 많았어. 게다가 내 부하들은 술에 취해 있었고, 훈련도 제대로 받지 못한 신참이었지"라는 변명조차 하지 않았다. 그 대신 인디언의 게릴라 전략을 이용하기 위한 전법을 익혔다.

미국 독립전쟁 기간 동안 워싱턴은 트렌턴 전투와 킹스 마운틴 전투에서 그가 예전에 깨달은 교훈을 잊지 않고 기억했다. 이곳 정착민은 바위와 나무 뒤에 숨어 대단한 영국군에게 공격을 가했고, 마침내 이들을 패퇴시켜서 커다란 불명예를 안겨주었다. 이후 미국은 새로운 나라를 건설하기 위한 전면적인 승리를 거뒀다.

실패는 성공을 위한 가장 중요한 교훈을 배울 수 있는 수업이다. 우리에게 책임이 있다고 인정할 때, 비로소 실패를 통해 배울 수 있다.

궁극적으로 내가 꿈꾸는 이상은 무엇일까?

많은 사람이 현재 자신이 놓인 상황을 못마땅해하며 불평하지만, 정작 자신이 원하는 게 뭔지 아는 사람은 거의 없다. 앞에 실린 '개인 기록 작성하기' 실전 훈련에서 우리는 이미 삶의 각 영역을 놓고 1부터 10까지 점수를 매겨 평가한 바 있다. 각자에게 '10'이라고 생각되는 상황은 어떤 모습인지 알고 있는가.

누구나 한 번쯤 들어본 말이겠지만 어디로 가야 할지 알지 못하는 사람은 그곳에 가기 힘들다. 요기 베라(1925~, 미국 야구선수이자 감독. 요기 어록이 있을 정도로 유명한 말을 많이 남겼다)의 말을 옮기면 "어디로 가야 할지 알지 못하는 사람은 결국 엉뚱한 곳으로 가게 된다."

우리 삶에서 궁극적인 이상을 찾고 이를 향해 나아가기 위해 어떤 방식으로 살아가길 원하는지 전체 모습을 그려본다. '10'의 삶이란 어떤 모습일까? 다음 물음에 대해 생각해보자.

1. 다른 사람과 어떤 모습으로 관계를 맺으며 지낼까? 가족, 직장, 사회 속에서 어떤 인간관계를 형성하게 될까?

2. 경제적으로는 어떤 상황일까? 어떤 일을 하고 있을까?

3. 전반적인 정서 상태는 어떨까? 감정에 끌려다니지 않고 감정의 주인이 되어 있을까? 언제 진정한 행복을 느끼는지 어떻게 알 수 있을까?

4. 삶의 어떤 영역에서 가장 커다란 발전을 보이게 될까? 이 발전을 통해 삶에 어떤 변화를 가져오게 될까?

5. 어려운 처지에 놓였을 때 자신을 어떻게 추스르는가?

6. 어떻게 영적 성장을 이룰 것인가?

역경은 선물이다

오래전 내가 평전을 읽으면서 일곱 가지 공통점을 찾아나가던 시절에 모든 사례에서 볼 수 있었던 또 한 가지 요소가 있었다. 그들 모두 '역경'과 싸워야 했다는 점이다. 실제로 시대를 초월하여 모든 위대한 사람은 공통적으로 큰 문제를 겪었다.

확실히 그랬다. 세상을 변화시킨 사람들, 돈 많고 영향력 있으며 성공한 사람의 이야기에는 늘 역경이 있었다. 이들 모두 자기가 처한 상황이나 결단을 자기 책임으로 받아들여야 하는 시련을 겪었고, 아울러 한결같이 자기 책임으로 받아들였다. 분명이들 역시 희생자의 역할을 하면서 우리가 흔히 그러듯 "왜 내게 이런 일이 생기는가?"라고 묻고 싶은 유혹을 느꼈을 것이다.

내 경우를 보면, 부모가 세상을 떠나고 돈마저 다 떨어지고 난 뒤에 늘 "왜 하필 나지? 왜 내게 이런 일이 생기는 거지?" 하는 소리를 입에 달고 살았다. 아침에 일어나서도 '왜 내게 이런 일이 생겼는가?'라고 생각했고, 밤에 잠자리에 들 때도 마찬가지였다. 하루 종일 돌아다니면서도 내 머릿속에서는 같은 생각뿐이었다.

모든 위대한 사람이 공통적으로 역경을 경험했다는 걸 알면서부터 내 삶이 변하기 시작했다. 더 이상 자기연민에 빠지지 않았고 오히려 신나는 기분이 들기 시작했다. 역경이란 성공으로 나아가는 길을 가로막고 서 있는 넘을 수 없는 장벽이 아니라, 통행료를 지불해야 하는 다리라고 여겼다. 내가 겪는 문제는 더이상 나를 침범하지 못했다. 역경이 '언제까지나' 거기 그렇게 있지만은 않을 것이다. 하지만 불행히도 많은 사람들이 문제가

지난 삶이 내 운명을 지배하지 못하도록 할 것이다.

생길 때 그냥 도망쳐버린다. 자신이 원하는 삶을 향해 나아가는 동안 어쩔 수 없이 잠시 멈춰 서 있는 거라고 깨닫지 못한다.

역경을 거쳐야 위대한 사람이 되는 게 아닐까? 내 경우를 돌이켜보면 역경을 극복하는 과정에서 내 문제를 해결할 수 있는 능력이 자랐고, 역경을 긍정적으로 바라보는 태도 때문에 자석에 끌리듯 사람들이 내 주위로 몰려들었다. 역경을 거칠 때 우리는 위대한 일을 할 수 있도록 단련된다. 시련은 하나의 선물이며, 문제는 우리에게 배우고 성장할 수 있는 기회를 제공한다. 문제가 생겼을 때 이를 해결해야 하는 숙제로 여기기보다는, 하나의 선택으로 받아들여라. 왜 내게 이런 일이 생기는가? 나라고 그러지 말란 법이 있나? 나라고 위대한 일을 할 수 있는 사람으로 단련되지 말란 법이 있나?

- -

내 미래는 어떤 모습일까?

각자 궁극적 이상이 무엇인지 확인했으므로 이제 이상을 실현하기 위해 내가 어떤 사람이 되어야 하는지 자신에게 물어보자. 아인슈타인은 '문제를 만들던 사고방식으로는 문제를 풀 수 없다'고 했다. 좋든 싫든 나는 나 때문에 지금 이 상황에 놓이게 되었다. 우리는 무한한 가능성을 가진 존재이면서도 스스로에게 부여한 한계에 묶여 있다.

내가 가진 궁극적 이상을 검토하고, 물음을 던져보자. 이상을 실현하기 위해 나는 어떤 사람이 되어야 할까? 나는 다른 사람을 어떻게 대해야 할까? 나 자신을 어떻게 대해야 할까? 무엇을 읽고, 무엇을 공부해야 할까? 어떤 교훈을 얻어야 할까? 나 자신에 대해 어떤 생각을 하고 어떤 믿음을 가져야 할까? 내 주위에 있는 사람들에게 어떤 믿음을 가져야 할까? 마음속에 떠오르는 생각을 가능한 한 모두 다이어리에 담아보자.

이 시대의 여행자, 지미 딘

지미 딘을 처음 만난 건 내슈빌 텔레비전 스튜디오에서였다. 거기서 우리는 텔레비전 쇼를 함께 진행했는데, 유머러스한 그와 이야기를 나누는 시간은 언제나 즐거웠다.

지미 딘은 1928년, 미국 텍사스 주 플레인뷰의 어느 가난한 집안에서 태어났다. 나이트클럽 연주와 라디오 공연으로 음악 활동을 시작했고, 1960년대에는 CBS와 ABC방송국에서 유명한 텔레비전 쇼를 진행하면서 전국적으로 이름이 널리 알려졌다. 자니 카슨의 「투나잇 쇼」 첫 회에 게스트로 출연하기도 했다. 지미 딘에게 그래미상을 안겨주었던 컨트리 음악 앨범 '빅 배드 존(Big Bad John)'은 600만 장 이상 팔렸다. 아이러니하게도 지미 딘은 왕년의 유명한 컨트리 음악 스타를 기념하는 자선 행사를 마친 뒤, 이 일을 계기로 다른 삶을 살게 되었고 엄청난 돈도 벌었다. 지미 딘은 그날 콘서트 장을 떠나면서 말했다. "어쩌지, 앞으로는 이 지미 딘을 위해서 자선 행사를 해주려는 사람은 없을 거야."

그해 지미 딘은 연예계 밖으로 활동범위를 넓혀 외식 사업을 시작했고 이 사업은 성공적이었다. 1985년, 지미 딘 푸드 회사는 사라 리 회사와 합병되어 연간 매출액 총 5억 달러를 넘겼다. 지미 딘은 2005년 텍사스 컨트리 음악 명예의 전당에 이름을 올렸고, 텍사스 주 카르타고에 위치한 텍사스 컨트리 음악 박물관에서는 그의 생애를 담은 기념 전시회가 열렸다.

지미 딘이 어떻게 '스스로 책임지는 결단'을 실천했는지 다음 편지를 읽어보자.

앤디에게

　당신이 보낸 편지에는 '나의 부와 성공'이 소개되어 있었어요. 나는 예나 지금이나 부와 성공은 마음의 문제라고 생각해요. 우리 할아버지는 내가 지금까지 아는 사람 중에서 가장 성공한 큰 부자였어요. 아마 평생에 걸쳐 연간 수입이 1만 달러 이상을 넘은 적은 없었을 거예요. 그러나 할아버지는 텍사스 주 헤일 카운티에서 가장 훌륭한 농부셨어요. 할아버지도 그렇게 생각하셨지요. 할아버지네 울타리는 늘 어느 집보다 가장 반듯하게 서 있었고, 헛간도 집 안도 말끔했어요. 할아버지는 아홉 명의 자식을 두셨고, 심지어 보이지 않는 귀신하고도 좋은 관계를 맺어서 마음이 늘 평화로웠지요. 나는 성공과 부란 이런 거라고 생각해요.

　많은 사람이 날 보고 말하곤 해요. "지금까지 이 세상에 산 사람들 중 가장 운이 좋은 놈이야." 맞는 말이에요. 나는 많은 돈을 벌었으니까요. 하지만 일이 항상 잘 풀렸던 건 아니에요. 지금도 마찬가지고요. 거절당한 적도 많아요. 거절당한 횟수를 세어보면 아마도 인정받은 횟수와 비슷할 거예요. 나는 거친 길을 가보지 않고는 고속도로의 제 가치를 결코 알지 못한다는 말을 늘 새겨왔어요. 지쳐 쓰러지는 것도 삶의 일부고, 자리에서 떨쳐 일어서는 것도 삶의 일부지요. 일시적인 실패에 한방 얻어맞았다고 해서 다시 일어서지 못하는 사람을 보면 정말 참을 수가 없어요. 일시적인 실패(패배라고 말하지 않은 점을 주의 깊게 보세요. 내 사전에 '패배'란 없어요)에서 헤쳐나와 이를 극복하고 우뚝 설 수 있다면 앞으로 승리의 달콤한 인사를 받을 자격이 충분하지요.

불행히도 이 멋진 나라에는 포기를 묵인하는 원칙이 자리 잡고 있어요. 위대한 프랭클린 루스벨트(1882~1945, 미국의 제32대 대통령. 뉴딜 정책을 추진하여 대공황을 극복했다) 대통령이 비생산성의 문제와 관련하여 국민에게 보상하는 게 적절하다고 판단한 건 정말 큰 잘못이었다고 생각해요. 당연하게도 책에서는 "이마에 맺힌 땀방울로 돈을 벌게 될 것"이라고 말하지요. 스스로 할 수 있는 능력이 있으면서도 하지 않는 사람들을 보면 나는 참을 수가 없어요. 예전에 막내아들 로버트에게 '나는 자수성가한 사람'이라고 말했을 때, 아들이 '난 아빠의 그런 점이 정말 좋아요. 아빠는 모든 일에 책임을 져요'라고 대답한 말이 생각나네요. 그래서 내게 미국은 정말 멋진 나라였어요. 내 손자의 손자의 손자의 세대까지 미국이 기회의 땅으로 남아 있으면 좋겠어요.

내 생각에는 약자를 돕기 위한 또 다른 조직을 자꾸 만드는 대신, 사람들이 스스로 일어나 '나를 믿어주세요'라고 말하고 싶은 마음이 들도록 해주는 조직을 만들어야 해요. 마치 이 세상이 자기들 생계를 책임지고 있는 것처럼 느끼게 만드는 그런 낡아빠진 혼동을 또다시 만들 수는 없어요. 내가 이런 말을 할 때마다 누군가는 이런 말을 해요. "당신 입장에서는 그런 말을 쉽게 할 수 있지요. 하느님이 재능을 주셨으니까요."

제장, 내게 재능을 주긴 했지요. 모든 사람에게 다 한 가지씩 재능을 주셨으니까요. 내가 가장 두려워하는 건 연방 정부, 주 정부, 시가 모두 나서서 지원하는데도 놀라운 재능을 가진 많은 사람들이 자기 재능이 무엇인지 찾아볼 기회를 제대로 갖지 못할 거라는 점이죠.

당신의 친구

지미 딘

2
지혜를 구하는 결단

나는 지혜를 찾아 나설 것이다

지난 과거를 바꿀 수는 없지만, 오늘 우리의 행동을 바꾸면
미래를 바꿀 수 있다. 지혜를 구하는 결단을 통해 적극적으로
지혜를 찾아 나서는 법을 배우면, 삶에서 많은 성과를 거두면서
살아갈 수 있을 것이다.

「폰더 씨의 위대한 하루」 중에서

하느님께서는 당신이 선택하신 기회를 위해서는 산이라도 움직이시는 분이니까.
하지만 먼저 자네 자신이 움직여야 하네.

솔로몬 왕

지·혜·를·구·하·는·결·단

『폰더 씨의 위대한 하루』에서 솔로몬 왕은 데이비드 폰더에게 개인의 성공을 결정하는 두 번째 결단을 선물로 주었다.

나는 지혜를 찾아 나서겠다

오늘 나는 지혜를 적극적으로 찾아 나서겠다. 나의 과거는 결코 바꿀 수 없지만, 오늘 내 행동을 바꿈으로써 나의 미래를 바꿀 수 있다. 나는 오늘 당장 나의 행동을 바꾸겠다! 나의 인간관계에 긍정적인 변화를 가져오게 하고, 또 나의 동료들을 더 잘 이해하게 해주는 책과 자료들을 열심히 읽고 듣겠다. 회의와 공포를 자극하는 자료는 더 이상 내 마음 가까이 두지 않겠다. 나는 나 자신의 능력과 미래에 대한 나의 신념을 굳건하게 해주는 것들만 읽고 또 듣겠다.

나는 지혜를 찾겠다. 나는 조심스럽게 내 친구들을 선택하겠다. 내가 닭을 친구로 사귄다면 나는 땅을 후벼 파며 빵 부스러기를 쪼아먹는 법을 배울 것이다. 만약 독수리와 벗한다면 나는 하늘 높이 나는 법을 배울 것이다. 나는 독수리다. 하늘 높이 나는 것이 나의 운명이다.

나는 지혜를 찾을 것이다. 나는 현명한 사람들의 조언에 귀 기울일 것이다. 현명한 사람의 조언은 메마른 땅에 내리는 빗방울과도 같다. 현명한 조언을 무시하는 사람은 비가 내리지 않은 풀잎과 같아서 곧 시들어버릴 것이다. 현명한 사람과 의논함으로써 나는 그의 지식과 경험을 빌려올 것이다. 그리하여 내 성공의 가능성을 크게 높일 것이다.

나는 지혜를 찾겠다. 나는 다른 사람들에게 봉사하는 사람이 되겠다. 내가 겸손한 자세로 남들에게 봉사하면 그들의 지혜를 저절로 얻게 될 것이다. 때때로 봉사정신을 발휘하는 사람은 아주 엄청난 부자가 되기도 하고, 그 사람 자신이 왕이 되기도 한다. 왜냐하면 백성들은 그런 사람을 왕으로 즐겨 선택하기 때문이다. 가장 많이 봉사하는 사람이 가장 빨리 성장한다.

나는 겸손하게 봉사하는 사람이 되겠다. 나는 누군가가 나를 대신하여 문을 열어주기를 바라지 않는다. 오히려 누군가를 위해 문을 열어주는 사람이 되겠다. 나를 도와주는 사람이 아무도 없을 때에도 나는 실망하지 않겠다. 오히려 남을 도와줄 기회가 생기면 그것을 기쁘게 받아들이겠다.

나는 남들에게 봉사하는 사람이 되겠다. 나는 현명한 사람의 조언에 귀 기울이겠다. 나는 조심스럽게 친구들을 선택하겠다.

나는 지혜를 찾아 나서겠다.

지혜를 찾아 나서자

  많은 사람들이 지혜를 지식과 혼동하면서 그것을 고등학교 졸업장이나 학위 같은 것이라고 여긴다. 지혜를 찾아 나서는 것은 지식을 얻는 것과 다르다. 지식은 지혜를 얻기 위한 사전 단계 같은 것이다. 지혜에는 직관적인 요소가 들어 있다. 이는 지금까지 살아오면서 어떤 선택을 할 때 발휘했던 일종의 통찰력이며, 개인적인 경험을 바탕으로 생긴다. 지혜를 찾아 나서는 일은 지속적인 과정이어야 한다. 영향력 있고 돈 많고 성공한 사람은 공통적으로 언제나 지혜를 찾아 나서는 겸손한 태도를 보여준다.

  지혜는 누구나 얻을 수 있다. 지혜는 돈 주고 살 수 없고, 맞바꿀 수도 없다. 지혜는 오직 부지런한 사람만을 위한 선물이다. 하느님은 선택의 기회를 만들기 위해 산을 옮겼다. 이제 나 자신

지난 과거를 바꿀 수는 없지만, 오늘 내 행동을 바꾸면 미래를 바꿀 수 있다.
이 과정은 매우 단순하다.
우리 인간은 어떤 식으로든 늘 변화하기 때문에
우리가 나아가야 할 방향을 우리 쪽에서 정하는 편이 좋다.

을 옮기는 일은 내 몫의 일이다. 평생 지혜를 찾기 위해서 매일 해야 하는 간단한 일 세 가지가 있다. 읽고, 듣고, 봉사하는 일이다. 지극히 당연한 얘기처럼 들리겠지만 안타깝게도 우리 사회의 많은 사람들은 이처럼 단순하고 중요한 일을 외면한다.

지혜의 말

우선 읽어라. 이 말을 듣고 맨 먼저 무슨 생각을 할지 짐작이 간다. '뭘 읽으라는 거야?'

책을 읽어라. 잡지와 신문은 정보와 재미를 주지만 대체로 지혜는 담겨 있지 않다. 어린 시절에는 책을 읽으라는 얘기를 많이 들으면서 자랐지만 어른이 되고 나면 이 중요한 충고를 잊고 만다. 1년에 책을 두 권 읽는 아이를 보면 다들 '너무 적게 읽는다'고 말하면서, 1년에 두 권 읽는 어른들에게는 '보통이다'라고 말한다. 놀랍게도 미국 성인 평균 독서량은 '1년에 두 권 미만'이다.

"대학을 졸업하면서 다시는 책을 읽지 않겠다고 마음먹었어. 그리고 지금까지 그 결심을 잘 지키고 있지. 신문과 잡지는 읽지만 책은 절대로 읽지 않아. 지난 20년 동안 나는 책이라고는 단 한 권도 읽은 적이 없어."

믿기지 않겠지만 내 앞에서 이렇게 자랑삼아 말했던 사람이 얼마나 많은지 모른다. 나는 웃으면서 고개를 끄덕거리고 마음속으로 생각했다. '지혜를 찾아 나서는 나만의 여행길을 그들과 함께할 일은 없겠구나.'

내 친구인 독자들은 자신만의 시간을 가지면서 손에 형광펜을 들고 좋은 책을 읽는 것만큼 자신에게 영향을 미치는 건 없다는 사실을 이미 잘 알고 있다. 여기서 형광펜은 정말 중요하다. 우리는 그저 손에 책을 들고 앉아서 뭔가 의미 있는 지혜의 말이 책 속에서 불쑥 튀어나오기만을 기다리며 수동적으로 책을 읽지는 않는다. 우리는 '적극적으로' 지혜를 찾아나선다. 지금 이 순간 이 글을 읽고 있는 동안에도 '모든 것을 바꿔놓을' 뭔가를 열심히 찾아보라. 한 가지 생각이라도 그 속에는 우리 인생을 바꿔놓을 만한 힘이 들어 있지만, 우선 우리 스스로 이 생각 속에 대단한 힘이 들어 있다는 것을 알아보아야 한다.

몇 시간씩 시간을 내어 책을 읽을 수 없다면 오디오북을 듣는 방법도 있다. 내가 세미나에서 이런 얘기를 할 때마다 사람들은 내게 와서 말한다. "내 생활을 몰라서 하시는 말씀이에요. 맞벌이 부부인데다 아이들도 있고 클럽의 회장직까지 맡고 있는데 내게 책을 읽고 오디오북을 듣는 게 좋겠다고요?"

사람들은 집 안을 깨끗이 치우고 하루 일과를 마친 다음, 펜과 종이를 들고 탁자에 앉아 저 작은 CD가 빙글빙글 도는 걸 지켜보면서 고상하게 글을 써야 한다고 생각한다. 그 정도까지 할 필요는 없다. 그저 재생 버튼을 누르면 된다. 그동안 요리도 하고, 잔디도 깎고, 차로 아이들을 학교까지 데려다줄 수도 있다. 그래도 내용을 이해할 수 있다. 자기도 모르는 사이 외우게 된 광고 음악이나 텔레비전 프로그램 시그널을 생각해보라. 우리의 무의식을 작동하는 뭔가가 있다고 한다면 그걸 '선택'하는 건 어떨까? 앞으로 몇 세대에 걸쳐 우리 가족의 미래를 바꿔놓을 만한 특별한 것을 선택하는 것이다.

선택 범위는 무척 넓다. 말 그대로 수백만 권의 책과 오디오 프로그램이 인터넷상이나 동네 서점에 널려 있다. 우리 자신이 인정하는 친구와 의논하면서 보물을 찾을 수도 있고, 시장에서 잘 팔리는 책을 알아볼 수도 있으며, 아마존 같은 인터넷 서점의 서평을 읽을 수도 있다. 나는 지금 읽는 책에서 언급된 다른 책을 찾아 읽어본 결과 뜻밖의 큰 수확을 얻기도 했다. 마치 지혜의 물줄기를 따라 안내를 받으면서 이 책에서 다음 책으로 나아가는 기분이다.

리더십에 관한 책을 찾는 중이라면 존 맥스웰을 찾아보는 게 좋다. 그의 저서 가운데 내가 가장 좋아하는 책은 『리더십의 21가지 법칙(The 21 irrefutable Laws of Leadership)』이다. 오그 만디노는 평생 수많은 책을 썼고, 이를 통해 수백만 명의 삶을 바꿔놓았다. 그의 저서 『세계에서 제일가는 비밀』은 내 삶을 바꿔놓았다.

나는 이 책을 최소한 400번은 읽었을 것이다. 이 말을 하면 사람들은 이렇게 말한다. "농담하지 마요. 책 한 권을 400번 읽었다고요? 대체 뭐가 그렇게 이해되지 않던가요?" 나는 그저 읽기 위해 책을 읽는 것도 아니고, 내가 읽은 책을 자랑삼아 탄띠처럼 두르고 다니기 위해 책을 읽는 것도 아니다. 나는 지혜를 찾기 위해 책을 읽는다. 지혜를 찾고자 하는 사람이라면 책을 읽어라.

나의 개인 서고 만들기

시대를 초월하여 성공한 사람이 한 말 속에 들어 있는 지혜는 책에서 찾을 수 있다. 누구와 함께 시간을 보내는가에 따라 그 사람의 모습이 내 모습이 되며, 내가 무엇을 읽느냐에 따라 그 내용이 내 모습이 된다. 재미를 위해 소설이나 잡지를 읽는다고 문제될 건 없다. 그러나 지혜는 대개 논픽션 책 속에 들어 있다.

'어쩌다 보니' 우리는 자신이 가장 관심을 갖는 분야(직업이나 생계 문제)의 전문서적만 읽는 식으로 굳어지기도 한다. 때로는 직업 활동과 무관한 주제도 탐색해보면서 우리 정신이 다양한 분야를 맛볼 수 있도록 하는 게 좋다. 창의성, 그림, 수생 생물, 이론 생물학, 양자역학, 바구니 만들기, 정원 가꾸기, 건축, 부동산, 개인 재정, 리더십, 세일즈, 의식 연구 등, 어느 분야든 우리가 마음을 열고 연관성을 수용할 자세만 되어 있다면 도움이 될 수 있다. 각자가 늘 관심을 갖는 주제 목록을 다이어리에 적어보라. 지금부터 24시간 이내로 인터넷 서점이나 동네 서점, 혹은 도서관에 가서 각자의 흥미를 불러일으킬 만한 책을 몇 권 찾아보라.

동료의 힘

인간은 늘 변화한다. 과거는 바뀌지 않지만 오늘 우리의 행동을 바꾼다면 미래를 바꿀 수 있다. 변화는 필연적이므로 우리가 나아가야 할 방향을 정하는 것이 좋다. 그렇다면 우리가 나아가야 할 변화 방향을 어떻게 정해야 할까? 책을 읽는 것 외에 동료를 현명하게 선택하는 방법이 있다. 아이들에게는 책이 중요하듯이 또래 집단 역시 매우 중요하다. 대부분의 부모는 자녀가 어떤 친구와 어울려 다니는지 극도로 예민하게 신경을 쓴다. 자녀가 친구의 모습을 닮아갈 거라고 생각하기 때문이다. 자녀의 친구가 약물을 복용하고 어린 나이에 성관계를 가지며 저속한 말을 쓰면 우리 자녀도 비슷한 행동을 할 위험성이 아주 높다.

우리는 자녀가 어떤 친구를 선택하느냐에 대해서는 염려하면서도 어른에 대해서는 이 원칙을 무시하는 경향이 있다. 원칙이 통하지 않은 것은 몇 살 때부터일까? 18세가 되면 다른 사람의 영향을 받지 않는 면역력이 생기는 것일까? 아니면 21세? 어쩌면 35세나 40세에는 더 이상 그런 것에 영향을 받지 않게 되는 것일까?

우리는 답을 알고 있다. 나쁜 말을 쓰는 사람들과 어울려 다니면 나 역시 말투가 그들을 닮아간다. 특정 견해를 가진 사람과 어울려 다니면 나 역시 닮게 된다. 게으른 사람과 어울려 다니면 나 역시 게을러질 것이다. 늘 변명을 하는 사람과 어울려 다니면 나 역시 그들처럼 된다.

함께 어울리는 사람을 선택하는 과정에서 한 가지 염두에 둘게 있다. 친구를 선택할 때에는 신중해야 한다는 것이다. 나는 사람들에게 종종 "당신이 생각하는 진정한 친구는 어떤 사람입니까?"라고 묻는다. 80퍼센트 이상의 사람이 "진정한 친구란 있는 그대로의 내 모습을 받아들이는 사람"이라고 답한다. 세상

우리가 누구와 어울려 지내는지 인간관계를 신중하게 관리할 필요가 있다.
어울려 다니는 사람을 선택하는 과정에서 그저 그런 평범함을
보아 넘길 때마다 우리 삶에서도 그저 그런 평범함을 속 편히 보아 넘긴다.
게으른 사람을 보아도 속 터지지 않는다면 이는 우리가 나태를
삶의 방식으로 받아들였다는 징조이다.

에! 이건 정말 위험한 발상이다. 동네 패스트푸드 식당의 아르바이트생은 있는 그대로의 내 모습을 받아들인다. 왜냐하면 그는 나와 아무 관련이 없기 때문이다.

진정한 친구란 '나를 보다 높은 수준으로 끌어올려주는 사람'이다. 내가 앞으로 어떤 일을 하겠다고 말했을 때 나의 가능성을 기대하는 사람이다. 그가 내 곁에 있음으로써 내가 보다 나은 사람이 될 수 있게 하는 존재이다. 어린 시절에 아버지와 테니스나 탁구를 쳐본 기억이 있는가? 장담하건대, 아버지는 우리에게 늘 져주지는 않는다. 왜냐하면 우리가 늘 이긴다면 결코 실력이 늘지 않기 때문이다. 이는 내가 선택하는 친구에게도 마찬가지로 적용된다. 나보다 나은 동맹군을 선택하라. 테니스 실력을 키우고 싶으면 나를 이길 수 있는 사람과 경기를 해야 한다. 그래야 내 실력이 향상된다.

이는 비즈니스에도 마찬가지로 적용된다. 나보다 나은 사람과 어울려라. 부자가 되고 싶은가? 그렇다면 나보다 부자인 사람과 함께 시간을 보내라. 현명한 사람이 되고 싶은가? 그렇다면 나보다 지혜로운 사람에게 시간을 투자하라. 그리고 그 사람에게 조언을 구하라.

내 얘기를 하자면, 꽤 오랫동안 사귄 친구 중에 말수가 적은 친구가 있었다. 누가 먼저 묻기 전에는 절대로 말하는 법이 없는 친구였다. 나는 지혜를 찾아야 한다는 원칙을 이해하고 나서야,

이 친구에게서 내가 직접 지혜를 끌어내야 한다는 걸 분명히 알게 되었다. 이 친구는 아무에게도 지혜를 주지 않으려고 꽁꽁 묶어놓는 사람은 아니었지만 너무 겸손했다. 나는 친구에게 많은 질문을 던졌다. "왜 이런 거야?" "왜 저런 거야?" 현명한 사람의 조언을 거절하는 것은 바보 같은 짓이다. 직장인일 때에도, 부모일 때에도, 학생일 때에도 현명한 조언 속에서 안전한 길을 찾을 수 있다.

내 친구 중에 계속해서 여러 차례 잘못된 결정을 내린 친구가 있었다. 그에게 이런 질문을 한 적이 있다.

"정말 궁금해서 물어보는 건데, 결정하기 전에 누구와 이 얘기를 했어?"

이 친구는 나를 정신 나간 사람인 양 쳐다보더니 답했다.

"아무하고도 안 했어."

"누구하고도 얘기를 안 했다고? 그럼 혼자서 결정한 거야?"

이 친구는 익숙한 표정을 지으며 말했다.

"난 어른이고, 무엇이 내게 최선인지 알고 있어. 나 혼자 힘으로 결정할 수 있어."

우리 자신에게서만 조언을 구할 때 우리가 얻을 수 있는 것은 고작해야 우리가 이미 가진 것, 이미 아는 것, 지금 현재 모습뿐이다. 현명한 사람에게서 조언을 구하면 나쁜 결정을 피해갈 수 있고, 보다 성공적인 삶으로 나아갈 수 있다. 우리가 가진 지혜에 다른 사람의 지혜까지 보태면 성공의 가능성은 한층 커진다.

나의 측근 집단 활용하기

지혜를 구하는 결단에서는 나와 함께 시간을 보내는 사람의 모습이 곧 내 모습이라고 가르친다.

1. 각자 자신의 '측근 집단'이라고 생각하는 사람의 명단을 다이어리에 적는다. 가족, 친구, 동료 등 내 삶에 영향을 미치는 가까운 사람들의 이름을 모두 적는다.

2. 지혜를 구하는 결단에서는 어떤 사람과 어울려 다니는가에 따라 우리가 성장하기도 하고 짓눌리기도 한다고 가르친다. 각 명단 옆에 이 사람이 우리를 어느 쪽으로 이끄는지 화살표로 표시한다(많은 사람이 이 실천 훈련을 어려워한다. 내 발전을 가로막는 '친구'일지라도 그에게 애정을 느끼기 때문이다. 함께 시간을 보내는 사람을 평가할 때에는 솔직해야 한다).

3. 일정한 패턴이 보이는가? 함께 시간을 보낸 사람 중에 내 삶의 경험을 망쳐놓았다고 볼 수밖에 없는 사람이 있는가? 아니면 내게 도전 정신을 불어넣고, 나를 한 단계 끌어올리고, 내가 더 나은 사람이 되도록 도와주는 사람에게 시간을 투자하고 있는가?

나의 이사회

나는 멘토에게서 조언을 구하지 않은 채 혼자 독단적으로 결정을 내리는 일이 없다. 주변 사람들이 남보다 높은 수준을 가졌다면 그만큼 좋은 결정을 내릴 가능성이 높지 않을까? 나는 똑똑한 사람의 통찰력, 경험, 판단 능력 중에서 서너 개를 골라 내 결단을 도와주는 개인 이사회에 의논한다. 현명한 사람의 조언을 구하는데도 중요한 일을 망칠 위험성이 있을까? 내가 의지하고 조언을 구할 수 있는 사람을 찾아라. 지혜를 찾아 나서는 과정에서 중요한 필수 요소이다.

다른 사람의 지혜를 활용하면 보다 쉽고 빠르게 지혜를 얻을 수 있다. '내 밑에 이사회를 둘 만한 돈이 없어. 너무 비싸'라는 생각을 한다면 중요한 점을 놓치고 있는 것이다. 기본적으로 중요한 점은 주위에 현명한 사람을 두는 데 있다. 내가 개인적으로 두고 있는 이사회 구성원은 자신이 내 이사회 구성원인 것을 알지 못한다. 그들이 내 결정 과정에 어떠한 영향을 미친다는 것을 굳이 알게 할 필요는 없다.

개인 이사회를 두는 일은 어렵지 않다. 나보다 똑똑한 사람, 나보다 능력이 많은 사람, 삶의 영역에서 많은 결실을 이룬 사람을 찾기만 하면 된다. 내 아내 폴리와 나는 우리보다 결혼 생활을 더 오래한 몇몇 부부를 우리 이사회로 두고 있다. 폴리와 나는 거의 20년, 그들은 35년 이상 된 부부다. 30여 년이 넘도록 이들은 서로에게 충실하게 행복한 결혼 생활을 해왔다. 이들을 볼 때마다 '어떻게 그럴 수 있었을까?' 하는 생각이 든다. 이런 사람들을 우리 이사회에 올리고 싶은 마음이 드는 건 자연스런 일이다.

폴리와 나는 잘 키운 자녀를 둔 사람들에게서 조언을 구하고, 그들이 했던 방식대로 따른다. 나보다 현명하고, 나보다 좋은 글을 쓰며, 나보다 건강한 사람들, 다시 말해서 내가 부러워할 만한 삶을 살고 있는 사람들로 우리 이사회를 구성한다.

- -

나의 이사회 구성하기

개인 이사회를 구성하기 위해 어떤 사람들과 관계를 형성하는 게 좋을까? 삶의 다양한 영역별로 특정 '조언자'를 선택할 수 있다. 당연한 얘기지만, 온종일 방 안에서 뒹굴며 텔레비전이나 보는 흡연자를 '건강 조언자'로 두려는 사람은 없다. 어디에 가야 적절한 조언을 구할 수 있는지 잘 아는 사람이 되어야 한다.

이사회 구성원으로 삼을 만한 사람의 명단과 이들에게서 구할 조언을 다이어리에 적는다. 측근 집단으로만 한정하지 마라. 설령 지금은 아무 관계가 없는 사이일지라도 내 이사회의 구성원으로 삼고 싶은 사람이 누구인지 자유롭게 떠올려본다. 다시 말하지만, 이들에게 이사회 구성원이라는 사실을 굳이 알릴 필요는 없다. 나만의 작은 비밀로 묻어 두는 것이 좋다. 때로는 '멘토링'을 해줘야 한다는 압박감을 느끼지 않는 상대에게서 더욱 적절하고 순수한 정보를 얻기도 한다.

위험 징후를 감지하자

일곱 가지 결단대로 살면서 일정한 성공 단계에 이르면 어김 없이 위험 징후가 나타난다. 우리가 지금 이 자리에 있는 건 아주 좋은 생각을 해냈기 때문이라는 걸 잊어서는 안 된다. 앞으로 도 발전하고 싶다면 우리 스스로 개선할 점이 무엇인지 직관적 으로 깨닫든, 아니면 절친한 측근 집단에게서 훌륭한 조언을 구 하든, 지금 수준의 생각을 뛰어넘어야 한다. 위험 징후가 나타나 는 지점은 우리가 풍요로운 성공을 추구하는 과정에서 다음과

**하느님은 선택의 기회를 만들기 위해 산을 옮겼다.
이제 나 자신을 옮겨놓는 일은 내 몫이다.**

같은 생각이 떠오르기 시작할 때이다. '난 이 모든 걸 해냈어. 이 분야에서 꽤 알려졌고 제법 이룬 것도 많지. 이제 모든 결정을 내 스스로 자유롭게 할 수 있어.' 우리의 행동에서도 '나는 누구보다 현명하고 똑똑해'라는 소리가 들리는 듯하다.

많은 성공을 이룰수록 점차 다른 사람이 가지 않은 길을 가게 된다. 우리보다 더 강하고 현명한 사람을 만나기가 점점 더 힘들어질 것이다. 그렇다고 찾지 못하는 건 아니다. 지혜를 얻고자하는 열정적인 사람이라면 거의 모든 사람에게서 도움을 얻을 수 있다. 나보다 부자이거나 똑똑한 사람일 필요는 없다. 누구나 나보다 나은 점이 한두 가지는 있게 마련이고, 많은 점에서 나보다 나은 사람도 있다. 우리는 누구에게서든 배울 수 있다.

위험 지점은 우리가 자신의 '지혜'를 매우 높이 평가하면서 다른 사람의 충고를 무시하기 시작할 때 생긴다. 나폴레옹을 기억할 것이다. 그는 황제로, 지도자로, 그 당시 사람들에게는 세상 전부라고 생각되던 땅을 정복한 사람으로 역사에 기록되어 있다. 그러나 여기에서는 대부분의 사람이 들어보지 못한 이야기를 소개한다.

워털루의 어느 오후

1815년 6월 워털루에서 나폴레옹은 웰링턴을 '무찔렀다(에릭 두르슈미트가 지은 『아집과 실패의 전쟁사 *The Hinge Factor*』에는 워털루 전투의 세세한 장면이 상세하게 서술되어 있으며 나폴레옹이 웰링턴을 어떻게 무찔렀는지 상세하게 요약되어 있다. 나폴레옹이 이 전투에서 어떻게 승리했는지 알고 싶은 사람에게 이 책을 강력히 추천한다).'

동맹국 세력에 의해 엘바 섬으로 쫓겨났던 나폴레옹은 1815년 2월 엘바 섬을 탈출하여 소위 '백일천하'의 첫 시작을 알렸다. 이 기간 동안 유럽 각 도시에서는 나폴레옹에 대한 두려움 때문에 아무도 편안히 잠을 이루지 못했으며, 파리에 도착한 나폴레옹은 군대를 조직하여 유럽을 휩쓸고 다녔다. 예전에 나폴레옹 수하에 있던 장군들은 죽었거나 변절했다. 다보에는 메링고에서, 라네이는 에르페르제에서 죽었고, 자노는 자살했다. 이런 건 나폴레옹에게 아무런 문제가 되지 않았다. 독자적인 지휘를 할 수 있다고 믿었기 때문이다. 나폴레옹은 전쟁의 천재였고, 이 점은 다들 인정했다.

새벽 동이 트자, 나폴레옹은 로손 팜에 자리를 잡은 황제의 본부에서 부하 장군들과 함께 아침 식사를 했다. 장군 중 한 명은 웰링턴 부대가 몽생장에 위치하고 있어서 전략적으로 유리하다며 걱정했다. 황제는 코웃음을 치면서 "우리가 패배할 가능성은 없어"라고 말했다. 물론 패배할 가능성은 없었다. 나폴레옹의 군대는 병사 7만 2천 명, 대포 246대였고, 이에 비해 웰링턴 군대는 병사 6만 7천 명, 대포 156대였다.

나폴레옹은 짙은 자줏빛 실크 조끼와 흰색 바지에 무릎 바로 위까지 오는 장화를 신고 그 위에 회색 코트를 걸친 뒤 작은 회색 말 위에 올랐다. 나폴레옹은 부대를 전투에 내보내기 전, 미셸 네 장군을 보며 말했다. "내 지휘대로만 하면 오늘 밤은 브뤼셀에서 묵게 될 거요."

나폴레옹은 하루 종일 보병 부대를 웰링턴 진지 쪽으로 잇달아 출전시켰다. 오후가 끝날 무렵 나폴레옹의 기병대 중에서 가장 최고를 자랑하는 제4기병대와 미셸 네 장군이 출전 준비를 마쳤다. 황제가 마지막 점검을 하는 동안 5천 개의 칼과 창끝이 햇빛에 반사되어 빛났고 깃발이 바람에 나부꼈다. 한차례 대담한 공격을 퍼부으면 적군은 대포를 버리고 도망갈 거라고 황제는 생각했다. 그러면 적군을 모조리 베어버릴 것이다. '그래, 잘 될 거야.' 기병대의 일사불란한 공격은 적군이 입을 실제 피해보다 훨씬 더 큰 위력을 발휘했다. 이 때문에 나폴레옹은 부대를 나누지 않고 일렬횡대로 긴 전선을 형성했다. 오후 4시 3분이었다.

프랑스 기병대가 에실론에서 보병의 지원을 받으며 진격을 개시했다. 기병대가 공격의 중앙에 섰다. 황제의 기병은 곧바로 영국 포병 진지를 향해 달렸다. 영국군의 산탄포가 공격을 개시하자 수천 개의 산탄이 발사되었고 네 장군은 기병대에 진격 신호를 보냈다. 5천 마리의 말이 전속력으로 달렸고, 말발굽 소리가 지축을 흔들었다.

"황제 만세!"

한편 반대편에서는 웰링턴 부대의 대대 지휘관 코넬리우스 프레지어 대령이 눈앞에 펼쳐지는 믿지 못할 광경을 보고 있었다. 무시무시한 파도가 자기 쪽으로 밀려오고 있었다. '우릴 덮치겠군!' 프레지어 대령은 정신을 차릴 수 없었다. 대포를 몇 차례나 장전할 수 있을까? 미셸 네 장군이 이끄는 나폴레옹의 병사는 빽빽이 두 줄로 대오를 이루어 코넬리우스 프레지어 부대에서 산탄이 쏟아지는데도 조금의 흐트러짐 없이 달려왔다.

웰링턴 부대에서 발사하는 산탄 때문에 병사의 사지가 찢기고 말이 쓰러지고 기병이 땅으로 고꾸라지는데도 진격은 멈추지 않았다. 나팔소리가 울리고 5천 개의 창이 말 앞쪽에 모습을 드러내며 뾰족한 강철의 파성퇴를 형성했다. 또 한 차례 적군의 대포 공격이 기병의 대오를 흐트러뜨렸다. 모든 대포와 산탄총이 일제히 발사되었다. 그러나 제4기병대 5천 군사의 영웅적인 돌격은 멈추지 않았다. 기병과 말이 쓰러져 마치 카드처럼 차곡차곡 쌓이는 동안 포수들은 또 한 차례 산탄을 장전했다. 전투를 개시한 지 5분쯤 지나자 네 장군이 맨 앞으로 나섰고, 적군의 포수들이 대포 내부 청소용 스펀지 막대기를 버리고 도망가는 모습이 보였다. 네 장군의 병사들은 도망가는 영국군을 덮쳤고 대포를 접수했다. 기병대는 계속 몰아붙여 영국군이 대포에 다시 접근하지 못하도록 막았다. 나폴레옹 군대는 워털루에서 웰링턴 군대를 무찔렀다.

나폴레옹의 실책

정말 멋지지 않나? 이는 분명한 사실이기도 했다. 아니, 갑자기 스치는 생각이 있을 것이다. 나폴레옹은 워털루에서 패배했다. 이 역시 사실이다. 나폴레옹은 워털루 전투에서 패배했지만 처음에는 이겼다. 이 첫 승리가 이제껏 알려지지 않았던 것은 엄청난 패배로 모든 게 가려졌기 때문이다. 그는 너무도 큰 성공을 이루었기 때문에 누구의 말도 듣지 않았다. 심지어는 자기 수하의 장군 말도 듣지 않았으며, 대령이나 하사관의 말은 더더욱 듣지 않았다. 그의 머릿속은 온통 성공에 대한 생각뿐이었기 때문에 어느 누구의 조언도 들으려 하지 않았다.

지금부터 실책 이야기를 해보자. 프랑스 포병도 영국 포병도 모두 청동제의 대포를 사용했다. 포구를 통해 5.4킬로그램이나 7.2킬로그램짜리 대포를 장전하고, 빨갛게 달아오른 퓨즈를 좁은 발사구 안으로 넣어서 발사하는 방식의 대포였다. 기병대가 적군의 대포를 접수하면 다시 뽑지 못하도록 대가리 없는 못을 발사구 안에 밀어넣어 대포를 못 쓰게 만들었다. 나폴레옹의 기병대가 전투를 시작하기 전, "못은 어디 있지? 못도 없이 출전하려 한다고!"라고 누군가 말했지만 나폴레옹은 이들의 말을 무시했다.

나폴레옹의 군대는 못도 챙기지 않은 채 전장에 나갔다. 총, 말, 칼, 창, 대포 장비는 있었지만 못이 없었다. 이 역사적인 전투는 한줌의 못 때문에 승패가 갈렸다. 나폴레옹은 웰링턴 군대를 이겼다. 그러나 전투는 밀고 당기는 형세로 이어졌고, 마침내 웰링턴의 한 부대가 대포를 되찾자, 또 다른 부대도 대포를 되찾았다. 곧이어 나폴레옹 군대 쪽을 향해 영국군의 대포가 불을 뿜기 시작했다. 언덕 위에 뒷짐을 지고 서 있던 나폴레옹은 웰링턴 군대를 무찔렀던 자신의 군대가 영국군의 대포 공격에 산산조각 나는 모습을 지켜보아야 했다. 이 모든 것이 못을 챙기지 않고 출전했기 때문에 생긴 일이었다. 한 줌의 못만 있었더라도 영국군의 대포는 못 쓰게 되었을 것이고, 웰링턴 군대는 패했을 것이다.

우리 할아버지는 늘 입버릇처럼 '분수도 모르고 건방지게 군다'는 말을 자주 했는데 나폴레옹의 패배는 이를 잘 보여주는 전형적인 사례였다. 너무나 많은 성공을 이룬 나폴레옹은 누구의 말도 귀담아듣지 않았다. 오직 자신에게만 조언을 구하는 사람은 자기가 아는 한도에서 결정을 내린다. 하지만 현명한 사람에게서 충고를 구한다면 내가 가진 지혜에 그의 지혜와 경험을 더할 수 있고, 내 성공 가능성을 비약적으로 늘리고 실패의 함정을 줄일 수 있다.

다른 사람을 위해 봉사하자

책을 읽고 다른 사람의 조언을 구하는 일 외에 지혜를 찾아 나서는 세 번째 방법은, 다른 사람을 돕기 위한 방법을 찾는 것이다. 그렇다고 뭔가 거창한 일이나 대단한 도움을 줘야 하는 건 아니다. 친절하게 문을 열어주는 일도 봉사가 될 수 있고, 짐을 들어주거나 커피를 따라주고, 의자를 잡아주는 것도 좋다. 다른 사람을 위해 봉사하는 동안 우리는 그들을 소중하게 여기는데, 이것이 우리의 가치를 높여준다. 다른 사람을 위해 봉사할 때, 그들이 우리에게 지혜를 나눠줄 가능성도 커진다는 것은 우연한 일이 아니다. 선박 왕이자 억만장자인 아리스토텔레스 오나시스 (1906~1975)는 말년에 기자에게서 다음과 같은 질문을 받았다.

"당신이 가진 돈을 모두 잃는다면 이를 되찾기 위해 어떻게 하시겠습니까?"

"가장 먼저 할 일은 다른 사람을 위해 봉사하는 거라고 생각합니다."

기자는 이 대답을 듣고 놀라서 입을 다물지 못했다.

"다른 사람을 위해 봉사하는 거라고 하셨나요? 내 생각엔 지금까지 사람들이 당신에게 봉사했는데요?"

"사람들은 나를 위해 봉사하지요. 하지만 이는 전적으로 내가 평생 다른 사람을 위해 봉사해왔기 때문이에요. 당신은 '어떻게 재산을 모을 것인가?'라고 내게 물었어요. 그 일을 하기 위한 첫 단계는 다른 사람을 위해 봉사하는 거예요. 이렇게 함으로써 나는 내게 도움을 주고 나를 이끌어주고 내게 지혜와 경험을 나누어줄 사람들을 내 주위로 끌어들이는 거예요."

오나시스는 이어서 다음과 같은 말을 덧붙였다.

"나는 일자리를 얻을 거예요. 어쩌면 두세 가지 일을 하게 될 수도 있고요. 돈을 벌면 저축을 할 것이고, 검소한 생활을 할 겁니다. 그렇게 해서 500달러를 모았을 때 500달러짜리 음식을 사

현명한 사람은 봉사정신을 기른다.
이런 특별한 성향이 주변에 사람을 끌어들이기 때문이다.

먹을 겁니다. 그런 다음 더 열심히 일하고, 검소한 생활을 하고, 500달러를 모을 때까지 저축을 한 다음, 다시 500달러짜리 음식을 사먹을 거예요."

이쯤 되자 기자는 더 이상 참지 못하고 흥분하면서 대꾸했다.

"정말 이해가 안 돼요. 재산을 모으려고 애쓰는 중이잖아요. 그런데 한 끼 식사로 500달러를 날려버린다고요?"

오나시스가 대답했다.

"그건 음식 얘기가 아니에요. 내가 쌓아갈 친분 얘기를 하는 거죠. 내가 원하는 지점까지 가기 위해서는 지혜가 있어야 하고 아울러 음식 값이 500달러가 되는 식당에서 식사하는 사람들과 관계를 쌓아야 하지요. 나는 식당에 가서 사람들과 눈인사를 하고 나를 소개하고 악수를 할 거예요. 나는 식당에 들어갈 때 사람들에게 '안녕하세요?'라고 인사하고, 식당에서 나올 때 '안녕히 계세요'라고 인사를 할 거예요. 그러다가 어디선가 이들을 우연히 만나면 '아, 일전에 만났지요'라고 하거나 '지난번 식사할 때 옆 테이블에 앉았던 그분이시죠?'라고 말하지요."

그런 다음 오나시스는 다음과 같은 말로 끝맺었다.

"이 모든 건 장차 당신 주변에 있게 될 사람들과 친분을 쌓기 위해서지요. 식당에서 그들을 위해 의자를 빼주거나 문이 닫히지 않도록 붙잡아주면 나중에 그들이 저를 돕고 싶은 마음이 생길지도 모르잖아요."

알프레드 밴더빌트의 봉사자 정신

알프레드 밴더빌트는 가는 곳마다 인정을 받았다. 밴더빌트 가문은 세계에서 가장 부유하고 이름난 가문 중 하나였으며, 알프레드의 부친 코넬리우스 밴더빌트 때부터 선박과 철도 사업으로 엄청난 부를 축적했다. 알프레드는 형제 중에서도 단연 돋보였다. 그가 유일하게 아버지 회사의 말단 사무원부터 경력을 쌓겠다고 나선 반면, 다른 형제들은 경영직을 원했다. 대중은 알프레드 밴더빌트를 존경했으며, 오래도록 그를 기억했다. 그의 부친 역시 알프레드를 잊지 않았다는 게 유산 분배에서 증명되었다. 다른 아들과 딸은 700만 달러를 상속받았지만, 알프레드는 7천 600만 달러를 상속받았다. 부친이 판단하기에 봉사자 정신으로 돈을 관리할 사람은 알프레드였다. 코넬리우스는 봉사자가 종종 왕이 되거나, 가장 큰 부자가 된다고 생각했다.

알프레드 밴더빌트는 봉사자 정신으로 돈을 나누었다. 제1차 세계대전 동안 알프레드는 마차를 구입하여 적십자사에 기증했으며, 여기에 만족하지 않고 자신이 직접 마차를 몰며 돕기도 했다. 알프레드는 친절한 사람으로 알려졌고, 특히 가난한 자에게 친절한 마음을 베풀어준 것으로 유명했다.

알프레드 밴더빌트가 우리에게 남긴 것은 바로 봉사자의 모습이었다(내가 쓴 두 번째 소설 『선택(*The Lost Choice*)』에서 이를 중점적으로 다루기도 했다). RMS 루시타니아 호(1915년에 아일랜드 남쪽 해상에서 독일 잠수함의 공격을 받아 침몰한 영국 여객선. 사망자 1,198명 가운데 중립국인 미국인 100여 명이 포함되었기 때문에 독일에 대한 미국 내의 여론이 악화되어 미국이 제1차 세계대전에 참전하는 계기가 되었다)에 타고 있던 알프레드가 이 지구상에서 마지막으로 보여준 행동 속에도 그의 봉사자 정신이 그대로 나타나 있다. 그는 아기들을 태운 바구니에 구명조끼를 매달아주었고, 자기가 입고 있던 구명조끼까지 한 여자에게 내주었다. 알프레드는 수영장이 딸린 많은 저택을 소유했지만 수영은 할 줄 몰랐다. 알프레드 밴더빌트는 삶의 마지막 순간까지 봉사정신을 보여주었다.

- -

봉사정신 기르기

이제부터 봉사정신을 기르기 위해, 혹은 이를 계속 지켜나가기 위해 무엇을 할 수 있을까? 지역 교회나 마을회관에서 자원봉사를 할까? 지역 병원에 있는 노인을 찾아갈까? 가족과 함께 보내는 시간을 늘릴까? 가족에게 전화를 걸어 기분 좋은 웃음을 안겨주는 건 어떨까? 무턱대고 아무에게나 친절을 베풀어볼까? 아이디어가 떠오르는 대로 무조건 다이어리에 적은 다음, 그중 한 가지를 5일 이내에 실천해보라.

- -

풀러의 인생 실험

1927년 29세의 벅민스터 풀러는 차가운 물속에 몸을 던져 자살할 생각으로 레이크 미시건 해변에 서 있었다. 첫아이를 잃은 데다, 파산 상태의 신용 불량자였고, 직업도 없었다. 아내와 새로 태어난 딸이 있었지만 살아갈 희망이 없었다. 그때 깨달음의 자각이 풀러의 머릿속을 스쳐갔다. 자신의 삶이 자기 것이 아니라 다른 사람의 것이라는 생각이 들었다. 순간 풀러는 보잘것없고 돈도 없고 이름도 알려지지 않은 한 개인이 인류를 위해 무엇을 할 수 있을지 '실험'을 시작하기로 했다. '내 삶이 내 것이 아니라 다른 사람의 것이라면, 나는 다른 사람을 위해 무엇을 할 수 있을까? 봉사하는 삶이란 어떤 것일까?' 이후 54년 동안 풀러는 많은 논쟁을 불러일으킨 아이디어를 내놓았고, 이것이 실행 가능한 실용적인 것임을 여러 차례 입증해 보였다.

상상해보라. 파산한 신용 불량자에 직업도 없이 자살을 생각

> 현재 우리 앞에 놓인 시련과 싸우라.
> 그러면 미래에 상을 받을 것이다.

했던 사람이 자신의 삶을 놓고 실험을 하기로 한다. '내 삶은 내 것이 아니라, 다른 사람의 것이다. 그러므로 내 삶을 다른 사람에게 줄 것이다.' 아무것도 가진 게 없는 사람이 봉사하는 삶을 살기로 마음먹을 때 어떤 일이 일어날까?

이 실험이 진행되는 동안 풀러는 미국 특허권 25개를 따냈고, 28권의 책을 썼으며, 예술·과학·공학·인문학 분야에서 47개의 명예박사 학위를 받았다. 아울러 미국 건축학회에서 주는 골드메달과 영국 왕립 건축학회에서 주는 골드메달을 포함하여 건축 디자인 상을 수십 개나 받았다. 또한 전 세계 박물관에 영구 소장품으로 보관되어 있는 작품을 만들기도 했다. 파산한 신용 불량자로 자살을 생각하던 풀러는 그 후 성공한 강사로 지구를 57바퀴나 돌았으며, 강연, 인터뷰, 저서 등을 통해 수백만의 사람들을 만났다. 그는 봉사의 삶을 살기로 결심했던 사람이다. 부자가 되는 길은 봉사자의 마음을 갖는 것에서 시작되며, 부자가 되기로 선택할 때도 역시 봉사자의 마음에서 시작해야 한다.

유산 실험

우리 삶이 하나의 실험이라면 어떻게 될까? 무엇을 유산으로 남겨주고 싶은가? 미래 세대를 위해 어떻게 봉사할 것인가? 마음속으로 이에 대한 답을 생각한다. 살아 있는 동안 지금 바로 어떤 유산을 물려줄 것인지 다이어리에 적는다.

이 시대의 여행자, 보브 호프

누구에게나 영웅은 있다. 내 영웅은 보브 호프다. 그는 탁월한 연예인이며, 56편이 넘는 영화와 500편이 넘는 「보브 호프 스페셜 쇼」에 출연했다. 전 세계에 주둔해 있는 미군을 상대로 50년이 넘도록 공연을 했다. 뜨거운 마음으로 조국에 헌신했고, 지칠 줄 모르는 강행군으로 공연 스케줄을 소화했으며, 늘 신선한 내용의 코미디를 선사했다. 그러나 내가 그를 존경하는 진짜 이유는 따로 있다.

보브 호프가 보낸 편지를 소개한다.

앤디에게

　지난 50여 년간 내가 연예계에서 정말 많은 행운을 누려왔다고
여기겠지만, 사실은 내게도 나름대로 힘든 순간들이 있었네. 그중
한 가지를 말해주지.

　1928년 무렵 인디애나 주 에번즈빌에 쇼를 진행하러 갔을 때의
일이야. 나는 아침을 먹으면서, 극장에 내 광고가 어떻게 났는지
보기 위해 신문을 보았지. 그런데 신문에 '벤 호프'라고 적혀 있는
거야. 나는 신문을 집어 들고 극장으로 급히 달려갔어. 매니저에
게 신문을 보이면서 소리쳤어.

　"무슨 생각으로 내 이름을 이런 식으로 적은 겁니까?

　"이름이요?"

　"벤 호프라니! 대체 이게 뭐요?"

　"그럼, 당신 이름은 뭔데요?"

　"<u>보브 호프요.</u>"

　"누가 알기나 하겠어요?"

　그 당시에는 아무도 나를 알지 못했고, 아무도 관심을 두지 않
았어. 그러나 적어도 몇 군데에서는 활동하고 있었기 때문에 꽤 좋
은 기회를 가진 셈이었지. 그보다 6개월 전에는 시카고에 있는 우
즈 시어터 빌딩 앞에 서 있었어. 전에는 한 회당 10달러를 받았지
만 그조차도 받을 수 없었지. 아무도 나를 알지 못했어. 내 이름은

레스터 호프였는데, 보브 호프라는 이름이 훨씬 기분 좋게 들려서 그 이름으로 바꿨다네. 그러나 여전히 굶주렸고, 데이트 한 번 할 수 없었지. 잘 먹지도 못했고 빨랫감은 쌓여갔어. 고향 클리블랜드로 가서 배불리 밥을 먹고 빨래도 해야겠다고 막 떠나려 할 때, 내 친구가 찾아왔지. 찰리 쿨리라고 꽤 성공한 보드빌(노래, 춤, 촌극 등을 엮은 오락연예) 배우였는데, 날 보더니 어떻게 지내냐며 묻더군.

"굶어죽을 지경이야."

"날 따라와."

그 친구는 나를 찰리 호건에게 데려가 인사시켰어. 쿨리와 출연계약을 맺고 있던 사람이었지. 이 사람은 시카고와 주변의 작은 여러 극장과 계약을 맺고 있었어. 그가 말했지.

"웨스트 잉글우드 극장 무대에 하루 출연할 기회를 주겠소. 25달러 어떻소?"

나는 목이 메었네. 그 당시 겨우 회당 10달러를 받았거든. 그때부터 내 일이 잘 풀리기 시작했지.

앤디, 누구나 기운 빠지는 때는 있어. 돌아보면 재미있지. 뭐랄까, 마음이 안정되는 그런 느낌이 들어.

포트아서에서 보세.

행운을 빌며,

보브 호프

3

행동하는 결단
나 는 행 동 하 는 사 람 이 다

행동하는 결단은 지금 이 순간 우리에게 매우 중요한 갈림길을 제시한다.
행동하는 사람이 된다는 건 하나의 선택이지 과정이 아니다.
행동하는 사람이 되거나 혹은 그렇지 않거나 둘 중 하나다.
이제 우리 얘기를 할 차례다. 우리는 어느 쪽인가?

「폰더 씨의 위대한 하루」 중에서

나의 미래는 곧 다가온다.
나는 미래를 양손으로 움켜쥐면서 적극적으로 미래를 개척해나가겠다.
아무것도 하지 않는 것과 뭔가 해야 하는 것 중 하나를 선택하라면,
나는 늘 행동하는 쪽을 선택하겠다!

조슈아 로런스 체임벌린 대령

행·동·하·는·결·단

『폰더 씨의 위대한 하루』에서 조슈아 로런스 체임벌린은 데이비드 폰더에게 개인의 성공을 결정하는 세 번째 결단을 선물로 주었다.

나는 행동하는 사람이다

오늘부터 나는 새로운 나를 창조함으로써 새로운 미래를 만들겠다. 나는 낭비한 시간, 잃어버린 기회를 아까워하며 절망의 구렁텅이에 빠지지 않겠다. 과거의 일은 아무리 사소한 것이라도 바꿀 수 없다. 하지만 나의 미래는 곧 다가온다. 나는 미래를 양손으로 움켜쥐면서 적극적으로 개척해나가겠다. 아무것도 하지 않는 것과 뭔가 해야 하는 것 중 하나를 선택하라면 나는 늘 행동하는 쪽을 선택하겠다! 나는 이 순간을 잡는다. 지금을 선택한다.

나는 행동하는 사람이다. 나는 언제나 활발하게 행동하는 습관을 들일 것이고, 늘 미소를 잊지 않을 것이다. 나의 정맥 속으로 흘러드는 생명의 피는 행동과 성취를 향하여 더 멀리 더 높이 나아가라고 권유한다. 게으른 자에게는 부와 번영이 따라오지 않는다.

나는 행동하는 사람이다. 나는 리더이다. 리드하는 것은 행동하는 것이다. 리드하기 위해 나는 앞으로 움직여 나가야 한다. 늘 달리는 사람에게는 많은 사람들이 길을 비켜준다. 나의 행동은 나를 따르는 사람에게 성공의 파도를 일으킨다. 나의 행동은 한결같을 것이다. 이것은 나의 리더십에 자신감을 불어넣어준다.

나는 행동하는 사람이다. 나는 결정을 내릴 수 있다. 그것도 지금 당장. 왼쪽으로도 오른쪽으로도 움직이지 않는 사람은 평범한 사람이 될 수밖에 없다. 하느님은 나의 행동을 기다리고 계신다! 하느님은 나에게 정보를 수집하여 분류하는 머리와 결론에 도달하는 용기를 주셨다. 나는 결정을 잘못 내릴 것을 두려워하는 우유부단한 사람이 아니다. 나의 체질은 강인하고 나의 앞길은 분명하다. 성공하는 사람은 재빨리 결정을 내리고 자신의 마음을 천천히 바꾼다. 반대로 실패하는 사람은 결정을 천천히 내리고 마음을 재빨리 바꾼다. 나는 빨리 결정을 내리고 그것은 나를 승리로 이끌어준다.

나는 행동하는 사람이다. 나는 과감하다. 나는 용감하다. 이제 내 인생에서 두려움은 더 이상 발붙일 자리가 없다. 나는 두려움이 증기 같은 것이라 생각하며, 그것이 다시는 내 인생을 짓누르도록 내버려두지 않겠다! 나는 실패를 두려워하지 않는다. 실패는 그만두기를 좋아하는 사람에게나 있는 것이다.

나는 결코 그만두지 않는다. 나는 용감하다. 나는 리더이다. 나는 이 순간을 잡는다. 지금을 선택한다.

나는 행동하는 사람이다.

행동에 나서자

행동 없이는 다른 모든 결단도 소용없다. 행동이라는 말이 나오면 사람들은 흔히 "예, 알아요. 행동을 취해야 해요"라고 답한다. 우리는 이미 알고 있다. "옳은 일이든 그른 일이든 뭐든 해야 한다. 아무것도 하지 않는 것보다 뭔가를 하는 게 더 낫다"는 말을 모두 들어보았을 것이다. 어떤 식으로든 '나'로 인해서 결과가 생긴다는 걸 기억하라. 역설적인 이야기지만 무기력할 때 가장 먼저 해야 할 일은 무엇일까? 힘든 시기에 가장 먼저 해야 할 일이 무엇일까? 이럴 때 사람들은 소파에 드러누워 텔레비전 리모컨을 누르며 이렇게 말한다. "할 테면 해봐. 더 나빠질 것도 없어. 그냥 여기 앉아 기다릴 테니까 날 좀 내버려둬."

뭘 기다리는 걸까? 우리에게 힘을 주는 기회, 지식, 정보, 이 모든 것은 다른 사람에게서 생긴다. 내가 무력한 상태에 있을 때 이런 것을 내게 줄 수 있는 사람이 내 소파에 앉아 있는 것도 아

**결단의 순간이 왔을 때 많은 사람은 하느님을 기다리는 중이라고 말한다.
그러나 내가 알기로는 대개 하느님이 우리를 기다린다.**

니다. 이럴 때일수록 우리는 밖으로 나가 무언가를 해야 한다. 우리가 살아가는 동안 매일 우리가 누구인지 지켜보는 사람들이 있다. 행동하는 사람이 되어라. 순간을 놓치지 말고 바로 선택하라. 우리에게 항상 올바른 결정을 내릴 수 있는 능력은 없지만, 결정을 내리고 이를 바로잡을 수 있는 능력은 있다.

"그러나 항상 잘할 수는 없어요."

나는 이런 말을 들을 때마다 화가 머리 꼭대기까지 치민다. 잘할 수 없다면 그보다 좀 못한 차선의 것이라도 해야 한다. 뭐가 되었든 움직여라. 바로 시작하라. 움직이지 않는 사람은 그저 그런 평범한 사람이 될 수밖에 없다. 결단의 순간에 "나는 하느님을 기다리는 중이에요"라고 말하는 걸 많이 들었다. 장담하건대 대개의 경우 하느님이 우리를 기다린다. 하느님은 새에게 먹을 것을 주지만, 새 둥지 안으로 벌레를 던져주지는 않는다. 하느님은 우리에게 정보를 모으고 분류할 수 있는 건강한 정신과 결론을 내릴 수 있는 용기를 주셨다.

성공한 사람은 결단이 빠르고 마음은 천천히 바뀐다. 실패한 사람은 결단이 느리고 마음이 빨리 바뀐다. 행동하는 사람이 되어라. 과감하고 용감한 사람이 되어라. 두려움에 지지 마라. 두려움이란 하느님이 우리 마음속에 심어놓은 창조적인 상상력을 잘못 이용한 결과일 뿐이다. 가족에게 더 나은 삶을 안겨주고 싶은 우리의 욕망이 두려움에 짓눌렸을지도 모른다. 다시는 그런 일이 없도록 하자. 다시 힘을 되찾자. 두려움은 증기 같은 것일 뿐이라고, 결코 나를 지배하지 못하는 협잡꾼 같은 거라고 생각하자. 사람들의 평가나 소문, 한가한 잡담을 두려워하지 마라. 실패를 두려워하지 마라. 실패란 실체 없는 허구 같은 것이다. 실패는 오로지 포기하는 사람에게나 존재한다. '우리는 포기하지 않는다.'

역사는 대담한 사람을 기억한다

우리 사회에서 흔히 듣는 말이 있다. '기다려보라', '실수하지 마라', '천천히 해라', '조심해라' 뭔가를 행동으로 옮기는 데 이런 말이 얼마나 중요한 의미를 지닐까? 인디언 속담 중에 '산꼭대기에 올라가 입을 벌리고 서서 구운 칠면조가 입 속으로 날아오기를 오랫동안 기다리는 사람'이라는 말이 있다. 역사에는 대

달리는 한 사람을 위해 많은 사람이 길에서 비켜서고,
더러는 뒤처진 채 이 사람의 뒤를 따라가기도 한다.

담한 사람도 소심한 사람도 모두 기록되어 있지만, 우리가 기억하는 건 대담한 사람이다. 대담한 사람은 우리의 상상력을 매료시키고 우리가 삶을 헤쳐가는 동안 힘을 준다. 우리가 기억하는 사람은 대개 다음과 같은 사람이다.

수전 앤서니(1820~1906, 미국의 여성 사회개혁자로 금주·노예제도 폐지 등의 사회개혁 운동에 참여, 남북전쟁 후에는 여성 참정권 운동에 힘을 쏟았다), 헨리 포드(1863~1947, 포드 자동차 회사 설립자, 기업은 사회봉사 기관이라는 경영 이념을 세웠고, 대량생산 방식으로 대중용 자동차를 생산했다), 라이트 형제(미국의 비행기 제작자. 형 윌버 라이트[1867~1912]와 아우 오빌 라이트[1871~1948]가 함께 비행기를 연구하고 제작하여, 1903년에 세계 최초로 동력에 의한 비행에 성공했다), 플로렌스 나이팅게일(1820~1910, 영국의 간호사. 크림전쟁 때 종군 간호사로 활약하여 적십자 운동의 계기를 만들었다), 리 아이아코카(1924~, 미국의 기업가로 1980년대 크라이슬러 자동차 회사를 회생한 것으로 유명하다), 빌 게이츠(1955~, 미국 마이크로소프트 사 회장. 2008년 현재 세계에서 세 번째로 부자이며 자선활동가로도 유명하다), 오프라 윈프리(1954~, 미국 텔레비전 프로그램 「오프라 윈프리 쇼」 사회자이며, 많은 자선활동을 벌인 것으로도 유명하다), 워런 버핏(1930~, 세계 주식투자 시장에서 가장 큰손으로 알려진 투자자이자 자선활동가이다), 잭 웰치(1935~, 미국 기업가이며 제너럴일렉트릭 사 회장이다).

이 대담한 사람들은 확신에 찬 용기를 가지고 순간의 기회를 포착한다. 이들은 흔들리지 않는 용기 앞에서는 힘든 일도 없어지고 장애물도 사라진다는 걸 온몸으로 보여주었다. '대담한' 사람은 우리의 마음과 영혼을 사로잡는다. 이들 모두 각자의 마음이 시키는 대로 따라가 자신의 진정한 모습을 보여주고, 우리 앞에 찬란한 길을 만들어 우리가 그 뒤를 따라갈 수 있도록 해주었기 때문이다.

올림픽 경기가 열리는 동안 우리는 대담한 사람의 용기에 매료된다. 그렇다고 경기에서 이긴 사람들만을 말하는 것은 아니다. 이들은 온 마음을 다해 흔히 볼 수 없는 훌륭한 경기를 펼친다. 운동선수들이 마지막 호흡까지 자신이 가진 모든 걸 쏟아부은 뒤 절룩거리며 전쟁터를 떠날 때, 우리는 거기서 영웅의 모습을 발견한다.

미국의 18대 대통령 율리시스 그랜트가 어떻게 생겼는지 기억하는가? 아마 대개는 기억할 것이다. 이 사람은 대통령 말고는 다른 어떤 정치적 지위도 가진 적이 없다는 걸 아는가? 그런데도 우리는 그랜트를 분명하게 기억하고 있다.

러더퍼드 헤이스(미국의 19대 대통령)가 어떻게 생겼는지 기억하는가? 제임스 가필드(미국의 20대 대통령), 체스터 아서(미국의 21대 대통령), 그로버 클리블랜드(미국의 22, 24대 대통령)는 어떤가? 벤저민 해리슨(미국의 23대 대통령), 윌리엄 매킨리(미국의 25대 대통령)는 기억하는가? 아마 기억하지 못할 것이다. 그러나 놀랍게도 이들은 모두 율리시스 그랜트 이후 미국 대통령을 지냈던 사람들이다.

그랜트가 죽은 지 100년이 넘었는데도 우리는 그의 생김새를 아직도 기억하며, 그 성격에 대해서도 잘 알고 있다.

그랜트는 남북전쟁 때 북군 총사령관이었다. 그러나 그가 첫 번째 총사령관이 아니었다는 걸 아는가? 두 번째도, 세 번째도, 네 번째도, 그렇다고 다섯 번째도 아니었다. 그랜트는 남북전쟁 동안 링컨이 '열 번째'로 총사령관에 임명한 사람이었다. 우리가 그랜트를 기억하는 이유는 무엇일까? 그가 바로 행동하는 사람이었기 때문이다.

링컨이 첫 번째로 총사령관에 임명한 사람은 윈필드 스콧이었다. 그다음 맥도웰과 프레몬트가 뒤를 이었고, 그다음은 정말 형편없는 맥클레런이었다. 맥클레런이 총사령관이었던 시절, 링컨은 적군과 싸우려고 하지 않는 사람을 북부군 총지휘관으로 둔 셈이었다. 링컨은 맥클레런에 이어 헨리 할렉을 임명했는데, 그는 웨스트포인트 사관학교 출신으로 군사병법에 관한 저서를 쓴 적도 있는 사람이었다. 링컨은 헨리 할렉을 총사령관으로 임명하기 전에 그의 저서를 읽었고, 읽고 난 후 훌륭한 이론을 갖춘 탁월한 책이라고 생각했다. 결국 링컨은 책으로 전투하는 건 아니라는 사실을 깨달았다. 할렉은 자신이 감당해야 할 모든 책임을 회피했고, 임무 수행 중에 보여야 할 냉정한 태도마저 잃었으며, 결국 가게 점원 정도밖에 되지 않은 모습을 보였다.

다음 장군은 맥클레런이었다. 링컨이 전하는 말에 따르면, 그가 한 일이라고는 거의 매주 셔먼이나 다른 장군이 해놓은 일을 비판하면서 길고 방만한 회의를 하고 다른 장군에 대한 불평을 늘어놓는 것뿐이었다고 한다. 링컨은 맥클레런 후임으로 로즈크랜스를 임명했다가, 다시 번사이드로, 나다니엘 뱅크스로 교체했다. 마침내 링컨이 율리시스 그랜트를 장군에 임명할 거라고 발표한 날, 신문에는 일제히 그를 비방하는 기사가 실렸다. 그랜트 장군이 임명되고 나서도 언론들은 그의 해임을 요구했지만, 링컨으로서는 그랜트 장군을 쓰지 않을 수 없었다. 그랜트 장군은 생각이 깊고, 앞으로 나아가는 사람이었으며, 전술에서도 대담한 면모를 보였기 때문이다. 한마디로 그랜트 장군은 행동하는 사람이었다. 그 당시 그랜트 장군에 대한 비판 가운데 가장 큰 것은 그가 술을 너무 많이 마신다는 점이었다. 링컨은 사석에서 이런 얘기를 했다.

"그가 마시는 위스키가 무엇인지 알아내서 다른 장군들에게도 몇 병 보내야겠군."

- -

두려움 극복하기

우리는 두려움 때문에 행동하지 못한다. 어느 지점에서 두려움이 우리 발목을 붙잡았던가? 회사 승진, 새로운 직업, 거래 관계, 혁신, 사업 개혁에서 두려움 때문에 일을 추진하지 못한 적이 있는가? 실패, 수치심, 실수에 대한 두려움 때문에 특별한 변화를 창조할 수 있는 능력과 창조적인 욕구를 발휘하지 못한다.

1단계 두려움을 극복하기 위해서는 우선 두려움의 실체부터 확인해야 한다. 지금까지 일과 삶 속에서 두려움 때문에 제대로 하지 못한 다섯 가지 일을 적어본다.

호랑이를 만났을 때 우리 앞에는 두 가지 선택이 있다. 상처 입을까 봐 두려워하면서 꼼짝 않고 서 있거나, 호랑이에게 덤비면 어떻게 되는지 한번 해보는 거다. 꼼짝 않고 서 있는 경우, 우리의 운명이 어찌 될지는 분명하다. 호랑이에게 덤비는 경우에는, 호랑이가 겁을 먹거나(아니면 우리를 미친 사람이라고 생각하거나) 도망가거나 등등 수천 가지 가능성이 있을 수 있다. 중요한 건 우리가 두려움을 뚫고 나아갈 때 비로소 성장하고 클 수 있다는 사실이다.

2단계 두려움이 더 이상 이유가 아니라면 어떻게 될까? 1단계에서 적어놓은 두려움과 관련하여 각기 적극적인 결단을 선언한다. 두려움을 떨쳐내기 위해 지속적인 기반 위에서 할 수 있는 행동으로는 어떤 것이 있는가? 두려움을 뛰어넘어 앞으로 나아가기 위한 행동 목록을 작성한다.

영웅의 길

캘빈 쿨리지(1872~1933, 미국의 30대 대통령)는 이런 말을 했다.

"한 번에 모든 일을 할 수는 없다. 그러나 한 번에 뭐든 한 가지는 할 수 있다."

세상을 바꾸는 일도 하나의 행동에서 시작된다. 워싱턴 주 터코마 출신의 열두 살짜리 꼬마 J. J. 로시를 기억하는가? 로시는 영웅이었다. 터코마의 교외인 미들랜드에 위치한 삼촌의 집에 불이 났을 때, 이 소년이 불을 껐다. 전국 뉴스에서 로시를 가리켜 영웅이라고 했으며, 로시의 부모와 삼촌까지 로시를 영웅으로 인정했다. 그러나 정작 로시 자신은 무슨 일을 했는지 정확히 알지 못했기 때문에 스스로를 대단한 영웅이라고 생각하지 않았다. 삼촌의 집에서 연기가 나오는 걸 본 로시는 바로 행동에 들어갔다. 이 열두 살의 소년은 어머니가 지시한 대로 할머니의 집에 가서 30킬로그램 정도 되는 소화기를 들고 불이 난 집까지

사자가 이끄는 양의 군대는
양이 이끄는 사자의 군대를 무찌를 것이다.

달려갔으며, 뒷문 밖에 있던 4킬로그램 정도의 물체를 들어 부엌 유리창으로 던졌다. 어머니가 화재 장소에 소화기를 뿌리는 동안 소년은 정원 호스를 들고 현관문을 발로 차서 연 다음, 물을 뿌리면서 화염과 싸웠다. 소방관이 도착했을 때 이미 불이 꺼진 상태였다.

이상한 일은 이 사건을 목격한 사람들이 있었음에도, 이들은 어찌해야 할지 모른 채 그저 지켜보기만 했다는 사실이다. 훗날 로시는 이렇게 말했다. "내 머릿속에는 '아, 불이다'라는 생각밖에 없었어요." 다른 사람들이 무엇을 해야 할지 어리둥절하고 있는 사이, 소년은 발로 문을 차고 화염과 싸웠다. "난 정말 영웅이 아니에요. 내가 영웅이라고 생각하지도 않았고, 정말 아무 생각도 없었어요." 그러나 이것이야말로 열두 살짜리 소년이 영웅이 된 진짜 이유다. 소년은 잠시 멈춰 생각하지 않고, 그냥 행동했다.

볼링그린 출신의 켄터키 보이스카우트 이야기를 기억하는가? 맷 나이트는 공원에서 국토횡단 팀과 훈련하던 중, 신발 끈을 매기 위해 잠시 멈췄다. 그때 공원 건너편에서 수전 베스 믹스의 비명이 들려왔다. 당시 8학년이었던 수전이 배수구 끝에 있는 파이프 속으로 떨어진 것이다. 수전의 발은 바위 밑에 끼었고 머리는 물속으로 처박혔는데, 그 상태에서 벗어나려고 안간힘을 쓰고 있었다. 맷은 수전을 발견하고 파이프 속으로 미끄

러져 들어가 물속에 머리를 박고 수전을 힘껏 밀었다. 훗날 맷은 파이프 속으로 뛰어들 때 무척 두려웠다고 털어놓으면서 이렇게 말했다.

"하지만 뭐든 해야 했고, 그래서 한 것뿐이에요."

맷은 이 일로 미국 보이스카우트에서 주는 야자수 명예훈장을 받았다. 1930년대에 훈장이 생긴 이래 겨우 166명만 받을 수 있었던 훈장을 받은 것이다. 맷은 그 후 백악관에 초청되어 미국 대통령을 만났고, 대통령은 맷의 용감한 행동을 치하했다. 수전은 맷을 자신의 영웅이라고 했지만 맷은 무엇을 할지 머뭇대는 대신 바로 행동을 했던 것뿐이다.

행동은 하나의 선택이다. 재미있는 사실은 고등학교 2학년생인 맷이 이런 위기 상황에 직면하기 전부터 벌써 행동을 선택했다는 점이다. 뒤이은 인터뷰에서 맷은 이렇게 말했다. "만일 긴급 상황에 처한다면 어떻게 해야 할지 생각한 적이 있었어요. 뭐든 머릿속에 해결 방법이 떠오르는 대로 바로 행동에 옮기겠다고 결심했죠." 그렇다면 우리는 그런 순간을 대비한 마음의 준비가 되어 있는가? 그런 순간이 왔을 때 어떻게 할지 결심이 섰는가? 성공은 준비된 사람에게 찾아온 기회로 이루어진다는 말을 우리는 많이 들어왔다.

죽음 연습

내 장례식에서 듣고 싶은 멋진 헌사를 직접 써보라. 도움이 될 만한 몇 가지 중요한 질문을 소개한다.

- 내가 평생 동안 이룬 일은 무엇인가?
- 내 행동에 영향을 받은 사람은 누구인가?
- 나로 인해 보다 훌륭한 삶을 살게 되었던 사람은 누구인가?
- 나로 인해 일어난 세 가지 커다란 일은 무엇인가?
- 나는 어떤 일로 사람들의 기억 속에 남게 될까?
- 나로 인해 세상은 어떻게 달라졌는가?

나를 기리는 헌사를 다이어리에 적은 다음, 이를 늘 몸에 지니고 다녀라.

1. 내 삶에서 중요한 세 사람에게 이 헌사를 보여주어라. 그들이 이 헌사를 어떻게 생각하는지 의견을 물어보고, 내가 이 헌사에 적힌 사람처럼 되려면 무엇이 더 필요한지 말해달라고 한다. 실천적 관점에서 볼 때, 이 헌사대로 되려면 어디서부터 시작해야 할까?
2. 헌사를 적은 다음, 내가 원하는 것을 시각화한다. 우리는 종종 머릿속에 그림을 떠올리면서 생각한다. 내 헌사를 시각적으로 표현

하면 이를 마음 깊이 새기는 데 도움이 된다.

연습을 하면 내가 삶에서 이루고 싶은 일이 무엇인지 분명하게 알수 있고, 이를 성취하기 위한 계기를 만들 수 있다.

- -

행동하는 사람이 되자

나는 행동하는 사람이다. 선택을 내려야 하는 순간에 소파에누워 텔레비전을 보는 사람들이 너무도 많다. 우리는 자동차 헤드라이트 불빛 속에 서 있는 사슴과 같은 삶을 살고 있다. 힘든상황에 처한 사람은 기본적으로 "나를 치고 가요"라는 식으로반응한다.

행동하는 결단은 단언한다. 나는 행동하는 사람이다. 나는 이순간을 놓치지 않고 지금 바로 선택한다. 오늘 하루를 시작하면서 새로운 나를 창조하고 새로운 미래를 만들 것이다. 지난날 쓸데없이 보낸 시간과 잃어버린 기회를 한탄하면서 절망의 구렁텅이에 빠져 있어야 할 이유가 없다. 지난날은 내 힘으로 어떻게할 수가 없다. 그러나 미래는 내 눈앞에 있다. 두 손으로 내 미래를 꼭 잡고 함께 달려갈 것이다. 아무것도 하지 않을 것인지, 아니면 뭔가를 할 것인지 선택의 순간이 오면, 나는 항상 행동하는 쪽을 선택할 것이다. 이 순간을 붙잡아라. 지금 바로 선택하라.

앞서서 이끈다는 건 행동하는 것이다. 앞서서 이끌기 위해서는 나부터 앞으로 나아가 다른 사람보다 앞서가야 한다. 행동하는 사람이 됨으로써 다른 사람에게 기운을 주고, 타고난 리더가 될 수 있다. 달리는 한 사람을 위해 많은 사람이 길에서 비켜서고, 더러는 뒤처진 채 이 사람의 뒤를 따라가기도 한다. 내 활동은 뒤따라오는 사람을 위해 성공의 파도를 일으킬 것이다. 나의 활동, 행동, 움직임은 한결같아야 한다. 이러한 일관성이 나의 리더십에 자신감을 불어넣을 것이다. 사람들은 움직이는 사람을 뒤따라간다. 리더는 다른 사람이 위대한 일을 해낼 수 있도록 용기와 기운을 준다. 사람들은 내가 무엇을 하는지 지켜본다. '사자가 이끄는 양의 군대는 양이 이끄는 사자의 군대를 무찌를 것이다.'

- -

행동하는 힘을 마음으로 끌어안기

'책임지는 결단'에 나왔던 실전 훈련 '궁극적으로 내가 꿈꾸는 이상은 무엇일까?'와 '내 미래는 어떤 모습일까?'에서 우리는 각자 궁극적인 이상을 실현하기 위해 어떤 사람이 되어야 하는지 확인한 바 있다. 이제는 행동 단계를 알아볼 차례이다. 자아실현을 향해 나아가기 위해서는 오늘, 내일, 향후 몇 주, 몇 달, 몇 년 안에 해야 할 행동들을 정해야 한다.

실전 훈련 '궁극적으로 내가 꿈꾸는 이상은 무엇일까?'와 '내 미래는 어떤 모습일까?'에서 다이어리에 적어놓았던 내용을 빠르게 훑어본다. 그런 다음 이런 방향으로 나아가기 위해 앞으로 24시간 안에 할 수 있는 열 가지 일을 적는다. 옛 친구에게 전화를 걸어 관계를 다시 잇는 것과 같은 간단한 행동이 커다란 계기가 되어 내가 원하는 목표로 나아가는 데 도움을 주는 일도 있다. 누구에게 전화할까? 연구 내용은 무엇으로 잡을까? 무슨 책을 읽어야 할까? 내가 궁극적인 이상을 향해 나아가는 데 도움이 될 만한 행동으로는 어떤 것들이 있을까? 앞으로 24시간에서 48시간 사이에 행동으로 옮길 열 가지 일을 적는다.

- -

체임벌린의 돌격

미국의 7대 대통령 앤드루 잭슨은 이런 말을 했다. "깊이 생각할 시간을 가져라. 그러나 행동의 순간이 오면 더 이상 생각하지 말고 바로 뛰어들어라."

140년 전 한 남자의 행동이 미국에 커다란 변화를 가져온 일이 있었다. 이 사람의 이야기는 『폰더 씨의 위대한 하루』에 나오지만 여기에 다시 한 번 언급한다. 1863년 7월 2일, 어느 무더운 여름날이었다. 메인 주 출신의 34세 교사이자, 전에 보드윈 대학에서 수사학을 가르친 바 있는 조슈아 로렌스 체임벌린이 힘겨운 싸움을 벌이고 있었다. 펜실베이니아 주 게티즈버그라는 작은 마을로 이어지는 들판과 언덕 가득히 8만 병사가 대열을 이루고 있는 가운데, 체임벌린은 맨 왼편 진영에 서 있었다.

이날 아침, 빈센트 대령은 체임벌린과 메인 20연대를 진영 끝에 배치시켰고, "무슨 수를 써서라도 적군이 이곳을 통과하지 못하도록 하라"고 명령을 내렸다. 체임벌린은 물러설 수 없었고, 그 이유 역시 잘 알고 있었다. 남부연합군이 메인 20연대를 무너뜨리고 진격할 경우, 남부군은 방어선을 칠 것이고 그렇게 되면 포토맥의 북부군은 꼼짝없이 당하게 된다. 8만 병사가 뒤쪽 언덕에서 퍼붓는 적군의 공격 속에 무방비로 노출된 채 갇히기 때문이다. 적군은 승리하기 위해서 체임벌린의 부대를 뚫고 통과하려고 할 것이다. 체임벌린은 자신이 물러설 수 없다는 걸

성공한 사람은 결단이 빠르고 마음은 천천히 바뀐다.
실패한 사람은 결단이 느리고 마음은 빨리 바뀐다.

잘 알고 있었다.

오후 2시 30분, 앨라배마 15연대와 47연대가 언덕 위쪽을 향해 첫 공격을 개시했다. 이들은 최대한 빠른 속력으로 달리면서 이날 아침부터 방어벽 뒤에 자리 잡고 있던 체임벌린의 부하에게 총격을 가했다. 체임벌린의 병사들은 연속으로 적군을 물리쳤다. 네 번째 공격에서 체임벌린은 벨트 버클에 총알을 맞고 쓰러졌지만 다시 일어나서 싸웠다. 또다시 체임벌린의 부대는 남부연합군을 언덕 아래로 내몰았다.

당시 미국에서는 대포와 총으로 전투를 치렀기 때문에, 언덕을 올라오며 공격하는 적군의 얼굴을 직접 볼 수 있었다. 체임벌린과 그의 병사들은 전투에 앞서 파이 접시만 한 돌을 쌓아 길이 100미터 정도 되는 방어벽을 쌓았다. 남부군의 네 번째 공격으로 이 돌 방어벽도 거의 파괴되었다. 다음 공격을 기다리는 사이 체임벌린은 마음속으로 생각했다. '나는 수사학 선생이다. 지금 이 상황에서는 사람들이 배우고 싶어 할 만한 그 어떤 것도 내게는 없다.'

체임벌린은 이런 말을 남겼다. "나중에 가서 나는 부하들에게 미안한 마음이 들었어요. 그들을 지휘했던 사람은 전투나 전법에 대해 제대로 아는 게 없었으니까요. 나는 그저 끈질긴 사람일 뿐이었지만, 이번 싸움에서는 이런 성격이 오히려 장점이 되었죠. 내 마음 깊은 곳에는 뭐든지 하겠다는 각오가 있었어요."

체임벌린은 계속 이어서 말했다. "나는 오늘 죽을지도 모르지만, 등에 총알이 박힌 채 죽지는 않을 겁니다. 나는 결코 후회하다가 죽지는 않을 거예요. 그런 점에서 나는 사도 바울 같은 사람입니다."

공격은 다시 시작되었다. 다섯 번째 공격에서 앨라배마 15연대와 47연대는 방어벽을 무너뜨렸고 벽 양편에서 전투가 벌어졌다. 체임벌린의 병사들은 다시 장전할 수도 없었다. 탄환이 거의 다 떨어졌기 때문에 이들은 상대방에게 총을 휘두르거나 주먹질을 해댔다. 어찌 됐든 체임벌린의 병사들은 적군을 다시 언덕 아래로 내몰았다. 적군을 다섯 번째 언덕 아래로 내몰고 난 뒤, 체임벌린의 동생 톰이 토지어 상사와 함께 언덕 위쪽으로 달려왔다. 토지어 상사는 전투 깃발을 들었던 사람으로 나이가 많고 강건한 성격이었다. 부상당한 어깨의 상처에는 찢어진 셔츠를 둘둘 말은 두꺼운 뭉치를 박아넣고 있었다.

"83펜실베이니아 연대에서는 지원이 어렵답니다. 그들도 피해가 막심해요. 83연대는 방어선을 약간 넓게 펼치기로 했답니다. 이러다간 측면이 뚫려 몰살당할지도 몰라요."

"우리도 전열을 좀 늘릴 수 없을까?"

체임벌린이 물었다.

그의 동생 톰 중위가 말했다.

"더 이상 늘릴 병력이 없어요. 병력의 절반 이상이 죽었어요."

체임벌린 일행이 6개월 전 메인 주 뱅고어에서 출발할 때는 병사가 1천 명이었다. 오늘 아침 이들은 300명의 병사를 데리고 출전했다. 이제는 그나마 80명으로 줄었다.

체임벌린이 물었다.

"탄약 상황은 어때?"

"엄청 쏴댔어요."

"그래, 엄청 쏴댔지! 하지만 탄약이 얼마나 남아 있는지 알고 싶군."

"알아보겠습니다. 대령님."

톰이 체크하러 가기 위해 떠나자 나무 위에 올라가 있던 젊은 군인이 대령 쪽으로 소리쳤다.

"대령님, 저들이 다시 공격 대형을 편성하고 있습니다."

체임벌린은 고개를 들어 언덕 아래쪽을 경계하는 병사를 쳐다보았다.

내 마음 깊은 곳에는 뭐든지 하겠다는 마음이 있다.
나는 오늘 죽을지도 모른다.
그러나 절대 등에 총알을 맞고 죽는 일은 없을 것이다. 후퇴하다가 죽을 생각은 없다.
적어도 나는 '이 한 가지 일, 푯대를 향해 달려가는 일'을 할 거라고 했던
사도 바울 같은 사람이 될 것이다.

"지금 활발하게 대형을 짜고 있어요."

병사가 말했다.

"병력이 증가된 것 같습니다. 이번에는 더 많은 병력이 몰려올 건가봐요."

"대령님!"

루엘 토머스 상사가 숨을 헐떡거리며 대령 일행에게 달려왔다.

"체임벌린 대령님……대령님……빈센트 대령이 돌아가셨습니다."

"확실해, 상사?"

"예, 대령님. 그분은 전투 초반에 부상을 당하셨습니다. 우리의 전면에서 위드의 여단이 버텨주었는데, 이제 위드도 죽었습니다. 게다가 헤이즐렛의 포대도 밀려났습니다. 헤이즐렛 또한 죽었습니다."

그때 톰 중위가 헐레벌떡 달려왔다.

"대령님, 우린 탄약이 거의 다 떨어졌어요. 일제사격을 한두 번 하면 끝입니다. 일부 병사는 아예 총알이 없어요."

체임벌린은 오른쪽에 서 있던 호리호리한 남자에게 고개를 돌렸다. 그는 일등 상사 엘리스 스피어였다.

"스피어."

대령이 조용한 목소리로 말했다.

"병사들에게 부상병과 전사자의 탄약을 회수하라고 해."

"대령님, 퇴각을 검토해야 하는 게 아닐까요?"

스피어가 조심스럽게 말했다.

"상사, 우린 절대 퇴각하지 않는다."

체임벌린이 비장한 목소리로 말했다.

"내 지시를 이행해주기 바란다."

"대령님."

토지어가 언성을 높였다.

"우리는 저들을 막아내지 못할 겁니다. 그건 대령님도 아시지 않습니까?"

"조슈아."

이번에는 톰 중위가 말했다.

"저기 그들이 다가옵니다."

이런 명령이 내려질 거라고 생각이나 했겠는가? 처음에는 아무도 움직이지 않았다. 그저 놀라서 입만 벌린 채 체임벌린을 바라보았다. 체임벌린이 다시 말을 이었다.

"우리는 언덕 아래로 달려 내려가는 이점이 있다."

체임벌린이 말했다.

"일제히 착검하라. 전 연대 병력을 결집하여 오른쪽으로 크게 회전하라. 먼저 왼쪽을 움직여라."

멜처 중위가 당황한 목소리로 크게 말했다.

"대령님, 오른쪽으로 크게 회전한다는 게 무슨 뜻입니까?"

하지만 대령은 이미 담벼락 아래로 뛰어내렸다. 옆에 있던 토 지어가 대답했다.

"오른쪽으로 크게 회전한다는 것은 다시 말해 전면적인 공격 에 나선다는 뜻이야."

"착검하라! 착검! 착검!"

대령은 하늘 높이 칼을 쳐들며 불가능한 확률을 향해 몸을 내 던졌다. 정의로움과 두려움에서 솟구치는 저 엄청난 힘을 발산 하면서, 메인 주 출신의 교사는 부하들에게 소리쳤다.

"돌격하라! 돌격하라! 돌격하라!"

메인 20연대의 남은 병력 80명은 체임벌린의 뒤를 따라 방어 벽을 넘어 역사 속으로 진격했다. 물러설 수 없다는 단호한 의 지로 믿기 힘든 모범을 보여준 한 지도자, 체임벌린은 전진하든 가 죽든가 둘 중 하나라고 생각했다. 모든 병력은 방어벽을 넘 어 언덕 아래로 달리면서 지휘자와 경쟁이라도 하듯 크게 소리 질렀다.

"돌격! 돌격! 돌격!"

남부연합군은 북군의 지휘자 체임벌린이 방어벽 위로 올라서 는 것을 보고는 무슨 영문인지 어리둥절하여 그 자리에 멈춰 섰 다. 마침내 체임벌린이 칼로 언덕 아래를 가리키며 부하들에게 돌격 명령을 내리자, 남부군은 뒤돌아 도망치기 시작했다. 많은 병사들이 장전한 총도 버리고 달아났다. 남부군 병사는 지금 언덕 아래로 달려오는 북군이 이제껏 맞서 싸웠던 그 병사들이 아니라고 확신했다. '분명 대대적인 병력 보충이 있었던 거야. 지쳐 쓰러진 연대가 저렇게 돌격해올 리 없어.' 돌격을 시작한 지 10분도 채 안 되어, 체임벌린은 남부연합군 대위의 목에 칼을 갖다대며 말했다.

"대위, 당신은 내 포로요."

남부군 대위는 장전한 권총을 꺼내어 총 손잡이를 체임벌린 쪽으로 내밀면서 말했다.

"대령, 난 당신의 포로요."

10분도 안 되어 체임벌린이 지휘하는 기진맥진한 병사들은 탄환도 없이 400명이 넘는 앨라배마 15연대와 47연대 전 병력을 포로로 붙잡았다. 그날 체임벌린이 돌격 명령을 내리지 않았다면, 그래서 남부군이 게티즈버그에서 승리했다면 아마 남부군이 전쟁에서 이겼을 거라고 역사가들은 말한다. 내 생각에 만일 남부군이 이겼다면 아마 미국은 남북으로 나뉘었을 것이다. 그러나 역사가들의 말에 따르면 남부군이 이겼을 경우, 미국은 유럽처럼 9개나 13개 국가로 각기 쪼개졌을 거라고 한다.

1940년대에 히틀러가 유럽 전역을 휩쓸고 다닐 때, 전면에 나서서 난국을 헤쳐갈 미국도 존재하지 않았을 것이다. 일본이 남태평양 섬을 차례로 침공할 때, 동시에 두 군데에서 전쟁을 수행하며 승리를 이끌 정도로 많은 인구와 부를 가진 크고 강력한 나라도 존재하지 않았을 것이다. 한 남자의 단호한 공격 결정 덕분에 오늘날의 미국이 존재하게 되었다. 그 남자는 순간을 놓치지 않았고 바로 행동을 선택했다.

일찍 자고 일찍 일어나자

아침에 일찍 일어나는 사람이 되어라. 토머스 제퍼슨은 매일 아침 일찍 일어났으며 항상 이렇게 말했다. "밤늦게 잠자리에 들었든 일찍 잤든 나는 해가 뜨면 일어난다."

미합중국 헌법 제정자 중 한 사람인 토머스 제퍼슨에게는 행동의 욕구가 있었다. 그는 이런 말을 했다. "자신이 어떤 사람인지 알고 싶은가? 그렇다면 묻지 말고 행동하라. 행동이 당신의 모습을 말해주고 당신이 어떤 사람인지 정의한다." 아울러 이런 말도 남겼다. "게으름을 피우지 않겠다고 결심하라. 뭔가를 할 때마다 얼마나 많은 것을 이룰 수 있는지 놀랄 것이다." 많은 사람이 인용하는 제퍼슨의 말 중에 이런 것도 있다. "나는 행운을 믿는다. 내가 열심히 일할수록 더 많은 행운이 따라온다."

토머스 제퍼슨은 행동이 사람을 만든다고 생각했다. 그는 4천만 평방미터가 넘는 농장을 경영한 측량기사이자, 성공한 부동산업자였다. 수익성이 좋은 못 공장을 소유했으며, 83세의 나이로 세상을 떠나기 2개월 전까지 말을 타고 다닌 탁월한 말 조련사였다. 자신의 집과 친구들의 집을 설계해준 솜씨 좋은 건축가이기도 했다.

토머스 제퍼슨은 버지니아 대학을 설립하고 교정을 설계했으며 교수를 채용하고 커리큘럼을 만들었다. 또한 존경받는 유명한 박물학자이자 원예가, 기상학자였으며, 체스 선수이자, 실력 있는 가수이며, 바이올린 연주자였다. 그는 스트라디바리우스(17세기부터 18세기에 걸쳐 이탈리아의 바이올린 제작자 스트라디바리 일가가 제작한 바이올린)를 소유했던 것으로 알려져 있다. 또한 20년간 미국 철학학회 회장직을 지냈고, 모교인 윌리엄메리 대학의 이사직을 맡았다.

제퍼슨은 많은 편지를 주고받았는데, 현재까지 2만 8천 통의 편지가 전해진다. 라틴어, 그리스어, 프랑스어, 이탈리아어에 능통했으며 앵글로색슨, 독일, 미국 인디언 방언을 연구했다. 또한 수많은 책을 읽었고 많은 책을 소장해서, 40세까지 그의 서고에는 2천 800권의 책이 있었다. 의회도서관과 미국 특허청을 세웠고, 미국 화폐제도도 만들었다. 제퍼슨은 개업 변호사였으며, 버지니아 주지사를 두 차례 역임했다. 5년간 프랑스 주재 미국공사로 활동했으며 초대 국무장관을 지냈다. 또한 미국 부통령을 거쳐서 대통령직에도 올랐으며, 역사상 가장 중요한 문서로 여겨지는 독립선언서를 작성했다.

제퍼슨은 50년 동안 한 번도 침대에 누운 채로 아침 해를 맞은 적이 없었다. 침대 옆에 놓인 시계를 보고 시간을 분간할 수 있을 정도만 되면 바로 자리에서 일어났다. 조지 워싱턴 역시 일찍 일어났다. 아침에 하느님과 대화하면서 그날의 지시 사항을 듣기 위해 일찍 일어났다고 했다. 벤저민 프랭클린은 다음과 같은 격언을 만들었다. "일찍 자고 일찍 일어나는 습관은 건강과 부와 현명한 지혜를 가져다준다." 이 말은 그저 인용구라기보다는 말 그대로 사실이다. 일찍 일어나는 일에 도전하여 이를 습관화하라. 세상 사람들 모두 잠들어 있을 때 일어나면 창조적이고 새로운 아이디어와 만날 수 있다. 이는 성경에도 나오는 원칙이다. 「로마서」 13장 11~12절에는 이렇게 쓰여 있다.

"또한 너희가 이 시기를 알거니와 자다가 깰 때가 벌써 되었으니 이제 우리의 구원이 처음 믿을 때보다 가까웠음이라. 밤이 깊고 낮이 가까웠으니 그러므로 우리가 어둠의 일을 벗고 빛의 갑옷을 입자."

- -

일찍 일어나기 30일간의 도전

'일찍 일어나기 30일간의 도전'을 해보자. 이 도전을 끝까지 해낸다면 아마 삶이 바뀔 것이다. 30일 동안 다른 식구들보다 최소한 1시간 먼저 일어난다. 필요하면 일찍 잠자리에 들라. 그러나 그럴 필요가 없다는 걸 알게 될 것이다. 일찍 일어나서 각자에게 영감과 동기를 불어넣을 수 있는 몇 가지 새로운 아이디어를 생각해낸다. 펜과 다이어리를 들고 머릿속에 떠오르는 대로 처음 스무 가지를 간단하고 빠르게 메모한다. 그중 자신에게 가장 중요한 아이디어에 동그라미를 친다. 이 아이디어를 실행하기 위해 앞으로 24시간 안에 해야 할 구체적인 행동 다섯 가지를 생각해내고 행동에 옮긴다.

30일이 지나면 그때까지 생각해낸 아이디어가 서른 가지가 될 것이다. 그중 어느 것이든 우리 각자의 삶을 완전히 새로운 방향으로 이끌 것이다. 너무 겁먹을 필요는 없다. 앞으로 남은 삶 동안 계속 이렇게 살아야 한다고 말하는 게 아니다. 30일이 지나면 때로 늦잠을 잘 수도 있다.

변화의 나비효과

행동이 아름다운 이유는 하나의 행동을 할 때마다 변화가 생기기 때문이다. 우리가 뭔가를 할 때마다 이는 중요한 의미를 지닌다. 이 말의 의미를 알게 되면 자신의 가치뿐만 아니라 세상 사람의 가치도 제대로 평가하게 될 것이다. 우리가 행동으로 보여주는 모든 것은 제각기 중요한 의미를 지닌다. 그럼에도 우리 대부분은 이를 잘 알지 못한다. 아니, 겉으로 보기에는 몇몇 사람이 다른 모든 사람보다 더 중요하고, 우리 중 몇몇은 그다지 필요 없는 사람처럼 보이기도 한다. 또 몇몇 사람은 자기 혼자 모든 것을 할 수 있다고 생각한다.

내가 대기업의 CEO에게 자주 들려주는 말이 있다. 회사의 전화를 받는 남자나 여자 직원은 단지 접수원이 아니라 회사 전체의 '첫인상을 담당하는 중역'이라는 사실이다. CEO는 서너 주씩 휴가를 갈 수도 있고, 설령 그렇더라도 CEO가 자리를 비웠다는 것조차 모를 수도 있다. 그러나 첫인상을 담당하는 중역이 오후 나절 자리를 비우면 업무가 중단되기도 한다. 우리 모두는 중요한 사람이다.

나비효과에 대해 들어본 적 있는가? 이것은 1963년 에드워드 로렌츠가 쓴 박사학위 논문 주제였다. 로렌츠에 따르면 나비효

두려움은 더 이상 내 삶 속에 설 자리가 없다.
두려움은 증기 같은 거라고, 결코 나를 지배하지 못하는 협잡꾼 같은 거라고 생각한다.
나는 실패를 두려워하지 않는다.
왜냐하면 내 삶에서 실패란 실체 없는 허구이기 때문이다.
실패는 오로지 포기하는 사람에게나 존재한다.
나는 포기하지 않을 것이다.

과는 지구 한쪽 편에서 나비가 날개를 펄럭여서 공기 입자를 흔들면 지구 반대편에서는 허리케인이 발생할 수 있다고 가정한다. 뉴욕 과학원에서는 나비효과가 누가 봐도 터무니없는 것이라면서 조롱했다. 그러나 나비효과는 재미있는 주장으로 남아 있었다. 사람들 사이에 널리 퍼지면서 사실처럼 받아들여졌고, 마침내 1990년대 중반 물리학 교수들에 의해 나비효과의 정확성과 실행 가능성이 입증되었다. 실제로 나비효과는 사람까지도 포함하여 움직이는 모든 형태의 물질에 영향을 미쳤다. 중력의 법칙과 마찬가지로 나비효과도 항상 작용하기 때문에 법칙으로 인정받았다. 지금은 '초기 조건에 대한 민감한 의존성'이라는 이름으로 알려져 있다.

조슈아 체임벌린의 행동은 나비효과가 나타난 아름다운 사례다. 140년 전에 일어난 한 남자의 행동으로 인해 오늘날의 우리 삶에까지 잔잔한 물결이 전해지니까 말이다.

우리에게는 보호막이 있다

어쩌면 이 책을 읽는 사람 중에 지금 가장 힘든 삶의 고비를 겪고 있는 사람이 있을지도 모른다는 생각이 들었다. 정말 그렇다면 그게 정상이라고 받아들여라. 우리 모두는 현재 위기에 처해 있거나, 막 위기에서 벗어났거나, 아니면 위기를 향해 가는 중이다. 위기란 우리가 이 지구에 사는 동안 늘 곁에 붙어다니는 일부분이다. 지금 당장 상황이 끔찍하게 느껴지겠지만 그럼에도 우리가 현재 있는 곳은 여기다. 지금 우리가 있는 곳이 '여기'라면 무엇을 하기 위해 이곳에 왔는지 아직 목적을 이루지 못한 것이다.

우리 삶, 우리 목적의 가장 큰 부분을 아직 다 살지 않았다. 재미있는 즐거움이 더 남았다. 경험할 성공이 더 남았고, 웃을 일도 더 남았다. 가르쳐야 할 아이들도 더 남았고, 영향과 도움을 주어야 할 친구도 더 많이 남았다. 여기 온 목적을 아직 끝마치지 않았다면 상처 같은 건 있을 수 없다. 체임벌린을 감싸주었던 보호막이 있었듯이 우리를 감싸주는 보호막이 있다. 체임벌린을 표적으로 삼았던 총알은 그의 벨트 버클에 맞았다. 이곳에 온 목적을 달성하기 전까지는 상처를 입지 않을 것이며, 입을 수도 없다는 증거가 체임벌린 앞에 나타났다(우리 앞에도 증거가 나타날 것이다).

그 후 체임벌린은 네 차례에 걸쳐 메인 주지사를 역임했다. 세 번째 임기 동안 체임벌린은 자신을 감싸주는 신성한 보호막이 있다는 걸 다시 한 번 확인했다. 조슈아 체임벌린 앞으로 온 편지 한 통이 주의회 의사당에 배달되었다. 남북 전쟁에서 앨라배마 15연대 소속이었던 사람이 보낸 편지였다.

주지사님께

　게티즈버그 라운드 톱 전투에서 당신과 나 사이에 있었던 일을 알려드리기 위해 몇 자 적게 되었습니다. 나는 지금 그 일을 떠올리면 얼마나 잘되었는지 모른다고 생각합니다. 그 전투 중에 나는 두 번이나 당신을 쏴죽일 기회가 있었습니다. 두 바위 사이의 안전한 곳에 매복한 나는 당신에게 총을 겨누고 정확히 조준했습니다. 당신은 그때 담벼락의 중앙에 우뚝 서 있었는데, 온몸이 노출된 상태였습니다. 나는 당신의 제복과 행동으로 당신의 계급을 알아보았고, 당신을 제거하려고 했습니다. 나는 소총을 바위 위에 올려놓고 찬찬히 조준을 했습니다. 그리고 막 방아쇠를 당기려고 하는데, 갑자기 기이한 느낌이 강력하게 나를 내리눌렀습니다. 나는 결국 방아쇠를 잡아당기지 못했고, 그래서 당신을 쏴죽이는 것을 포기할 수밖에 없었습니다. 나는 지금 그때 포기한 것을 기쁘게 생각하고 있고, 또 당신도 그렇게 생각하기를 바랍니다. 그럼, 건강히 안녕히 계십시오.

앨라배마 15연대의 소총병 올림

　우리가 행동하고, 움직이고, 원래 되고자 했던 사람이 되려는 동안 보호막이 우리 주변을 감싸줄 것이다. 우리 눈에 보이지 않지만 반드시 있을 거라고 장담할 수 있다. 아무리 짧은 기간일지라도 남은 삶을 두려움 속에서 살 필요는 없다.

나의 장점을 발휘하자

우리 모두 몇 가지 점에서는 남다른 장점을 지닌다. 달리기를 잘하는 사람이 있는가 하면, 치밀한 사고를 보이는 사람도 있다. 재정 관리에 남다른 소질이 있는 사람이 있는가 하면, 자기 생각을 자신감 있게 표현하는 사람이 있다. 남을 잘 보살피고 사랑하고 기분 좋게 하는 사람이 있는가 하면, 충성스런 사람이 있다.

이걸 고쳐야 한다, 저걸 고쳐야 한다는 식으로 지적받기만 하는 것은 비생산적인 일이다. 하늘이 준 우리의 장점을 활용해야 한다. 현재 우리가 가진 장점을 이용하면 이로써 계기를 마련하여 우리 앞에 기다리는 도전에 나설 수 있다. 내가 어디에 소질이 있는지, 무엇을 가장 잘하고 무엇을 좋아하는지 분명하게 알아야 한다. 내가 가장 빛을 발하는 순간은 언제인가? 현재 가장 능숙하게 처리할 수 있는 일은 무엇인가? 다이어리에 내가 가진 장점을 적어보라.

애덤스의 선택

　존 애덤스를 단순히 미국의 2대 대통령이라고만 할 수는 없다. 그가 평생 이룩한 업적 덕분에 미국 사회의 기본 틀이 갖춰졌기 때문이다. 애덤스는 진정한 봉사자였고 "우리가 인류를 위해 자신을 던져 봉사하지 않는다면 누구를 위해 봉사할 것인가?"라고 선언한 사람이기도 했다.

　존 애덤스는 평생을 해도 다하지 못할 큰 목적을 지녔다. 그는 우리가 어떤 사람이 되는가는 우리의 행동에 달려 있고, 말이나 수동적 반응으로 사람이 달라지지 않는다고 믿었다. 그 당시 새로운 인세법이 생겨서 모든 식민지에 적용되었는데, 이는 애덤스에게도 큰 타격을 안겨주는 법이었다. 식민지 주민은 인세 구입을 거부했고, 영국 정부는 인지를 붙이지 않은 서류에 대해서 합법성을 승인해주지 않았다. 이 때문에 애덤스의 변호사 수입이 줄었지만 그는 다른 동료 '애국자'들이 자기 지갑에 영향을 미치지 않을 때에만 동조하는 것과 달리, 한결같이 식민지 주민과 함께했다. 애덤스는 스스로 식민지 주민 편에 서야 한다고 생각했다. 이런 입장은 이제껏 그 어느 것보다 깊은 감화를 주었던 독립선언서에서 토머스 제퍼슨이 한 말과 일치되었다. 독립선언서에는 이렇게 적혀 있었다.

　"우리들은 이에 우리의 생명과 재산과 신성한 명예를 걸고 신의 가호를 굳게 믿으면서 이 선언을 지지할 것을 서로 굳게 맹세하는 바이다."

미국의 위대한 대통령이 보여준 모범에서 우리는 무엇을 배울 수 있는가? 위대함에는 대가가 따른다. 우리가 원하는 걸 얻기 위해 무엇을 포기할 것인가? 시간? 사소한 습관? 우리를 틀속에 가두는 믿음? 아니면 우리 마음속의 두려움? 무엇을 버려야 할까? 기억하라. 생각을 행동으로 옮기지 않는 한, 생각만으로는 그 어떤 것도 바꿀 수 없다. 행동은 모든 것을 변화시킨다.

애덤스는 자신이 하버드 대학 졸업생이나 훌륭한 변호사, 한 여인의 남편, 한 나라의 대통령을 넘어서서 더 큰 존재라고 여겼다. 자신은 미래를 만드는 사람이라고 생각했다. 자신의 행동이 수많은 사람에게 영향을 미칠 거라고 생각했으며, 이런 믿음을 바탕으로 말과 행동에서 일관된 모습을 보였다. 지금 이 순간, 내 행동이 수백만의 사람에게 영향을 미칠 거라고 믿는다면 어떻게 될까? 말과 행동이 어떻게 달라질까? 나의 꿈뿐만 아니라 다른 수백만의 꿈이 실현되도록 하려면 이제 우리의 말과 행동은 어떻게 달라져야 할까? 존 애덤스는 자기가 해야 할 역할을 알고 있었다.

"내 아들에게 수학과 철학을 공부할 수 있는 자유를 물려주기 위해 나는 정치학과 전쟁을 공부해야 한다."

애덤스는 미래를 위해 뭔가를 내놓았다. 정치학과 전쟁은 그가 하고 싶어 하는 공부가 아니었다. 그러나 아들이 원하는 공부를 할 수 있는 자유를 물려주기 위해 그는 단호한 마음으로 원치 않는 공부를 했다.

역할 실천하기

존 애덤스는 자기 역할을 잘 알고 있었다. "내 아들에게 수학과 철학을 공부할 수 있는 자유를 물려주기 위해 나는 정치학과 전쟁을 공부해야 한다."

우리 자신이 어떤 사람이라고 생각하는가? 각자 자신이 어떤 사람인지, 자기 삶이 어때야 하는지 분명하게 보여주는 세 가지 역할을 적어본다(통찰력과 안목을 지닌 사업가, 특별한 부모 등).

이 세 가지 역할과 관련하여 내가 할 수 있는 구체적인 행동으로는 어떤 것이 있는가?

이 시대의 여행자, 스탠 리

혹시 만화책이나 이를 토대로 한 액션 영화를 본 적 있다면 스탠 리의 상상력을 접해보았을 것이다. 마블 코믹과 마블 필름의 전 회장이자 현재 POW! 엔터테인먼트의 공동 설립자인 스탠 리는 만화업계에서 가장 커다란 영향력을 지닌 인물이다. 스파이더맨, 헐크, 판타스틱4, 엑스맨 등과 같은 전설적인 캐릭터가 모두 리의 뛰어난 머리에서 나왔다.

이처럼 탁월한 능력을 지닌 사람은 일을 시작할 때 별 어려움이 없었을 거라고 생각하기 쉽다.

"이 사람이 스파이더맨을 만들었대. 이런 사람이라면 틀림없이 일자리를 얻는 데 아무 어려움도 없을 거야."

그러나 이 여행자는 항상 실패와 역경으로 점철된 길을 걸어왔다.

스탠 리가 보낸 편지를 소개한다.

안녕, 앤디

　나는 지금까지 다른 누군가에게 충고를 구해본 적이 없어서 당신이 왜 내 충고를 구하는지 잘 모르겠네. 하지만 가치 있는 일을 위해 한 가지 생각을 들려주지. 아마 당신도 이런 생각을 해보았을 거야. 성공을 통해 뭔가를 배우거나 성장하는 게 아니라, 오로지 실패를 통해서만 배우고 성장할 수 있다는 거야. 실패란 이 세상이라는 엔진을 돌리는 기름이지. 또한 사람의 몸속에 불꽃을 일으키는 아드레날린이며, 우리가 이해하고 찾아내고 성장할 수 있도록 해주는 원동력이야. 그러나 이 실패에 대처하는 법을 알아야하지. 가장 중요한 것은, 이 실패로 인해 생긴 멍에서 어떻게 벗어날 수 있는가 하는 점이지. 한 가지 예를 들어보겠네.

　내가 처음 만화 일을 시작하고 나서 20년 동안, 주요 신문사와 연재만화를 계약하기 위해 많은 노력을 기울였지만 모두 헛수고였어. 『딕 트레이시』, 『테리와 해적들』, 『플래시 고든』을 만든 작가들과 어깨를 나란히 하고 싶었지. 그러나 처음 20년 동안 나는 계속 거절만 당했어. 실패에 대해 말해볼까? 나야말로 실패의 대표적 인물이었지. 그만두었을까? 내가 시간낭비하고 있다고 생각했을까? 포기했을까? 난 정말 포기해버렸다네. (주의! 스탠은 그저 시적 표현을 써서 말한 것뿐이다. 그는 포기하지 않았다. 다만 원하는 것을 얻기 위한 접근 방법만 바꾸었을 뿐이다.) 그리고 나서 보다 멋진 만화

책을 만드는 것에 내 모든 에너지를 쏟았지. (스탠 리는 행동하는 결단을 선택했고, 이것이 전환점이 되었다. 결과는 어떻게 되었을까?) 신문사를 돌아다니며 거절당한 연재물을 받아오느라 더 이상 시간 낭비하지 않고 내가 가장 잘하는 것에 집중한 결과, 스파이더맨과 헐크, 그 밖에 마블에서 만든 모든 영웅들이 큰 인기를 끌었지. 이 캐릭터들은 전 세계적으로 이름을 날렸어. 그러자 놀라운 일이 생겼어. 신문사에서 날 찾아다니는 거야. 나는 더 이상 예전처럼 신문사에 편지를 쓰지도 않고 문을 두드리지도 않았지. 이제는 어느 신문사가 나를 가장 잘 표현해줄 수 있을지 골라서 선택할 수 있다네.

이 일로 나는 평생 잊지 못할 교훈을 얻었지. 이 교훈을 얻는 데 20년이나 걸렸다는 게 정말 유감스러울 뿐이야. 끈질긴 인내력은 훌륭한 장점이네. 이루고자 하는 바가 무엇이든 한 조각 희망이라도 남아 있는 한, 포기해서는 안 되지. 그러나 또 한 가지 알아야 할 게 있지. 뭔가가 잘 풀리지 않는 때를 알아낼 수 있어야 해. 그만 접고 다른 기회를 찾아야 하는 때도 있는 법이지. 세상에는 기회가 널려 있으니까. 있는 힘껏 노력한다고 해서 모든 사람이 다 이루는 건 아니야. 선택된 분야에서 모든 사람이 금반지를 손에 쥘 수 있는 것도 아니야. 싸울 수 있는 기회가 있는 한 포기하지 않는 것도 중요하지만, 이와 마찬가지로 중요한 건 불가능한 목표를 추구하느라 더 이상 시간을 낭비하지 말아야 할 때가 언제인지를 아는 거지. 때로는 기어와 방향을 바꾸고 다른 도전, 성공 가능성이 보다 높은 것을 찾아보는 게 좋아.

실패에 젖지 않는 게 중요해. 실패에 안주하면서 빠져 있을 필요는 없어. 일이 잘 풀리지 않을 때에는 그냥 뛰어내려서 다른 기차를 잡아. 바깥 세상은 크고도 넓지. 우리에겐 수많은 선택이 있어. 어느 하나도 무시하지 말게. 나처럼. 문득 이 편지를 쓰는 것이 별로 잘하는 짓이 아니라는 생각이 드는군. 이쯤에서 그만두는 게 똑똑한 짓일 게야. 지금 바로 말이지. 행운을 비네.

스탠 리

4

확신에 찬 결단

나 는 단 호 한 마 음 을 가 지 고 있 다

성공을 이루기 위한 '확신에 찬 결단'은 행동하는 결단에서 행동으로 나아가는
자극제 역할을 한다. 마음속에 얼마나 뚜렷한 비전을 품느냐에 따라 행동의
효율성이 달라진다. 확고한 마음은 계속되는 시련과 좌절에도 흔들리지 않으며,
우리에게 승리를 안겨주고 더 많은 성취를 가져다줄 것이다.

「폰더 씨의 위대한 하루」 중에서

진실은 어디까지나 진실이니까요. 1천 명의 사람들이 어리석은 어떤 것을 믿는다
해도 그건 여전히 어리석은 일일 뿐입니다. 진실은 여론에 의존하는 것이
아니에요. 차라리 나 혼자일지라도 평범한 사람들의 평범한 헛소리를 따르는
것보다는 내 마음속의 진리를 따르는 것이 더 좋아요.

콜럼버스

확·신·에·찬·결·단

『폰더 씨의 위대한 하루』에서 크리스토퍼 콜럼버스는 데이비드 폰더에게 개인의 성공을 결정하는 네 번째 결단을 선물로 주었다.

나는 단호한 마음을 가지고 있다

어떤 현자가 이렇게 말했다. "천 리 길도 한 걸음부터." 이 말이 진실이라는 것을 알기 때문에 나는 오늘 한 걸음을 떼어놓는다. 너무 오랫동안 내 발은 망설여왔다. 바람의 풍향을 살피면서 왼쪽으로 갈까 오른쪽으로 갈까, 뒤로 갈까 앞으로 갈까 망설였다. 바람이란 무엇인가. 사람들의 비판, 비난, 불평은 모두 바람의 요소이다. 하지만 바람의 풍향따위는 나에게 아무런 영향도 미치지 못한다. 방향을 결정하는 힘은 나에게 있다. 오늘 나는 그 힘을 행사하겠다. 나의 길은 결정되었다. 내운명은 내가 개척한다.

나는 단호한 마음을 가지고 있다. 나는 미래의 비전에 대하여 열정을 가지고 있다. 나는 아침에 눈을 뜰 때마다 새날에 대한 흥분과 성장과 변화의 기회를 생각한다. 내 생각과 행동은 앞으로만 나아갈 뿐, 의심이 깊은 삼림이나 자기연민의 혼탁한 모래밭에 빠져들지 않는다. 나는 미래의 비전을 다른 사람들에게 스스럼없이 알려주고, 그들이 내 눈에서 나의 신념을 보고 나를 따르게 만든다.

나는 밤에 침대에 누울 때면 오늘 하루 나의 길 앞에 놓인 산 같은 장애를 거의 다 치웠다고 생각하며 행복한 피곤함 속에서 잠을 청한다. 내가 잠이 들면 낮 동안에 나를 사로잡았던 꿈이 어둠 속에서 다시 나를 찾아온다. 그렇다. 나에게는 꿈이 있다. 그것은 위대한 꿈이다. 나는 그 꿈을 꼭 잡고 놓치지 않겠다. 만약 내가 그걸 놓친다면 내 인생은 끝장날 것이다. 나의 희망, 나의 열정, 나의 미래 비전은 나의 존재를 지탱하는 힘이다. 일단 꿈을 꾸어야 꿈을 실현시킬 수 있다. 꿈이 없는 사람은 성취도 없다.

　나는 단호한 마음을 가지고 있다. 나는 기다리지 않겠다. 이제 나는 단호한 마음으로 결정을 내린다. 나는 두려움이 없다. 나는 이제 앞으로 나아갈 뿐 뒤를 돌아다보지 않는다. 내가 내일로 미루는 일은 결국 모레로 미루어지게 된다. 나는 시간을 끌지 않는다. 내가 가지고 있는 모든 문제는 그것을 직접 대면하는 순간 축소된다. 내가 조심스럽게 엉겅퀴를 잡는다면, 그 가시가 나를 찌를 것이다. 하지만 있는 힘을 다해 힘껏 움켜쥔다면, 그 가시는 바스러져 먼지가 되고 말 것이다.

　나는 기다리지 않겠다. 나는 미래의 비전에 대하여 열정을 가지고 있다. 나의 길은 결정되었다. 내 운명은 내가 개척한다.

검토의 목적

네 번째 결단에서는 '나는 단호한 마음을 가지고 있다'고 선언한다. 많은 사람들이 실패하는 이유는 무엇보다 불확실한 마음 때문이다. 우리는 불확실한 마음 상태로 결정을 내리려는 사람들을 알고 있다. 이들은 자신이 결정을 내릴 거라고 말하면서 여러 가지 선택에 대해 한탄하고, 우리의 의견을 묻고, 또 다른 누군가를 찾아가서 자기 결정에 대해 의견을 묻는다.

"네 생각은 어때? 왼쪽? 오른쪽? 아니면 위? 아래? 오렌지색? 초록색?"

이들은 첫 번째 사람에게서 들은 의견에 대해 또다시 다른 사람의 의견을 묻는다.

"이 사람이 이렇게 말했는데, 넌 어떻게 생각해?"

그런 다음 결정한 내용을 다시 친구와 의논한다.

삶은 검토 과정의 연속이다. 그러나 '검토의 목적은 결론을 내리는 데 있다.' 계속 검토하는 게 목적은 아니다. 이 점을 잊지 말자. 성공한 사람은 결단이 빠르고 마음은 천천히 바뀐다. 실패한 사람은 결단이 느리고 마음은 빨리 바뀐다. 사람들은 이미 내린 결정을 검토하는 데 너무 많은 시간을 쓴 나머지 결정을 내려야 할 때는 이미 힘이 거의 소진된 상태가 된다.

우리는 '올바른 결정'을 해야 한다는 생각 때문에 겁을 먹는다. 그러나 미래를 내다보는 능력을 타고나지 않은 이상 항상 올바른 결정을 내릴 수만은 없다. 사실 나는 '복권에 당첨된 무당'이라는 신문기사 제목을 보기 전까지는 미래를 내다보는 능력같은 건 믿으려고도 하지도 않았다. 우리에게 미래를 내다보는 능력이 없는 한 항상 올바른 결정을 내릴 수 있는 정보를 충분히모을 수 없다. 그러나 앞서 말했듯이 우리에게는 결정할 수 있는 능력이 있으며, 그런 다음 이를 바로잡기 위한 작업을 열심히 해낼 수 있는 능력이 있다.

확고한 마음

빌리 그레이엄 박사가 이런 글을 남겼다. "나는 어려움에 처한 많은 사람들이 잘못된 것이 분명한 지난날의 결정 과정을 그들의 삶을 향한 하느님의 의지라고 혼동하는 걸 볼 때마다 늘 놀란다." 이 글 속에는 의미심장한 지혜가 담겨 있으며, 많은 사람들이 확신에 찬 결단을 오해하고 있다는 게 드러나 있다.

'내 마음은 확고하다. 그리고 내 운명은 확실하다.' 그렇다면 확고한 마음이란 무엇인가? 이는 우리가 결정을 내린 뒤 행동에 옮기는 과정과 관련이 있다. 행동 자체나 끈질긴 인내심과는 무관하다. 한도 끝도 없이 검토만 하면서 수많은 결정이 쏟아지는

데도 전혀 헤쳐나가지 못하는 사람을 누구나 보았을 것이다. 검토만 하는 동안 불확실성은 마치 산에서 눈덩이가 굴러떨어지듯 점점 더 커지고, 검토 과정도 복잡해진다. 그래서 마침내 결정을 내려야 할 때도 계속 검토만 한다.

답을 알 수 없어도 그에 대해 결정은 할 수 있다. 완성된 전체 그림을 얻는 데에 필요한 모든 사실들을 다 확보하지는 못할지라도, 결정을 내리기 위해 필요한 사실은 모두 얻을 수 있다.

앞에서 리더십에 대해 언급했던 내용을 기억하는가?

"뭐 먹으러 갈까?"

"몰라, 넌 어디 가서 먹고 싶은데?"

"글쎄……너 가고 싶은 데 아무 데나 가도 돼."

우리 사회에서는 결정을 내리고 이를 바로잡는 사람을 높이 평가한다. 이들의 마음은 확고하며, 이들의 운명은 확실하다. 하느님이 이제껏 자신을 이끌어주었다고 굳게 확신하다가, 험한 길이 나오면 그 다음에는 하느님이 자기를 반대 방향으로 이끌었다고 생각을 바꾸고는 또다시 강한 믿음을 보이는 사람을 본 적 있는가? 저렇게 우유부단한 모습을 보이면서 다른 방식으로 살아가는 사람이 있다면 그에게로 가서 하느님의 말씀을 전하라. 하느님은 제발 그런 삶에서 '나 좀 빼달라'고 부탁했다고 말하라.

하느님은 마음을 바꾸지 않는다. 성경에서도 우유부단한 사람은 위험하다고 말하지 않았는가. "두 마음을 품어 모든 일에 정함이 없는 자로다(「야고보서」 1장 8절)." 결단력이 없는 사람은 삶의 모든 영역이 불안정하다. 가족, 사업, 희망, 꿈, 모든 것이 불안하다. 삶에서 무엇이 중요한지 결정하지 못한 사람은 결국 다른 사람에게 중요한 일을 넘기게 될 것이다.

확고한 마음을 보여주고 우리가 선택한 운명을 개척하기 위해 최선을 다할 때, 우리의 삶은 결코 같지 않을 것이다. 도처에서 많은 사람들이 우리를 뒤따를 것이며, 우리에게 지혜와 충고를 구할 것이다. 이 모든 것은 우리에게 확고한 마음이 있기 때문이다. 전에는 우리 삶을 가로막는 산이라고 여겼던 시련도 확고한 마음 앞에서는 눈 녹듯 스르르 녹아버린다.

- -

내 원동력 확인하기

지금까지 일곱 가지 결단을 살펴보는 과정에서 우리는 어떤 영역에서 성장해야 하는지 확인했고, 나아가 몇 가지 행동을 다짐하기도 했다. 지금까지 자기 자신에 대해 알게 된 사항을 바탕으로 하여서 이 책을 읽는 동안 구체적으로 결정한 사항 중 세 가지를 선택하라.

각 결정에 대해 왜 중요한지, 즉 왜 꼭 해야 하는지 이유를 모두 적으라. 이 결정을 끝까지 밀고 나가면 우리는 무엇을 얻을까? 우리 삶은 어떻게 달라질까? 이 결정 뒤에 숨어 있는 원동력이 우리에게 에너지를 줘서 끝까지 성취할 수 있도록 도와준다. 원동력이 강할수록 더 많은 열정을 가질 것이다.

나의 이상을 찾자

확고한 마음을 유지하기 위한 가장 좋은 방법은, 지금 우리가 애써 살아가는 운명이 노력으로 헤쳐나갈 만한 가치가 있다는 것을 확인하는 것이다. 삶은 하나의 투쟁인지도 모른다. 부모로, 친구로, 기업가로 지역사회 활동가로 성공하는 것, 혹은 그 밖에 다른 영역이나 다른 차원에서 성공하는 것은 어쩌면 하나의 투쟁일 수도 있으며, 실제로 그런 경우가 대부분이다. 확고한 마음을 유지해나가는 것도 하나의 투쟁이 될 것이다. 그럴 정도가 되지 않는다면 우리가 투쟁하는 목적 자체가 가치 없는 것이다.

큰 생각을 품으라. 우리가 이루고자 노력하는 일이 그리 크지 않다면 앞으로 살아가는 동안 날마다 더 큰 일이 우리를 공격해 올 것이다. 호랑이 나라에서 토끼 사냥을 하는 사람은 호랑이를 경계할 것이다. 그러나 호랑이를 사냥하는 사람이라면 토끼 정도는 무시할 수 있다.

목표 설정을 위한 미니 워크숍

시간이나 돈이 모자라는 일은 없다. 모자라는 건 오로지 아이디어다. 노벨화학상 수상자 라이너스 폴링은 이런 말을 했다. "좋은 아이디어를 얻는 가장 좋은 방법은 수많은 아이디어를 얻는 것이다." 이제 각자가 이루고 싶은 중요한 목표 몇 가지를 정해야 할 때다. 이번 생에서 이루고 싶은 크고 작은 중요 목표를 생각나는 대로 적으라. 책을 쓰고 싶은가? 사업을 하고 싶은가? 회사를 차리고 싶은가? 가정을 꾸리고 싶은가? 여행을 떠나고 싶은가? 시를 많이 읽고 싶은가? 와인 감정 수업을 듣고 싶은가? 외국어를 하나 배우고 싶은가? 무술을 익히고 싶은가? 서예를 배우고 싶은가?

새로 시작하고 싶은 모험은 무엇인가? 어떤 기술을 익혀야 할까? 목표를 세우면 각자가 이루고 싶은 삶의 궁극적인 이상을 향해 나아가는 데 도움이 된다. 공적, 사적인 면에서 각각 목표를 정하라.

나의 마음, 나의 삶

『폰더 씨의 위대한 하루』를 쓸 때는 개요 작성을 위해 일곱 가지 결단을 가장 잘 보여주는 인물을 역사 전체에서 찾아 목록으로 만들었다. 네 번째 결단 '내 마음은 확고하다. 내 운명은 확실하다'라는 내용에 이르자, 크리스토퍼 콜럼버스가 말 그대로 정말 내 앞에 불쑥 나타났다. 콜럼버스는 비록 많은 결점을 가졌지만, 확고한 마음을 축약해서 보여주었다. 확고한 마음을 가진 사람에게는 자기만의 결단이 있다.

"나와 함께해도 좋고, 아니어도 좋다. 나는 갈 것이고, 내 마음은 확고하다. 당신은 적극적으로 참여할 수도 있고, 그렇지 않을 수도 있다. 만일 내게 반대한다면 나는 당신이 무슨 생각을 하든 무슨 말을 하든 전혀 상관하지 않을 것이다."

콜럼버스는 누가 무슨 생각을 하든, 무슨 말을 하든 전혀 개의치 않았다. 솔직히 우리도 자신만의 개인 측근 집단이 아닌 외부 사람의 생각에는 별로 관심이 없다. 우리가 확고한 마음으로 길을 떠날 때 우리 앞길이 잘되기를 바라지 않거나 회의적인 사람들이 분명히 이런저런 시시한 의견을 한마디씩 늘어놓으며 시끄럽게 떠들어댈 것이다. 이 때문에 깜짝깜짝 놀랄 일이 많이

다른 사람이 어떻게 생각할지 걱정한다면
내 의견보다 그들의 의견을 더 신뢰하게 될 것이다.

생길 것이다. 내 편이 되어주려는 사람이 생각보다 적을 수도 있다. 다른 사람이 어떻게 생각할지 걱정한다면 내 의견보다 그들의 의견을 더 신뢰하게 될 것이다. 다른 사람의 허락이나 의견에 따라 우리의 미래가 정해지는 건 아니다.

비판을 겁낸다면 이 세상에 영향을 미칠 일을 할 수 없다. 비판은 늘 여기저기서 나오는 법이다. 여기에 발목이 묶인다면 아마도 비판의 깊은 바닷속에 익사하고 말 것이다. 다른 사람의 기준에서 볼 때 비현실적인 일을 하려고 할 때마다 그들은 어리석은 당나귀들처럼 시끄럽게 떠들어댈 것이다.

이유가 뭘까? 미안하지만 나도 확실히 모르겠다. 그저 지금까지 살아오는 동안 내 경험상 그랬다. 내 친구들의 삶에서 확인했고, 뭔가 위대한 일을 하려는 사람에게서도 목격했다. 난데없이 비판적인 의견들이 쏟아지곤 했다. 사람들은 왜 우리의 성공에 그토록 위협을 느끼면서 우리에게 관심을 쏟는지 이유를 모르겠다. 그러나 우리가 그들의 말에 관심을 쏟을 수 없다는 것만은 분명히 알고 있다.

코르테스의 용기

1519년, 어떤 사람이 쿠바 해안에서 유카탄 반도까지 긴 여행길의 마지막 구간을 여행하기 위해 돛을 올렸다. 11척의 배 위에는 병사 500명, 선원 100명, 말 16마리가 타고 있었고, 모두이 사람의 지휘를 받았다. 이들의 임무는 분명했다. 금, 은, 공예품, 보석 등 세상에서 가장 값진 보물을 찾는 일이었다. 지난 600년 동안 이 군대는 계속 보물만을 생각했다. 군대에서 보물을 찾느라 애써왔기 때문에 보물 얘기는 비밀도 아니었다. 정복자들이 보물을 찾기 위해 병력을 이끌고 나섰지만 지난 600년 동안 어느 누구도 보물을 찾지 못했다.

에르난 코르테스도 정복자 중 한 사람이었다. 오늘날 정복자란 명칭은 정치적으로 올바르지 않지만 그 당시에는 의사, 제빵사처럼 정복자도 하나의 직업이었다.

수많은 정복자가 보물을 찾아나섰지만 결국 실패로 끝났다는걸 코르테스도 알고 있었다. 그는 방법을 바꾸었다. 우선 열의가있는 병사들을 모았다. 지원한 병사들을 무조건 받아들이지 않

대부분의 사람은 불확실한 마음 때문에 시도하는 일마다 실패한다.
성공을 이루기 위해서는 정서적 균형 속에 열의를 품어야 한다.
시련에 닥쳤을 때 뜨거운 열의가 있어야 해결책을 찾을 수 있다.
불확실한 마음은 도망갈 곳만 찾는다.

고 먼저 면접을 실시했다. 코르테스는 지원자들에게 보물 이야기를 했고, 보물을 찾을 경우 그들의 삶이 어떻게 달라질지, 그들의 가족과 후손은 얼마나 다른 삶을 살게 될지 말해주었다. 심지어는 보물 위에 손을 얹을 때 느낌이 어떨지에 대해서도 상상력을 동원하여 설명했다. 코르테스는 사람들에게 이상을 심어주었으며, 이렇게 강한 열의로 무장한 병력을 이끌고 항해를 시작했다.

그런데 도중에 문제가 생겼다. 한때 그토록 확신에 찼던 사람들이 불평을 늘어놓기 시작했다.

"대장, 이번에 이 배에 타야 할지 확신이 서지 않아요. 우리가 기대했던 건 이런 게 아니었어요."

유카탄 반도에 도착하자 코르테스는 사람들을 모두 해변으로 불러모았다. 다들 조용히 앉아 코르테스가 어떤 말을 할지 예상해보았다. "너희는 여기 있어. 우리가 간다. 화살이 날아오기 시작하면 코코넛 그루터기로 나를 만나러 오라. 그럼, 출발!" 사람들은 마음속으로 대강 이런 짐작을 하고 있었다. 그러나 코르테스의 입에서 나온 첫마디는 사람들의 예상과 전혀 달랐다.

"배를 불태워라."

"뭐라고 하셨어요?"

다들 믿기지 않는다는 듯 물었다.

코르테스가 다시 한 번 반복했다.

"배를 불태워라. 배에 횃불을 던져라."

사람들이 웅성대는 가운데 코르테스는 다시 한 번 힘주어 말했다.

"집으로 돌아갈 때에는 저들의 배를 타고 갈 것이다."

지도자의 명령에 따라 그들은 배를 불태웠다. 그 후 정말 놀라운 일이 벌어졌다. 사람들은 정말 잘 싸웠고, 600년 만에 처음으로 보물을 손에 넣었다. 어떻게 이런 일이 가능했을까? 이들은 보물을 차지하든가 아니면 죽기로 선택했다. 이들은 마음속으로 진지하게 고민했을 것이다.

"보물을 가질 수 있을까? 아니면 여기서 죽을까? 아니야, 우린 가질 수 있어."

물론 그들은 보물을 차지했다.

배를 불태우자

문제는 단순하다. 우리의 마음속에 배가 떠 있다. 믿는 구석이 있기 때문에 계속 변명과 자신을 한정 짓는 믿음에 매달린다. 이 때문에 입으로는 원한다고 하면서 실제로는 원하는 걸 얻지 못한다. 대체 우리 마음속에 어떤 배가 떠 있는가? 우리는 어떤 배를 불태워야 할까? 우리가 배를 불태우겠다고 나설 경우 비판의 대상이 될 거라는 걸 알고 있다. 이 때문에 우리는 배를 불태우는 데 겁을 내고 있다. 우리가 믿는 무엇 때문에, 또는 좋은 의도로 행한 어떤 일 때문에, 또는 우리가 다르다는 이유 때문에 비판받은 적이 있는가? 이 때문에 상처를 받았는가? 그렇다면 우리는 무서웠을 것이다.

비판받을 거라는 두려운 기분과 비판을 어떻게 극복할 수 있을지 지금 당장 알고 싶은가? 우리는 살면서 자신과 다른 사람을 만난다. 우리가 성공을 이루기 위해 어떤 일을 할 때마다 이를 못마땅하게 여기는 사람도 있다. 깊은 감명을 받았던 책이나 영화가 무엇이었는지 떠올려보라. 지금 바로 인터넷을 켜고 인터넷서점이나 다른 웹사이트를 찾아가서 거기 적힌 평을 읽어보라. 우리가 좋아하는 책이 2천만 권 이상 팔렸거나, 좋아하는 영화가 박스 오피스에서 5억 명을 기록했더라도 비판적인 평은 있게 마련이다.

언젠가 나는 이런 의문을 품은 적이 있다. '이 세상에 완벽하게 통하는 사람이 있을까? 모든 사람이 다 좋아하는 사람이 있을까?' 바로 그날 저녁에 나는 한 토크쇼에 출연한 얼간이가 "미국을 모두 오프라 식으로 바꾸려는 또 다른 사례의 하나죠"라고 말하는 소리를 들었다. "난 오프라를 좋아하지 않는다"는 뜻으로 그런 말을 한 게 분명했다. '나는 오프라를 좋아한다. 어떻게 오프라를 좋아하지 않을 수 있을까? 훌륭하고 멋진 여자이며,

세계적으로 좋은 일을 많이 하지 않는가? 오프라는 마음이 넓고 친절하며 똑똑하고 재미있다. 도대체 어떻게 그런 여자를 좋아하지 않을 수 있을까?' 그래도 오프라를 좋아하지 않는 사람은 있다.

가톨릭 교회에서는 마더 테레사에 대한 미화 작업을 마무리하고 이제 그녀를 성인이라고 선포했다. 이 과정의 일환으로 가톨릭 교회에서는 사람들을 로마로 보내, "정말 놀라운 분입니다. 마더 테레사는 이런저런 일을 했습니다. 누군가 성인이 된다면 마더 테레사가 되어야 합니다"라고 널리 알리고 있다. 이에 맞서, 마더 테레사가 성인이 아니라고 반대 주장을 펴는 이들도 있다. 그들이 어떤 반대 주장을 펴는지 나는 전혀 알 길이 없지만, 분명히 비판하는 사람도 있을 것이다. 남들이 뭐라고 비판할지 마음에 걸릴 때, 우리에게 가장 필요한 것은 바로 비전이다. 그래, 우리에겐 비전이 있다. 비평가들은 오프라 윈프리도, 마더 테레사도 헐뜯는다. 우리가 어떻게 비판을 피해갈 수 있겠는가? 결국 우리에게 아무런 도움이 되지 않는, 어중이떠중이가 떠드는 소리일 뿐이다. 이런 소리는 한 귀로 흘려들으며 무시하라.

- -

마음속에 묻어둔 나의 꿈을 찾아 펼치기

아무에게도 말하지 못한 채 마음 깊이 묻어둔 꿈이 있다면 무엇인가? 다이어리에 자세히 적는다.

거절은 나의 성장 밑거름

우리는 사람들의 비판과 거절에 상처를 입는다. 이런 상처로부터 우리 자신을 지키고 우리의 확고한 마음을 보호해야 한다. 예전에 『폰더 씨의 위대한 하루』를 책으로 내기 위해 여러 출판사를 찾았을 때, 나는 번번이 거절당했다. 그때 잘나가던 한 저작권 대리인이 내게 이런 메모를 주었다.

'귀하의 책은 멜로드라마 같은 분위기가 나며 구체적인 플롯과 성격 묘사가 부족합니다. 책 속의 등장인물이 살아 있는 것처럼 보이지 않습니다.'

비판, 비난, 불평 따위는 모두 바람 같은 것이다.
이 모든 건 하찮은 사람들이 내뱉는 쓸데없는 숨결에 따라
이리저리 흔들리며, 나를 지배하지 못한다.

나는 이 메모를 보고 생각했다. '좋아, 그래서 이 이야기가 마음에 안 든다는 거지? 플롯도 인물 묘사도, 등장인물도 마음에 안 드는 모양이군. 이것 말고 또 뭐가 마음에 안 들었지?' 이 힘든 시기에 내 확고한 마음이 행복 속에서 성장하고 확실한 운명을 향해 나아가기 위해, 나는 작은 비법을 동원했다. 내가 존경하는 작가 중에서 이와 같은 거절을 당했던 인물을 찾는 것이다.

『안네의 일기』가 출판사에서 거절 편지를 받았다는 걸 알고 난 뒤 기분이 많이 좋아졌다. 거절 편지에는 이렇게 적혀 있었다고 한다. '이 일기에 나오는 소녀에게서는 호기심을 불러일으킬 만한 특별한 인식이나 느낌을 찾아볼 수 없습니다.'

『안네의 일기』는 세계적으로 2천 500만 권 이상이 팔렸다. 고전『파리대왕』(윌리엄 골딩의 우화풍 소설)의 원고를 읽은 한 출판인은 '아이디어를 작품으로 만들어내는 것에 그다지 성공하지 못한 것 같습니다'라고 평가했다. 이 작품은 지금까지 1천 450만 권이 팔렸다.

닥터 수스라는 한 무명작가가『그리고 나는 그것을 멀베리 가에서 보았다고 생각한다(And to Think That I Saw It on Mulberry Street)』는 제목의 원고를 들고 출판사를 찾아다녔으나, 이 원고는 모두 27군데의 출판사에서 거절당했다. 그중 한 출판인은 '시장에서 확실한 판매가 보증되는 아동물과 너무나 다릅니다. 저희 회사에서는 출판하지 않기로 했습니다'라고 말했다. 우리 모두 학창 시절에 조지 오웰의 고전 『동물농장』을 읽었다. '미국에서는 동물 이야기가 팔리지 않습니다'라고 말한 출판인이 있었지만, 이 책은 1천만 권 이상 팔렸다.

러디어드 키플링은 『정글북』이라는 제목의 작품을 출판사에 보낸 뒤 '키플링 씨, 미안하지만 당신은 영어조차 제대로 알지 못하는 사람이네요'라는 거절 편지를 받았다. 나는 이 편지를 읽고 나서 훌륭한 작가들을 좋은 친구로 둔 느낌을 받았고, 이 방법을 통해 내 확고한 마음을 지켰다.

힘 빠지는 생각 지우기

마음을 확고하게 다지는 데 가장 큰 장애가 되는 것은 의식적이든 무의식적이든 우리 스스로를 가두는 생각이다. 스스로를 가두는 생각은 '난 안 돼. 그 정도 실력이 안 돼. 똑똑하지도 않고, 잘 해내지도 못할 거야' 같은 부정적 속삭임으로 바뀌기도 한다. 이처럼 힘 빠지는 생각은 대개 나의 의식 저편에 고이 감춰진 채 끈질기게 괴롭히며 성장을 방해한다. 이런 생각의 실체를 알아내고 해체하여 우리 마음속에서 완전히 내몰아야 한다. 때로는 이렇게 스스로를 가두는 생각의 실체를 알아채기만 해도 이를 분해하여 없애는 데 도움이 된다.

나를 가두는 다섯 가지 생각을 떠올려보라. 앞쪽에 실린 '두려움 극복하기' 실전 훈련에서 각자 규정했던 두려움을 다시 떠올려보라. 모든 두려움 뒤에는 우리 자신과 관련하여 스스로를 힘 빠지게 하는 생각이 적어도 한 가지는 감춰져 있다. 이런 파괴적인 생각의 실체를 밝히고 다이어리에 적는다.

확고한 마음의 열정

다른 사람의 생각과 인정에 따라 자신의 미래를 결정하는 사람은 불행하다. 비판을 두려워하는 사람은 죽을 때까지 아무것도 하지 못한다.

자신의 마음이 확고하다면 운명을 향해 여행을 떠날 수 있다. 마이클 조던, 오프라 윈프리, 알베르트 아인슈타인, 타이거 우즈 같은 사람들은 확고한 마음으로 자신의 삶을 정복한 특별한 인물이다. 마음이 확고한 사람은 어린애 같은 장난스러움으로 관습적인 기준에 도전장을 내민다. 비난이나 거절 앞에서도 굴하지 않고 행동에 나서며, 재치 있는 감각을 살려서 우리가 정말로 원하는 것을 얻기 위한 해결책과 활동을 생각해낸다. 이런 재치 있는 감각은 상황이 우리에게 불리한 방향으로 전개될 때에도 우리의 마음속에 뜨거운 욕망과 단호한 의지를 일깨운다.

확고한 마음을 한 단어로 바꿔 말하면 '열정'이다. 열정은 마음에서 생기며 머리와는 아무 상관이 없다. 결단의 시기에는 '머리가 아닌 가슴에서 모든 게 나왔다'는 얘기를 들어본 적이 있을 것이다. 이게 바로 열정이다. 열정은 위대한 꿈을 꾸는 사람을 돕는다. 열정은 확신을 낳고 평범한 사람을 탁월한 재능의 소유자로 바꿔놓는다. 열정은 다른 사람에게도 자극을 주어서 우리와 함께하도록 한다. 우리가 열정에 불타서 살아갈 때, 사람들이 다가와 우리를 지켜볼 것이다. 열정이 있으면 넘을 수 없는 장애가 없고, 어떤 것도 우리를 멈출 수 없다. 우리의 삶은 하나의 선언, 하나의 모범이 된다. 다른 이들이 우리 눈 속에서 자신의 미래를 내다볼 것이다.

잔 다르크가 프랑스군을 이끌며 영국군에 맞서 싸울 때, 그녀의 나이는 겨우 17세였다. 어느 날, 도시를 향해 진군하던 프랑스 군대는 저 멀리 수만 병사가 언덕마다 장벽을 이루고 있는 광경을 목격했다. 잔 다르크는 "지금 바로 저들을 무찔러야 합니다"라고 지휘관에게 말했다. 잔 다르크는 숙련된 전사와 맞서 전투에서 이길 수 있다고 확신했으며, 이런 열정과 대담함 앞에서 지휘관은 두려움을 느꼈다. 어찌 됐든 잔 다르크는 프랑스의 오합지졸 군대를 이끄는 시골 소녀일 뿐이었다.

잔 다르크가 말했다.

"나는 저 장벽의 중심부를 칠 겁니다."

"네가 저들 속으로 들어가더라도 누구 하나 네 뒤를 따르지 않을 거다."

"난 절대로 뒤돌아보지 않을 겁니다."

잔 다르크가 단호하게 대답했고, 이 어린 소녀의 열정이 역사를 바꿔놓았다. 우리는 열정이 가득한 마음으로 무엇을 할 수 있을까?

지상 최대의 쇼를 설계하다

피니어스 테일러 바넘은 미국 독립기념일 다음 날인, 1810년 7월 5일에 태어났다. 그는 전국적으로 열리는 독립기념 행사와 불꽃놀이가 화려하게 펼쳐지는 가운데, 지상 최대의 흥행사(興行師)가 탄생한 일을 축하받고 싶었을 것이다. 그러나 자연이 하는 일인 만큼 그는 4시간 차이로 아깝게 파티를 놓치고 말았다.

피니어스라는 이름은 임자를 제대로 만났다. 성경에 의하면 이 말의 의미는 '놋쇠로 된 입'이다. 바넘의 성장기에 가장 많은 영향을 미친 사람은 외할아버지였다. 더벅머리에 안경을 쓰고 시끌벅적했던 외할아버지는 손자를 무척 아꼈고, 온종일 손자와 속임수 장난을 하며 보냈다. 바넘의 말에 따르면 "우리 할아버지는 다른 건 몰라도 장난치는 일이라면 누구보다 더 멀리 가고 더 오래 울고, 더 열심히 일하며 더 깊이 생각했다." 이런 역할 모델이 있었기에 훗날 바넘에게 큰 도움이 되었다.

바넘이 15세 때 아버지가 세상을 떠났다. 가정경제는 파산상태였고, 돈벌이를 할 사람이 바넘밖에 없었다. 바넘은 집 근처 가게에 절반을 투자하고, 그곳에서 점원으로 일했다. 가게 일을 하면서 자신에게 판매촉진 행사를 벌이는 능력을 발견했다. 1835년 7월, 마침내 바넘에게 운명적인 일이 일어났다. 콜리 바트람이라는 남자가 가게 안으로 들어와 조이스 히스라는 여자 얘기를 했다. 이 남자의 말대로라면 조이스 히스는 161세로, 조지 워싱턴 대통령의 유모였다고 한다. 그 당시 「조이스 히스 쇼」 책임자였던 이 남자는, 테네시 주에 있는 자신의 고향으로 돌아가고 싶어서 쇼를 다른 사람에게 양도한다고 했다.

바넘은 예전부터 더 크고 나은 기회를 기다려왔다. 그들은 3천 달러를 놓고 밀고 당기며 실랑이를 벌이다가 「조이스 히스 쇼」를 1천 달러에 거래하기로 합의했다. 바넘은 쇼를 확보하기 위해 상대를 설득하여 우선 500달러만 내고 쇼를 물려받기로 했다. 500 달러는 바넘이 가진 전 재산이었다. 그러나 그는 올바른 결정이라는 확신이 들었다. 바넘은 돈을 마련하기 위해 가게 절반 몫을 동업자에게 팔았고, 그로부터 며칠 후 바넘은 가게 점원에서 흥행사 쇼맨으로 변신했다.

특별한 정신과 재치를 가진 161세의 늙은 여자 쇼는 꼼꼼한 기획, 연출, 광고 덕분에 작은 산업으로 변모했다. 그러나 그 후 결국 올 것이 오고야 말았다. 조이스 히스가 자기를 만든 조물주 곁으로 돌아간 것이다. 바넘은 자기가 한 약속을 지키기 위해 유명한 외과의사 친구에게 부검을 허락했다. 데이비드 로저스 박사가 내놓은 결과는 바넘에게 충격과 놀라움을 안겨주었다. 조이스 히스는 사망 당시 겨우 80세밖에 되지 않았다. 신문에는 '조작이다!'라는 제목으로 기사가 실렸다.

바넘은 절망했다. 이제껏 나름대로 조사한 결과, 히스의 기록이 사실이라고 확신했기 때문이다. 바넘의 확고한 마음이 흔들리기 시작했다. 그는 흥행사가 자기 운명이라고 여겼지만, 이번 논쟁으로 그의 경력에 종지부를 찍는 건 아닐까 두려웠다. 그 뒤 놀라운 일이 벌어졌다. 온갖 소문이 난무하고 이야기가 눈덩이처럼 불어나면서 자연스럽게 광고 효과를 일으켰던 것이다. 조작 의혹이 조이스 히스 이야기에 흥행 요소를 더했고, 실제로도 쇼의 가치를 높였다. 바넘은 이왕 벌어진 상황을 현실로 받아들인 뒤, 조이스 이야기를 둘러싼 높은 관심과 논란을 이용하여 사람들이 다른 쇼에도 관심을 갖도록 했다. 사건의 진위에 궁금증을 품은 유료 관객들이 또 다른 쇼를 보기 위해 몰려들었다. 「점보 코끼리」, 「피지에서 온 인어」, 「카디프 거인」, 「진짜 샴쌍둥이」 등이 모두 조이스 히스 조작 사건 덕분에 탄생했다. 이 중에는 사실인 것도 있고 아닌 것도 있지만, 모두 재미있는 쇼였다. 바넘은 세계를 돌아다니며 기이한 것들을 끊임없이 찾아냈고

'지상 최대의 흥행사'로 인정받으며 이름을 날렸다.

1881년, 바넘은 경쟁 흥행사인 제임스 앤서니 베일리와 공동으로 그 유명한 바넘 앤 베일리 서커스를 만들어 흥행업계를 완전히 바꿔놓았다. 그는 흥행업에 대한 사회적인 장벽을 없애고 호기심과 센세이션을 이용하여 세계적인 명성을 얻었으며, 그야말로 지상 최대의 흥행사 자리에 올랐다. 그는 대중의 관심을 이용하여 돈을 벌 수 있다는 것을 보여준 미국 최초의 사업가였다.

바넘은 조이스 히스 사건을 통해 항상 확고한 마음에 따라 움직여야 한다는 교훈을 배웠다. 상황이 절망적으로 보일 때도 겉으로 보이는 것에 따라갈 필요가 없다는 걸 알았다. 무엇보다도 감정을 잘 조절하는 법을 배웠다. 두려움, 공포, 수치심, 죄책감은 날카로운 무기가 되어 확고한 마음을 무너뜨릴 수 있다. 바넘의 경우에는 이런 감정 때문에 장차 현대 서커스의 탄생으로 이어지는 기회를 놓칠 뻔했다. 바넘이 처음에 느꼈던 수치심을 이기지 못하고 도시를 떠났다면 어떻게 되었을까? 겁을 먹고 다른 직업으로 바꿨다면 어떻게 되었을까? 바넘은 중서부 작은 도시에서 가게 점원으로 늙어 죽었을지도 모른다. 그런 삶이 부끄러운 건 아니지만, 바넘이 누렸던 흥미진진한 삶과는 거리가 멀었다.

무한한 가능성을 살자

확고한 마음으로 삶, 가족, 미래를 위한 꿈을 꾸라. 사실이나 몇 퍼센트 확률 같은 것을 근거로 선택하지 마라. 이런 것은 늘 우리를 주눅 들게 한다. 스스로를 현실적인 사람이라고 여기는 이들을 보면 마음이 아프다. 이들은 상황에 맞춰진, 틀에 박힌 삶을 산다.

가능성의 세계가 담긴 삶을 시작하자. 우리가 선택한 대로 산다면 어떻게 될까? 자녀와 함께 시간을 보내고 싶은 간절한 마음에 만사를 제치고 시간을 낸다면 어떻게 될까? 여성 또는 남성 전업주부가 되면 어떨까? 아이들이 대학교에 입학하기 전까지 대학 등록금을 모두 벌어놓는다면 어떻게 될까? 주택 대출금을 모두 갚는다면 어떻게 될까? 완벽한 하루를 보내기로 마음먹는다면 어떤 하루가 될까? 몇 시에 일어날까? 잠자리에 드는 시

내 앞에 놓인 문제들을 똑바로 대면할 때 오히려 더 작아진다.
엉겅퀴를 조심스레 만지면 손이 찔리지만,
대담하게 힘주어 움켜쥐면 산산이 부서져 먼지가 될 것이다.

간은? 누구와 함께 지낼까? 지구 위 어디쯤에 있을까? 확신에 찬 결단은 우리에게 다음과 같은 사실을 일깨운다. 우리 마음이 확고하고 운명이 확실하므로 우리는 삶을 선택할 수 있다. 현명한 선택을 내려라. 많은 사람이 실패한 건 불확실한 마음 때문이다. 우리는 그런 사람이 아니다. 우리 마음을 다지겠다고 결심하라. 성공을 위해서는 확고한 마음으로 흔들림 없는 감정을 유지하겠다고 마음먹으라.

시련에 닥쳤을 때 마음을 확고하게 다지면 해결책이 나온다. 마음이 불확실한 상태에서는 자꾸 도피처만 찾으려 한다. 모든 조건을 기다릴 여유가 없다. 조건이란 원래 맞아떨어지는 법이 없기 때문이다. 우리 마음속에 이상을 품는 건 한 가지 이유 때문이다. 나의 삶과 내 가족에 관한 꿈을 마음속에 담는 것도 한 가지 이유 때문이다. 열정이 바로 우리 자신이다. 그렇다면 앞으로 나아가자! 더 이상 다른 이의 허락을 구하지 말자. 믿고 가자. 기다리고, 의문을 품고, 의심하고, 마음을 정하지 못하는 건 지금의 나, 앞으로의 내가 맞이할 세상을 부정하는 것이다. '내 마음은 확고하고, 내 운명은 확실하다.'

새로운 자아상 설계하기

앞에서 정리한 다섯 가지 생각은 확고한 마음을 해치는 장애물이다.

부정적 생각을 지우고 힘이 솟는 다른 생각으로 대체한다.

1. 부정적인 생각마다 그와 반대되는 생각을 정한다. '나는 나이가 많아서 독창적이고 창의적인 일을 할 수 없어'라는 부정적인 생각 대신 '내 나이는 내게 지혜를 주고 창조성과 독창성의 재능을 선사한다'는 생각으로 바꾼다.
2. 부정적인 생각과 대조를 이루는 새로운 생각을 적는다.

앞으로 30일 동안 새로운 생각을 머릿속으로 외우면서 자기긍정으로 삼으라. 지속적으로 자기긍정을 되풀이하면 새로운 생각에 맞춰 우리의 무의식을 다시 정리할 수 있다

- -

이 시대의 여행자, 노먼 슈워츠코프

리더란 말이 나올 때면 노먼 슈워츠코프 장군이 생각난다. 슈워츠코프 장군은 '사막의 폭풍 작전(1991년 걸프전에서 미군을 중심으로 한 연합군이 바그다드를 공습했던 작전명)'과 '사막의 방패 작전(사막의 폭풍 작전을 펴기 전 이라크의 사우디아라비아 공격을 막는 방어적 의미에서 붙인 작전 명칭이었으나 이후 공세적 전략으로 바뀌면서 작전 명칭이 사막의 폭풍

으로 변경)'에서 연합군을 지휘한 사령관이었으며, 지난 세기 동안 미국 군인 중 가장 많은 인기를 끌었다. 그가 걸프전 동안 단호하고 강력한 리더십을 보여준 덕분에 전쟁을 신속히 끝낼 수 있었다.

역사는 슈워츠코프 장군이 걸프전 전투에서 보여준 탁월할 기량을 오래도록 기억할 것이다. 그가 전투를 벌인 지역은 외국인에 대한 불신이 깊고 전투의 승패를 좌우하는 중요한 첩보가 철저하게 비밀에 붙여진 곳이었다. 게다가 세계 최초로 전쟁 상황이 시시각각 전 세계에 방송되는 작전을 수행하기란 결코 쉬운 일이 아니었다. 확신에 찬 결단을 대표하기에 가장 적절한 인물이 바로 슈워츠코프 장군이라고 생각된다. 그가 보낸 편지 글을 소개한다.

앤디에게

　지금까지 살아오면서 좌절했던 경험을 들려달라는 부탁을 받고 가장 먼저 걱정스러웠던 건 한 가지를 골라야 한다는 사실이었네. 이제껏 나는 수많은 갈림길에 섰고, 내가 선택할 수 있었던 길을 놔두고 전혀 엉뚱한 길로 빠진 적도 있었지. 우리가 사는 세상이 완벽하다면 내가 이런 편지를 쓰지도 않았을 걸세. 내 어린 시절은 평탄했을 것이고, 내 군대 경력도 우여곡절을 겪지 않았을 것이며, 이렇게 들려줄 만한 얘깃거리도 없었을 거야. 그러나 알다시피 사정이 여의치 않았지.

　1972년 12월, 군부에서는 내가 속해 있던 기수를 정식 대령으로 조기 진급하는 문제를 고려중이었다네. 정기 인사는 2년이나 더 남아 있었지. 그러나 나는 내게 대령 직무를 맡기고 싶어 하는 여러 장군의 의중을 알아본 뒤 내게 좋은 기회라고 생각했어. 누구도 조기 진급을 기대할 권리는 없지. 그러나 조기 진급은 장교의 평판을 높일 수 있는 절호의 기회였기 때문에 나는 속으로만 은근히 조기 진급을 바랐어.

　1월의 어느 월요일 아침, 육군 대학교로 걸어 들어가는데 동료 서너 명이 서로 등을 두드려주는 모습이 내 눈에 보였다네. 그 순간 나는 내 이름이 명단에 없다는 걸 알았지. 다음 겨울에 있을 조기 진급을 노려볼 수도 있었지만 이제껏 군 생활을 하는 동안 선두 자리를 빼앗긴 경우는 이번이 처음이었어. 친구들이 위로를 해주었지. 내가 다른 장교보다 뒤처져야 하는 이유를 조목조목 설명하는 것도 기분 나쁘지만 이런 위로 역시 기분 나빴다네. 나는 몹시 실망하고 당황했으며 많이 흔들렸지.

다음 11월, 육군에서는 나를 제럴드 포드 부통령의 군 보좌관으로 지명했지. 모든 육군 중령 중에서 내가 선발되었다는 게 무척 영광스럽고 흥분되었어. 이 자리는 매우 명예로운 자리였고, 내가 은퇴를 결심할 때 든든한 인맥을 마련해줄 거라고 여겼지. 선발 과정이 진행되는 동안 나는 기대에 부풀었다네. 부통령 국가안보 보좌관이 나를 면접했으며 부통령이 내 옆 자리에 앉기도 했지. 서로 정말 잘 맞는 사이라는 느낌을 받았어.

1974년 1월 초, 두 가지 사건이 거의 동시에 밀어닥쳤다네. 먼저 육군에서 대령 조기 진급자 명단을 발표했는데, 놀랍게도 내 이름이 이번 명단에도 없었지. 그로부터 며칠 뒤, 나는 다시 불려가서 제럴드 포드의 보좌관으로 뽑히지 않았다는 소식을 들었어. 나는 크게 낙담했고, 그 어느 때보다 깊은 좌절에 빠졌지.

이제 내가 깨친 가장 중요한 교훈 두 가지를 말할 때가 되었군.

1. 실망한 일을 오래도록 곱씹지 않는다. 어찌 됐든 최선을 다하기로 결심하라.
2. 무엇이 최선인지 항상 알 수 있는 건 아니다.

이후 나는 대령으로 진급해서 알래스카에 주둔하는 군대를 지휘하게 되었지. 이 일을 계기로 워싱턴 루이스 요새 주둔군을 지휘했고 이후 준장으로 진급했어. 이어서 하와이 태평양 사령관을 거쳐, 나토 독일 전선 방어군 소속인 제8기계화 보병사단의 부사단장을 맡았지. 그 후 제24기계화 보병사단 사단장과 그레나다 학생 구출 작전 등 몇 가지 재미있는 일을 거쳐 플로리다 탬파에 본부를 둔 중앙사령부로 발령되었지. 중동 지역을 관할하는 중앙사령관이었네.

지난 활동을 돌아보니 그동안 내가 견뎌냈던 모든 투쟁이 운명적으로 나를 걸프전으로 이끈 것처럼 보이네. 특정 상황에서 우리 앞에 놓인 시련은 때로 당시 우리가 이해할 수 있는 수준 저 너머에 있는 어떤 목적을 위한 것이기도 하지. 지금까지 살아오면서 내가 선택하지 않은 위치에 놓였을 때 힘든 시기를 보냈지만 궁극적인 결과는 역사의 문제라고 생각하네.

사람들은 내게 군 시절이 그리운지 자주 묻는다네. 당연히 그립지. 하지만 내가 가장 그리워하는 건 동료들과 힘든 역경을 함께 헤쳐나오면서 나누었던 동지애야. 이는 우리 노병을 묶어주는 끈이지. 놀라운 일도 아니지만 성공한 사람을 묶어주는 끈이기도 하다네. 역경을 거치지 않은 성공은 공허하기도 하지만 불가능하다네.

미 육군 H. 노먼 슈워츠코프 장군

5

기쁨 가득한 결단

오늘 나는 행복한 사람이 될 것을 선택하겠다

기쁨 가득한 결단의 의미를 완전하게 이해할 때
이는 삶의 변화를 위한 강력한 촉매가 된다. 행복이란 하나의 선택이다.
기쁨 가득한 결단은 우리의 영혼을 자유롭게 하고
하루하루 매 순간 무한한 기쁨을 선사한다.

「폰더 씨의 위대한 하루」 중에서

나의 선택이 인생을 만들어간다.
선택한 것에 따라 내가 변화된다.

안네 프랑크

기·쁨·가·득·한·결·단

『폰더 씨의 위대한 하루』에서 안네 프랑크는 데이비드 폰더에게 개인의 성공을 결정하는 다섯 번째 결단을 선물로 주었다.

오늘 나는 행복한 사람이 될 것을 선택하겠다

지금 이 순간부터 나는 행복한 사람이다. 왜냐하면 나는 행복의 개념을 완벽하게 이해했기 때문이다. 행복은 하나의 선택이다. 행복은 어떤 생각과 행동, 내 신체 속에 화학적 반응을 일으키는 생각과 행동의 총합이다. 이 황홀한 느낌은 어떤 사람에게는 막연하게 느껴지겠지만, 나는 이제 그것을 확실하게 통제한다.

오늘 나는 행복한 사람이 될 것을 선택하겠다. 나는 매일매일을 웃음으로 맞이하겠다. 아침에 잠에서 깨면 나는 7초 동안 맘껏 웃겠다. 이렇게 잠시 웃으면 흥분이 내 혈관 속으로 흘러들어오기 시작한다. 나는 달라진 느낌이 든다. 아니 나는 달라졌다! 나는 오늘을 흥분된 마음으로 맞이한다. 나는 오늘의 여러 가능성들에 마음을 활짝 연다. 나는 행복하다!

웃음은 열정의 표현이다. 나는 열정이 세상을 움직이는 연료라는 것을 안다. 나는 하루 종일 웃는다. 나는 혼자 있을 때도 웃고, 남들과 대화를 할 때도 웃는다. 나는 마음속에 웃음을 가지고 있기 때문에 사람들은 나에게 끌린다. 이 세상은 열정적인 사람들이 이끌어간다. 왜냐하면 온 세계 어디서나 사람들은 열정적인 사람을 따르기 때문이다.

오늘 나는 행복한 사람이 될 것을 선택하겠다. 나는 만나는 사람마다 웃으며 맞이하겠다. 내 미소는 나의 명함이다. 미소는 내가 가지고 있는 가장 강력한 무기이다. 나의 미소는 강력한 유대관계를 맺고, 서먹한 얼음을 깨뜨리고, 폭풍우를 잠재우는 힘을 가지고 있다. 나는 이 미소를 끊임없이 활용한다. 나는 늘 제일 먼저 미소 짓는 사람이 되겠다. 내가 그런 선량한 태도를 보여주면 다른 사람도 그것을 따라하게 된다.

어떤 현자는 말했다. "나는 행복하기 때문에 노래 부르는 것이 아니라, 노래 부를 수 있기 때문에 행복하다." 내가 미소 짓기를 선택할 때 나는 내 감정의 주인이 된다. 낙담, 절망, 좌절, 공포는 내 미소 앞에서 다 사라져버린다.

오늘 나는 행복한 사람이 될 것을 선택하겠다. 나는 감사하는 마음의 소유자이다. 과거에 나는 어떤 우울한 상황을 만나면 크게 낙담하다가 나보다 훨씬 못한 사람을 만나야 비로소 위안을 얻곤 했다. 하지만 이제는 더 이상 그렇지 않다. 신선한 바람이 공기 중의 연기를 말끔히 걷어가듯이 감사하는 마음은 절망의 구름을 순식간에 없애버린다. 나는 남과 비교하지 않겠다. 나는 지금 이 순간 행복한 사람이다. 이런 감사하는 마음에는 절망의 씨앗이 들어설 자리가 없다.

하느님은 나에게 많은 선물을 주셨다. 나는 이 선물을 늘 고마운 마음으로 기억하겠다. 과거에 나는 아주 여러 번 거지의 기도를 올렸다. 늘 더 내려달라고 요구했을 뿐, 감사하는 마음을 바치지 못했다. 나는 탐욕스럽고, 고마워할 줄 모르고, 존경할 줄 모르는, 그런 아이 같은 사람이 되지 않겠다. 나는 내 시력, 내 청력, 내 호흡, 이 모든 것을 감사하게 받아들인다. 만약 내 인생에서 이것 이상의 축복이 찾아든다면, 나는 그 풍성함의 기적에 깊은 감사를 드릴 것이다.

나는 매일매일을 웃음으로 맞이할 것이다. 나는 내가 만나는 사람마다 미소로 맞이할 것이다. 나는 감사하는 마음의 소유자이다.

오늘 나는 행복한 사람이 될 것을 선택하겠다.

우리는 길들여져 있다

　미국 표준철도의 철길 너비는 정확히 143.5센티미터다. 숫자가 딱 떨어지진 않지만 영국에서 철도를 이렇게 만들었고, 이를 영국 사람들이 미국에 그대로 건설했다. '그렇다면 영국에서 그렇게 이상한 수치로 철도를 건설한 이유는 무엇일까?' 철도의 전신이랄 수 있는 광산의 광차 궤도를 만든 사람이 똑같이 143.5센티미터로 철도를 만들었다. '광차 궤도는 왜 그렇게 만들었을까?' 마차를 만들 때 썼던 것과 같은 지그와 도구, 자를 사용하여 광차 궤도를 만들었기 때문이며 당시 마차의 바퀴 간격이 143.5센티미터였다.

　'마차의 바퀴 간격은 왜 그처럼 이상한 수치로 만들었을까?' 바퀴 간격이 같아야, 영국의 옛 도로 가운데 바퀴 홈이 있는 몇몇 장거리 도로에서 마차 바퀴가 부서지지 않기 때문이다. 이 바퀴 홈의 간격이 바로 143.5센티미터였다.

　'바퀴 홈이 있는 옛 도로는 누가 만들었을까?' 이 도로는 수천 년 전 로마제국 사람들이 영국에 와서 처음 만들었으며, 이때 건설된 도로가 지금까지도 이용되고 있다. 그 당시 로마 전차가 이 도로에 처음으로 홈을 만들었고 이 간격이 143.5센티미터였다. 사람들은 마차 바퀴와 마차가 고장 날까봐 겁이 나서 이 홈에 맞춰 마차를 만들었다. 로마 사람들이 전차를 만들어 이용한 이래로 바퀴 간격은 모두 같았다.

미국 표준철도의 철길 너비 143.5센티미터는 로마제국 전차의 설계에서 비롯되었다. 이는 조건화의 고전적 사례이다. 사람들은 늘 해오던 방식대로 일을 처리한다. 조건화된 방식 때문에 눈에 보이지 않는 어떤 절벽을 향해 가면서 어려움을 겪는 기업들이 있다. 이들 기업은 지난날 특정 방식으로 성공을 거둔 바 있지만, 지금은 시장의 변화를 보지 못하고, 이들의 방식이 더 이상 생산적이지 않거나 시대나 유행에 뒤떨어져 있는 걸 알지 못한다. 이들은 지금까지 늘 해오던 방식에 준해서 결정을 내린다. 그러므로 다음번 지시 사항이나 아이디어를 전해 듣고 '도대체 누가 이런 생각을 하는 거야?'라는 불평이 생긴다면 이는 정곡을 제대로 찌른 것이다. 알다시피 로마제국 전차의 바퀴 간격이 정확히 143.5센티미터가 된 것은 이 너비가 말 두 마리를 달기에 알맞았기 때문이다.

이와 관련된 재미있는 얘기가 또 한 가지 있다. 케이프커내버럴에 있는 로켓 발사대에 우주선이 놓여 있을 때, 주 연료탱크 양편으로 커다란 보조 추진로켓 두 개가 붙어 있는 걸 보았을 것이다. 이 보조 추진로켓은 유타 주에 있는 한 회사에서 제작된 것이다. 이 보조 추진로켓을 설계한 엔지니어는 로켓 폭을 조금 넓게 제작하고 싶었을지도 모른다. 그러나 보조 추진로켓은 공장에서 발사대까지 기차로 운반해야 하며, 공장에서 출발한 철로는 산악 지대의 터널을 통과해야 하므로 로켓을 터널 크기에 맞춰야 했다. 터널은 철로보다 약간 폭이 넓고, 철로는 143.5센티미터로 말 두 마리의 엉덩이 폭 정도가 된다. 세계에서 가장 발달된 첨단 운송 수단의 주요 설계가 문자 그대로 말 엉덩이 폭에 맞춰 정해진 것이다. 누가 이런 일을 상상이나 했겠는가?

행복을 선택하자

'오늘 나는 행복한 사람이 될 것을 선택하겠다'라는 기쁨 가득한 결단을 생각할 때, 왜 길들여진 상황을 이해해야 하는지 아는가? 대부분의 사람은 기쁨 가득한 결단에 길들여져 있지 않기 때문이다. 사람들은 행복이 하나의 선택이라는 걸 깨닫지 못한다. 사람들은 매일 똑같은 일을 하며 살고 있지만 이는 그저 지

불평도 하나의 활동이며 라디오를 듣는 일과 마찬가지다.
라디오를 켜기로 선택할 수도 있고, 켜지 않기로 선택할 수도 있다.
마찬가지로 불평하기로 선택할 수도 있고, 불평을 하지 않기로 선택할 수도 있다.
나는 불평지 않기로 선택한다.

금까지 그렇게 해왔기 때문이다. 아침이면 언짢은 기분으로 일어나고 습관처럼 일하러 가고 출근길에도 얼굴에 웃음 하나 찾아볼 수 없다. 생활이 사람을 죽이고 있다. 기쁨 가득한 결단은 일곱 가지 결단 중에서 겉으로 보기에는 가장 논쟁의 여지가 많다. 사람들이 이 결단을 잘 이해하지 못하기 때문이다. 재정 포트폴리오를 늘리기 위한 중요한 방법을 찾을 때, 많은 돈을 가져다주는 것이 바로 기쁨 가득한 결단이다.

예전 한 라디오에 출연하여 『폰더 씨의 위대한 하루』에 관한 인터뷰를 할 때의 일이다. 이 토크쇼 진행자는 매우 냉소적인 사람이었는데, 기쁨 가득한 결단에 대해 의문을 제기했다.

"개인의 성장을 위한 책 내용이 내게는 별로 설득력 없지만, 이 대목은 그중에서도 특히 터무니없다고 생각돼요."

나는 웃으며 말했다.

"왜 그렇죠? 이유를 말해보세요."

"왜 책임의식을 갖고 싶어 하는지는 이해가 돼요. 지혜를 구하고 행동하는 사람이 되고자 하는 이유도 이해되고요. 하지만 한번 생각해봐요. 우리가 처한 경제 여건에서 사람들은 일자리에서 쫓겨나는데 행복하기로 선택한다고 해서 무엇이 달라질 수 있죠?"

"농담이시죠? 자, 봐요. 당신이 고용자라고 합시다. 비슷한 교육을 받은 두 사람이 당신 회사에 일자리를 얻으러 왔어요. 두 사람은 나이도 같고 경험도 같으며 심지어는 옷차림이나 생김새도 비슷해요. 그런데 한 사람은 투덜대며 불평하고 다른 사람은 행복하게 웃음을 짓고 있죠. 누굴 고용하겠어요? 당연히 행복한 사람이겠죠. 그런 사람을 가까이 두고 싶어 하니까요. 누가 불평하는 사람을 가까이 하고 싶어 하겠어요? 다들 당신과 똑같아요. 모두들 행복한 사람과 가까이 하고 싶어 하죠. 행복한 사람이 되기로 선택해야 하는 이유가 바로 이거에요. 새로운 삶의 시작이죠."

행복한 사람이 되기로 선택하라. 행복을 느낄 수 있는 일은 매우 다양하다. 행복은 우리 삶 속을 들락날락하며 떠다니는 감정의 유령 같은 게 아니다. 우리는 날마다 행복을 선택할 수 있다. 웃음과 열정이야말로 세상을 움직이는 연료다. 세상은 열정을 가진 사람의 것이다. 어딜 가든 사람들이 열정적인 사람을 따르기 때문이다. 세상은 열정을 가진 자의 것이다.

행복의 방아쇠 개발하기

내게 웃음을 안겨주는 일 다섯 가지를 적어보라. 무엇이 생각나는가? 생각만 해도 웃음이 나오는 영화 속 장면이 있는가? 내 아이의 순수하고 귀여운 행동을 생각하면 얼굴에 웃음이 번지는가? 강아지가 꼬리를 치며 따라오는 모습에 웃음을 짓는가?

'행복의 방아쇠'는 우리 주변에 널려 있다. 그러나 우리가 적극적으로 찾지 않으면, 어쩌다가 한 번씩 웃는 정도밖에는 할 수 없다. 무엇이 행복의 방아쇠가 될 수 있는지 적극적으로 알아보면 우리는 언제든지 행복한 사람이 될 수 있다.

감사하는 마음을 갖자

혹시 마지막 몇 문단 때문에 화가 났다면 일단 마음부터 가라앉히길 바란다. 행복한 사람이 되기로 선택하고, 손가락을 한 번 딸깍 소리 나게 꺾으면 금방 행복해질 수 있다고, 정말 그렇게 믿는 건 아니니까. 그건 좀 터무니없는 소리다. 그러나 꼭 한 가지 믿어야 할 사실이 있다. '행복은 감사하는 마음을 가질 때 찾아온다'는 것이다.

진정한 행복은 마음속에서 생긴다. 행복은 감사하는 마음에서 생긴다. 감사하지 않으면서 행복할 수는 없다. 우울, 분노, 화, 그 밖의 좋지 않은 감정이 생기더라도 감사하는 마음이 있으면 자기연민에 빠지지 않을 수 있다. 감사하는 마음에는 우울의 씨앗이 떨어져도 뿌리를 내리지 못한다. 우연히 공항 같은 곳에서 만난 사람이 내게 다가와 "당신이 말씀하시는 걸 들었어요.

나는 정말로 행복한 사람이 될 수 없어요"라고 말한다면 나는 이렇게 대답할 것이다.

"행복한 사람이 되려면 종이와 펜을 들고 가만히 앉아서 감사하게 여기는 일을 적어보세요."

"내 삶에는 그처럼 감사할 일이 하나도 없어요."

나는 팔짱을 끼고 몸을 약간 젖힌 채 자신만만하게 웃음을 띠며 물을 것이다.

"오늘 어디까지 비행기를 타고 가십니까?"

그들이 행선지를 말하면 나는 이렇게 대답한다.

"아시겠지만 이곳까지 운전해서 오는 사람도 많아요. 심지어는 이 도시에 오고 싶어도 올 수 없는 사람도 있어요. 비행기를 탈 수 있다는 건 멋진 일이 아닐까요?"

그제야 비로소 그들은 깨닫는다.

"아, 예. 비행기를 탈 수 있다는 건 정말 좋은 일이지요."

신선한 바람이 탁한 연기를 날려 보내듯
감사하는 마음은 절망의 구름을 걷어낸다.
우울한 마음의 씨앗도
감사하는 마음에는 뿌리를 내리지 못한다.

"당신은 미국에 살고 있어요. 아주 많은 사람들이 불평을 해 대는 그런 나라에 산다는 게 멋지지 않나요?"

상대는 이맛살을 찌푸릴 것이고 나는 이렇게 말할 것이다.

"정말 많은 사람들이 미국에 대해 불평을 하는데도 언론의 자 유를 보장하는 나라에 산다는 것은 멋진 일이에요. 정말 나쁜 나 라라고 생각한다면 혹시 다른 나라에 가서 살고 싶은 마음은 없 나요?"

함께 생각해보자. 내가 내는 세금에도 감사하는 마음을 가질 수 있다. 그만큼 돈을 벌었다는 의미가 되기 때문이다. 파티가 끝난 뒤 엉망진창으로 어질러진 모습에도 감사하는 마음을 가 질 수 있다. 그만큼 주변에 친구가 많다는 뜻이기 때문이다. 내 가 걸친 멋진 옷에 감사하는 마음을 가질 수 있다. 지구상에는 옷조차 없는 사람도 있지 않은가. 옷이 너무 낀다면 이는 먹을 것이 풍족했다는 의미다.

때로는 웃음 지으며 이렇게 물어볼 때도 있다.

"점심 식사 하셨어요? 이 공항에서 드셨나요?"

식사한 장소를 말해주는 사람도 있고, 아직 먹지 못했다고 말 하는 사람도 있을 것이다.

"공항 오기 전에 식사하셨나요? 어제는 식사하셨나요?"

"네, 했어요."

"와우. 그러셨군요. 그런 사치를 누리지 못하는 사람도 많거

든요. 먹을 것이 있다는 게 고맙지 않나요?"

잔디 깎는 일에도 감사하는 마음을 느낄 수 있다. 닦아야 할 창문이 있다는 게, 고쳐야 할 배수구가 있다는 게, 자물쇠를 수리하느라 번거롭지 않아도 된다는 게, 이 모든 것에 감사하는 마음을 느낄 수 있다. 이렇게 생각하면 집에서 생기는 이러저런 문젯거리가 다 고마운 일이다. 집이 있어서 문젯거리도 생긴다. 주차장 맨 구석자리가 비어 있다는 것도 고마운 일이다. 그만큼 걷기 운동을 할 수 있기 때문이다. 휠체어를 타고 있는 사람이라면 그런 기구가 있다는 게 고맙지 않은가?

전기 요금이 많이 나온 것도 감사해야 할 일이다. 여름에 시원한 냉방을 하고 싶어도 그럴 수 없고, 겨울에 따뜻한 난방을 하고 싶어도 그럴 수 없는 사람들이 많다. 일을 마치고 온몸이 쑤시는 것도 감사해야 할 일이다. 일할 수 있지 않은가. 매일 아침 해도 뜨기 전에 시끄럽게 울려대는 알람 시계에도 감사해야 한다. 우리가 살아 있다는 증거 아닌가.

몇 년 전 월드비전 팀과 함께 멕시코시티에 간 적이 있었다. 백만 명이 살고 있는 어느 빈민가를 이틀 동안 걸어서 돌아다녔다. 빈곤층이 있다는 건 알고 있었지만 한 장소에 백만 명이나 모여 사는 건 처음 보았다. 깨진 유리 조각과 동물 사체가 나뒹구는 공터 한쪽 구석에서 아이들이 놀고 있었다. 이 아이들의 눈속에서 내 아이를 보았다. 마실 물과 먹을 것을 얻기 위해 너무도 힘든 생활을 견뎌내야 하는 이들의 모습이 정말로 끔찍했다. 무엇을 감사해야 할지 모르겠다면, 지금 욕실로 가서 수도꼭지를 틀어놓고 깨끗한 물이 쏟아져 나오는 모습을 지켜보라. 그 물에 손을 적셔보라. 우리는 언제든지 원하기만 하면 자기 집 욕실에서 수도꼭지를 틀고 깨끗한 물을 쓸 수 있다. 이 깨끗한 물로 잔디에 물도 주고 차도 닦고 강아지 목욕도 시킨다. 그러나 멕시코시티에 있는 백만 명의 사람들은 마실 물도 없다. 물을 실은 트럭이 이웃 마을까지 들어오면 이곳 사람들은 항아리며, 프라이팬이며, 비닐봉지를 들고 가서 물을 길어온다.

매일의 일과 속에서 우리 자신을 새롭게 길들여 감사하는 사람이 되자. 지금까지 우리 삶에 스며들어 있던 길들여진 조건을 이 순간부터 무시하자. 아침에 찡그린 얼굴을 하고 깨어나는 것에 길들여진 자신을 바꾸자. 식당에서 큰 소리로 웃는 아이들을 보고 짜증을 내는 것에 길들여진 자신을 바꾸자. 이제 새로운 조건에 자신을 길들이자. 우리는 감사하는 사람이다. 아이들의 웃음소리를 고마워하고, 우리에게 점점 더 강한 힘을 주는 힘겨운 상황을 고마워하자. 우리 앞길을 헤쳐나갈 수 있고, 이를 통해 다른 사람까지 이끌 수 있는 걸 고마워하자. 우리는 리더다. 지금 이 순간부터 우리를 새롭게 길들인다. 우리를 새로운 조건에 길들이면서 이렇게 말한다.

"오늘 나는 행복한 사람이 될 것을 선택하겠다"고.

감사하는 마음 기르기

어떤 일에든 감사할 수 있다. 살아 있는 것, 숨 쉴 수 있는 것, 나무, 공기, 해, 별, 실내 화장실, 풍족한 음식, 우리가 태어난 나라, 가족, 친구, 애완동물, 음악, 사랑, 낭만, 멋진 영화, 좋아하는 책, 구름, 산, 꽃, 아이의 웃음소리, 강아지의 호기심, 새로운 아이디어, 전화, 인터넷, 그림, 조각, 연극, 냉난방 시설……이 정도면 이해되지 않는가? 고마워 해야 할 일을 최소한 50개 정도의 목록으로 작성한다. 그 밖에 더 감사 해야 할 일이 있다면 100개까지 채워도 좋다.

누가 내 낙하산을 포장했을까?

스스로를 길들여 행복한 사람이 되기 위해서는 감사하는 사람이 되어야 한다. 감사의 마음을 표현하는 방법을 배우자. 감사하는 마음을 표현하면 행복에 젖고, 더 많은 행복이 찾아온다. 대개는 감사하는 마음을 표현하지 않는다. 우리 삶의 안팎으로 보이지 않는 곳에서 많은 서비스가 제공되지만 우리는 이를 당연하게 여기며 좀처럼 고맙다는 표현을 하지 않는다. 가끔 멈춰서서 '이 일을 해줘서 정말 고맙다는 말을 하고 싶었어요'라고 말하라. 상대방의 표정에서 또다시 행복을 느낄 것이다. 행복과 감사의 마음을 나누면 훨씬 쉽게 행복해질 수 있다.

찰스 플럼은 베트남전 당시 미 해군의 제트기 조종사였다. 76번째 전투임무 수행 도중 지대공 미사일이 그의 비행기에 명중하여, 플럼은 비상 탈출을 시도했고 적군 진영에 떨어졌다. 그후 포로가 되어 베트남 감옥에 6년 동안 수감되었다가 석방되었고, 지금은 그 당시 경험에서 깨달은 교훈을 주제로 강의 활동을 하고 있다. 어느 날 플럼이 아내와 함께 한 식당에 앉아 있는데, 다른 테이블에 있던 사람이 다가와 흥분한 목소리로 말했다.

"플럼 씨 맞죠? 찰스 플럼 씨요. 항공모함 키티호크 호에서 제트전투기를 타고 베트남전에 참가했다가 제트기가 격추당했잖아요."

이어서 이 남자는 그 당시 전투 임무의 세세한 사항까지 줄줄이 읊었다.

플럼은 이 남자가 누군지 알아보지 못했다.

내가 처한 현실을 부정하는 게 아니다.
다만 그것이 최종 결말이라는 걸 부정한다.
이런 현실 역시 곧 지나가버릴 것이다.

"어떻게 이 모든 걸 다 알고 계시죠?"

"제가 선생님 낙하산을 포장했어요. 저 역시 해군 소속이었고 키티호크 호에 타고 있었어요."

찰스 플럼은 정말 믿기지 않았다. 아주 오래전 일이지만 자기 낙하산을 포장해준 것에 고마움을 표시했다. 이 남자는 악수를 청하며 말했다.

"와우! 낙하산이 제대로 펴진 모양이군요."

"네, 정말 제대로 펴졌어요. 포장해주신 낙하산이 제대로 작동하지 않았다면 저는 오늘 이 자리에 없었을 거예요."

플럼은 그날 밤 잠을 이룰 수 없었고, 그 남자가 머리에서 떠나지 않았다. 그는 그날 밤 일을 이렇게 회상했다.

"해군 복장을 한 그 남자는 어떤 모습이었을지 계속 궁금했어요. 하얀 모자와 등받이, 나팔바지를 입었겠죠. 내가 그 남자 옆을 무심코 지나친 적이 얼마나 많았을까? '좋은 아침이에요. 별일 없죠?'라는 간단한 인사도 건네지 않고 알은척도 하지 않은 게 몇 번이나 될까? 알다시피 나는 전투기 조종사고 그는 한낱 선원이었으니까요."

찰스 플럼은 이 선원이 키티호크 호 한쪽 구석에서 나무 탁자에 앉아 얼마나 오랫동안 꼼꼼하게 낙하산 줄을 만들고 낙하산을 접었을지 생각했다. 이 선원이 낙하산을 포장할 때마다 그의 손에는 알지 못하는 한 사람의 운명이 달려 있었다.

오늘날 찰스 플럼은 사람들을 볼 때마다 "누가 당신의 낙하산을 포장해주고 있습니까?"라고 묻는다. 우리 모두는 하루 종일 누군가가 해준 일에 의존하여 살아간다. 우리 눈에 보이지 않는 곳에서 아주 많은 사람들이 우리가 쓸 낙하산을 포장하고 있다. 이 낙하산은 정신적, 정서적, 영적, 육체적인 면에서 우리 삶을 지탱해준다.

우리에겐 이런 낙하산이 필요하고, 이를 포장하는 사람이 필요하다. 때로 힘들 때 우리는 이들에게 "수고하세요", "부탁드립니다", "고맙습니다"라고 고마움을 표시하는 일을 쉽게 잊는다. 우리 자신이 힘들다는 생각에만 너무 빠져 있기 때문에, 서로를 격려하지 않고 혹시 어려운 일은 없는지 안부를 묻지도 않는다. 우리는 서로에게 칭찬의 말을 건네지도 않고, 알지 못하는 사람에게 친절을 베푸는 일도 하지 않는다.

우리 스스로를 길들여 감사하는 마음을 가질 때 우리 마음속에 얼마나 많은 감사의 마음이 생기는지, 삶 속에서 감사의 마음이 얼마나 커져가는지 안다면 아마 놀랄 것이다. 환경미화원을 보면 차를 길가에 세우고 차창 너머로 크게 말해보라.

"아저씨, 내가 얼마나 고마워하고 있는지 꼭 말씀드리고 싶었어요. 아저씨가 안 계시면 우리 집 꼴이 어떻게 될지 생각해봤어요! 정말 감사드려요."

틀림없이 혼자 두드러져 보일 것이다. 지금까지 그들에게 고 마음을 표시한 사람은 아무도 없었기 때문이다. 가스검침원이나 전기검침원에게도 고마움을 표시하라. 그들이 더운 여름날이고 추운 겨울날이고 쉬지 않고 걸어 다니면서 수고한 덕분에, 우리 가족이 시원한 여름을 보내고 겨울에도 따뜻한 실내에서 살아갈 수 있었다. 택배직원이나 우체국 창구직원에게도 고마움을 표시하라. 항공사 직원에게 웃음을 지어주라. 감사의 말을 전하라. 마트 주차장에서 쇼핑 수레를 수거하는 아르바이트생에게도 정말 고맙다고 말하라. 그들이 있기에 주차장에서부터 쇼핑 수레를 끌고 올라가지 않고 매장에 가서 수레를 집을 수 있었다.

다른 사람에게 고마움을 표시하면서 감사하는 사람은 스스로 여기에 길들여져 행복한 사람이 된다. 이들은 아침에 행복한 기분 속에서 잠을 깬다.

기억할 순간을 놓치지 마라

기술이 발달할수록 우리는 점점 더 많은 시간을 원한다. '뒤처지지 않으려는' 안간힘 속에서 때때로 우리 눈앞에 펼쳐진 즐겁고 재미있고 기적 같은 순간조차 기억하지 못한 채 지나치고 만다. 지난 일주일, 한 달, 한 해 동안 믿기지 않을 만큼 멋진 순간에는 어떤 것이 있었나? 딸아이의 결혼식처럼 큰 기쁨을 안겨주는 순간도 있었을 것이고, 사랑하는 사람과 잠시 웃음을 나누었던 순간도 있었을 것이다.

감사하는 마음을 기르기 위해 지금 바로 이런 순간 열 가지를 기록하라(이런 실전 훈련을 매주 해보면 어떨까?)

웃음의 마법

앞에서 나는 행복한 사람이 돈도 많이 번다는 말을 했다. 행복한 사람이 되기로 선택하는 것과 재정 포트폴리오를 늘리는 것은 어떤 관계가 있을까? 행복한 사람이 돈을 많이 버는 이유는 무엇일까? 사람들이 "아, 요즘 경제적으로 너무 힘들어. 좋은 일이라고는 하나도 없어. 도와주는 사람도 없고 기회도 없어"라고 말할 때면 나는 정말 기가 막힌다.

"아무도 날 안 도와줘"라고 투덜대는 사람을 보면 나는 속으

내가 웃음을 선택할 때 내 감정의 주인이 된다.
내 웃음 앞에서는 낙담, 절망, 좌절, 두려움도 수그러든다.

로 이렇게 생각한다. '당연히 도와주지 않지. 아마 당신 같은 사람 곁에 있고 싶지도 않을걸. 웃어. 말할 때도 활기차게 힘내서 말하고. 사람들이 당신 옆에 있고 싶은 마음이 들게 하라고.'

기회는 사람 사이의 교류에서 생긴다. 하느님은 우리 삶 속에 사람을 데려다놓는다. 우리를 도와줄 기회, 우리에게 힘을 줄 격려, 우리의 정보와 지식 모두 다른 사람에게서 온다. 이게 정말이라면 우리는 다른 이들이 곁에 있고 싶어 하는 그런 특별한 사람이 되어야 한다.

사람들은 행복한 사람 옆에 있고 싶어 한다. 투덜대는 사람, 우는 소리 하는 사람, 앓는 소리 하는 사람 옆에는 있고 싶어 하지 않는다. 행복한 사람은 자기 곁에 몰려든 사람에게서 더 많은 기회를 얻고, 기회는 종종 경제적 성공으로 이어진다.

처음에는 억지로 행복한 척해야 한다면 그렇게 하라. 아무도 우리가 매일 매순간 행복할 거라고 기대하지는 않는다. 그러나 우리는 웃음을 선택할 수 있다. 말을 조금 빨리 하라. 움직이라. 다른 사람들이 옆에 있고 싶어 하는 사람이 된다면, 우리 삶에 사람과 기회가 찾아올 것이다.

나의 웃음은 내 명함이다. 나의 웃음은 내가 가진 가장 강력한 무기다. 나의 웃음은 튼튼한 끈을 만들고, 차가운 얼음을 부수고, 거친 폭풍을 잠재운다. 언제나 웃음을 이용하라. 내가 웃음 지을 때 내 존재가 가진 힘이 드러난다.

웃음 실전 훈련

웃음은 전염된다. 웃음은 우리 몸의 생화학 반응에 영향을 미친다. 가장 좋아하는 여가 활동을 떠올리고 60초 동안 웃음을 지어보라. 이 여가 활동을 즐기는 이유는 무엇인가? 그런 열정을 추구하면서 얻는 이점은 무엇인가. 웃음이 우리 호흡 속으로 스며들고 온몸에 퍼지는 걸 느껴보라. 우리에게 웃음을 안겨주는 일이 잘 생각나지 않으면 이런 건 어떨까? 애완동물, 아이, 석양, 휴가, 가까운 친구와 함께 웃던 일, 우리가 즐겨보는 쇼, 무엇이든 우리에게 웃음을 안겨주는 일을 떠올려보라.

어떤 느낌인가? 60초 동안이 아니라 더 오랫동안 웃고 싶어지지 않는가? 당장 한번 해보자.

지속적인 성공을 위한 비법

이제 기쁨 가득한 결단을 실천하기 위한 가장 중요한 비법을 알려주려고 한다. 이제껏 수차례에 걸쳐 질문을 받았지만 이에 대해서는 그다지 많은 얘기를 하지 않았고, 글로 쓴 적도 없다. 누군가 내게 와서 "1분간 무대에 오를 기회를 드릴 겁니다. 이

1분이 마지막 기회일 테니, 모든 것을 바꿀 수 있는 한 가지를 말하세요"라고 말한다면, 어떻게 할 것인지 종종 생각해본 일이 있다.

나는 비법을 알고 있다. 비법을 들을 마음의 준비가 되었는가? 이 비법은 너무 쉬워서 듣고 나면 정말 흥분을 감추지 못할 것이다. 이틀 정도면 배울 수 있다. 이 비법은 모든 것을 바꿔놓을 것이다.

웃으면서 이야기하라. 이게 비법이다. "많이 웃어라", "만나는 사람 모두에게 웃음을 보내라" 이런 얘기를 하는 게 아니다. 내가 말하고자 하는 건 웃으면서 이야기하라는 거다. 아무도 이렇게 하지 않는다. 한번 잘 살펴보라. 농담을 얘기하는 사람조차도 대개는 얼굴에 웃음이 보이지 않으며, 결정적 시점에 가서야 웃는다. 대부분 미간을 찌푸린 심각한 표정으로 이야기하다가 결정적일 때에야 다른 사람과 함께 웃는다. 일상적인 대화를 할 때는 대부분 심각한 표정을 짓거나 여러 감정이 뒤얽힌 복잡한

사람들은 마음속에 웃음이 있는 자에게 끌린다.
세상은 열정을 가진 자의 것이다. 사람들은 어디서나
열정을 가진 사람을 따르기 때문이다.

얼굴을 한다.

웃으면서 말하는 법을 익히라. 이야기하는 도중에 만족스러운 웃음을 흘리면 더욱 좋다. 이런 간단한 비법으로 어떻게 모든 게 바뀌게 될까? 웃음 짓는 얼굴을 보면 저절로 웃음이 나오기 때문이다.

나는 항상 이렇게 웃으면서 이야기한다. 이야기하는 동안 이리저리 걸어 다니고 사람들의 눈을 쳐다보고 고개를 끄덕이고 웃음을 짓는다. 그러면 오륙십 명의 사람이 나와 함께 고개를 끄덕인다. 왜냐하면 사람들에게 웃어주고 고개를 끄덕여주면 그들도 내게 웃음을 보내고 고개를 끄덕이기 때문이다.

사람들이 교회 소프트볼 팀에 들어오기를 바라는가? 사람들이 내게 와서 집을 사기를 원하는가? 사람들이 계약서에 서명하기를 원하는가? 영원한 단골이 되어주기를 원하는가? 특정 대의명분에 동참하기를 바라는가? 그렇다면 웃으면서 말하는 법을 배우라.

가족에게도 똑같은 긍정적 결과가 나타날 것이다. 웃으면서 이야기하면 배우자, 자녀, 이웃, 모든 사람의 반응이 달라진다.

나는 오랫동안 코미디언으로 여러 곳에 공연을 다녔다. 내 공연이 이 세상에서 가장 멋지다는 착각 같은 건 하지 않았지만, 내 공연은 매우 성공적이었다. 그 이유는 대개 내가 웃으면서 말하기 때문이다. 나는 순식간에 관객과 한마음이 되는 것으로 알려져 있다. 이 역시 내가 웃으면서 말하기 때문이다. 다른 코미디언들이 자기에게 야유하는 사람을 어떻게 처리하는지 이야기하는 걸 듣곤 한다. 나는 한 번도 그런 일을 해본 적이 없다. 내게는 그런 관객이 없기 때문이다. 나는 모든 사람의 친구였다. 사람들은 자기 친구에게는 전혀 다르게 대하고 반응하는 것도 다르다. 웃으면서 말하면 바로 친구가 될 수 있다.

- -

웃으면서 말하는 법 실전 훈련

이 실전 훈련은 거울을 보면서 해야 한다. 그러므로 욕실이나 침실, 또는 거울이 있는 장소에 가서 하는 것이 좋다.

앞으로 5일 동안 매일 5분이나 10분 정도 웃으면서 말하는 연습을 하라. 다음에 적힌 것도 조금씩 함께 병행하면서 연습하라.

- 작게 소리 내어 웃어라. 아주 가벼운 웃음소리가 목소리에 섞여 함께 나오도록 한다.
- 눈썹을 약간 올리고 눈을 크게 뜬다.
- 살짝 고개를 끄덕인다.
- 약간 빠른 리듬으로 말한다.

이런 방식으로 말하는 게 편해지면 다른 사람과 이야기할 때 이따금씩 실행해보라. 이때 상대방에게 이런 사실을 말할 필요는 없다. 그냥 웃고, 고개를 끄덕이고, 작게 소리 내어 웃고, 조금 빨리 말하고, 눈썹을 올려라. 그러면 다른 방식으로 사람들과 관계를 맺고, 우리에게 찾아올 기회의 내용도 달라질 것이다.

조금만 바보가 되자

일곱 가지 결단대로 살면서 내가 되고 싶은 사람이 될 때, 다른 사람의 삶에도 웃음을 선사하기로 선택한다. 그러면 머지않아 우리는 모든 사람이 곁에 있고 싶어 하는 재미있는 사람이 될 수 있다. 내가 코미디언으로 활동했을 때, 유머가 어디서 생기는지 이해하여 이를 이용할 수 있게 되기까지는 꽤 시간이 걸렸다.

몇 가지 물음을 깊이 생각한 결과, 유머를 찾아낼 수 있었다. 코미디언이 유머를 찾을 때 던지는 가장 중요한 물음은 "이 대목에서 무엇이 우스울까?"이다. 이 물음을 친구나 동료, 가족과 함께 하는 일상생활에도 적용할 수 있다. 그러면 웃음을 찾아낼 수 있다. 다들 웃음이 숨어 있는 곳을 알지 못해 그저 웃음을 꿈꾸기만 할 뿐 이를 찾지 못한다.

마크앤드스펜서 브레드푸딩 사의 냉동음식 포장 밑면에는 전자레인지나 오븐에서 음식을 데우는 법을 비롯하여 몇 가지 주의사항이 적혀 있다. 맨 아랫줄에는 큼지막한 글씨로 이렇게 적혀 있다. '주의, 따뜻하게 드시려면 제품을 데워야 합니다.'

어디서 웃어야 할지 알겠는가?

로벤타 사 다리미 포장 상자의 밑면에는 작은 경고문이 적혀 있다. '옷을 입은 채로 다림질하지 마세요.' 으음, 그러면 시간은 좀 절약되겠군.

나이톨 수면제에도 '주의, 졸음이 올 수 있습니다'라고 적혀 있다. 내가 이 수면제를 먹는 이유는?

시어스 사의 헤어드라이어에는 '잠잘 때 사용하지 마세요'라고 적혀 있다. 으음……

스완슨 냉동 음식에는 '맛있게 먹기 위한 첫 번째 제안, 해동하세요!'라고 적혀 있다. 정말 제안답다.

다이얼 비누 상자에는 '일반 비누처럼 사용하세요'라고 적혀

나의 웃음은 내 명함이 되었다.
나의 웃음은 내가 가진 가장 강력한 무기다.
나의 웃음은 튼튼한 끈을 만들고, 차가운 얼음을 부수고, 거친 폭풍을 잠재운다.
나는 언제나 나의 웃음을 이용할 것이다.

있다.

한 유통회사에서 만든 디저트 상자에는 '디저트를 거꾸로 뒤집지 마세요'라고 적혀 있다. 이 주의사항이 어디에 적혀 있는지 알아맞혀볼 사람? 그렇다! 밑면에 적혀 있다.

크리스마스 장식용 전구는 모든 제품마다 '실내나 실외에서만 사용하세요'라고 적혀 있다. 실내나 실외 말고 다른 곳에서 사용할 수도 있나?

우리 집에서 크리스마스 때 사용하기 위해 샀던 일본음식 조리기는 내가 아주 좋아하는 상품인데, 거기에는 '다른 용도로 사용하지 마세요'라고 적혀 있다. 그렇다면 여기서는 어느 대목이 우스운가?

집에서도 가족 코미디 쇼가 열린다. 그저 아이들을 지켜보기만 하면 된다. 부모님을 바라보아라. 지금 부모가 아이들에게 하는 말은 오래전 그들이 어렸을 때 듣던 말 그대로다. 정말 재미있는 것이 많다.

우리 집에는 아이가 두 명이다. 아이들을 키우면서 나는 많은 것을 알게 되었다. "아, 아!" 하는 소리나 다른 큰 소리가 들리면 이미 때는 늦었다는 사실을 알게 되었다. 오븐을 켜기 전에는 반드시 오븐 안을 살펴봐야 한다는 걸 알게 되었다. 장난감 트럭은 375도의 온도에서는 작동하지 않는다는 걸 알게 되었다. 지아이조(G. I. Joe, 군인모형 인형)의 군화는 네 살짜리 꼬마의 소화기관을 그대로 통과해 나온다는 것도 알게 되었다. 주변을 돌아보기만 해도 행복하게 웃을 수 있는 일들이 아주 많다. 부모로서, 아이로서, 우리는 아주 재미있고 기막힌 얘기를 많이 한다. 서로에게 이런 재미난 얘기를 해주고 웃음을 나눌 때 삶은 더욱 재미있어진다.

개처럼 살자

우리 집에는 루시라는 이름의 달마티안 개가 있다. '진짜' 아이가 생기기 전까지 오랫동안 루시는 우리 집 '딸'이었다. 가족의 일원이었으며 내 아내에게는 정말 소중한 존재였다. 나는 오랫동안 아내가 루시를 어떻게 다루는지 지켜보았고, 그 둘 때문에 화나는 일도 많았다. 어느 날 내가 아내에게 말했다.

"당신은 나보다 루시한테 더 잘해준다는 생각이 들어."

그러나 나 역시 루시가 아내한테 어떻게 하는지 알고 있었다.

아내가 아침 산책을 마치고 돌아올 때쯤이면 나는 전화기를 붙들고 있을 때가 많다. "왔어?"라고 말하거나 정말 중요한 전화 통화를 하고 있을 때에는 "으응" 정도로 아는 체만 한다. 혹시 글이라도 쓰고 있을 때는 방문 너머로 겨우 한마디 한다.

한편 아내가 방으로 들어설 때 루시가 보이는 반응은 전혀 다르다. 아내가 들어오면 루시는 자리에서 얼른 일어나 꼬리를 흔들기 시작한다. 이건 자기만의 언어로 "와, 엄마다! 엄마, 사랑해요"라고 말하는 인사다. 그런 다음 아내에게로 걸어가서 아내의 얼굴을 핥는다. "우우, 우. 키스, 키스, 키스." (아내가 방금 전 나갔다가 5분 만에 돌아와도 루시는 늘 이렇게 한다.)

루시가 아내에게 해주는 것처럼 내가 아내에게 해주었다면 아마 아내는 루시한테 해주는 것처럼 내게 잘해주었을 것이다.

누군가 '방에 들어오면' 어떻게 대해주는가? 우리 덕분에 그들이 힘이 나는가?

반대로 우리가 방에 들어갈 때에는 어떻게 하는가? 누군가 방 안으로 들어서면 방 안 분위기가 갑자기 환해지는 걸 본 적 있는가? 그런 사람들은 존재만으로도 우리 얼굴에 환한 웃음을 선사한다. 이런 사람들은 에너지와 관심이 온통 다른 사람들을 웃음 짓게 만드는 데 집중되어 있다. 이들은 만나는 사람들에게 질문을 하고 진심으로 대답을 듣고 싶어 한다. 이들은 다른 사람에게 많은 관심을 보이기 때문에 다른 사람들도 이들에게 관심을 갖지 않을 수 없다.

우리는 대개 자기 안의 세계에 갇혀 있는 경우가 많다. 우리가 겪는 문제와 어려움에 온통 관심이 쏠려 있어서 우리 앞에 서 있는 사람이 '보이지' 않는다.

다음번에 할인 마트에 가서 계산을 하려고 기다릴 때, 계산대 너머에는 각자 나름의 문제와 좋고 싫은 것과 믿음을 가진 진짜 사람이 있다는 것을 눈여겨보라. 이 사람과 눈을 마주치면서 교감을 나눠라. 비록 말은 하지 않더라도, 우리와 함께 이 지구 위를 걸어 다니는 또 다른 영혼으로서 그들을 바라보라. 마트 계산원이나 음식점 웨이터에게 웃음을 선사할 수 있는 뭔가를 해주려고 애써보자. 그러면 어떻게 될까? 잘 알지 못하는 누군가와 기쁨을 나누면 우리 삶의 경험과 태도에 어떤 긍정적 영향이 미치게 될까? 개처럼 살면서 세상을 바꿔보자.

이 시대의 여행자, 에이미 그랜트

플래티넘 앨범을 몇 장이나 갖고 있고 그래미 뮤직스타상도 여러 번 받았던 에이미 그랜트에게 음악은 항상 삶의 일부였다. 그랜트는 내슈빌 스튜디오에서 바닥 청소와 테이프 지우는 아르바이트 일을 하다가 가수로 발탁되었다. 에이미 그랜트가 음악 일을 시작하면서 당시에는 하나의 범주로 존재하지도 않던 '현대 그리스도교 음악(CCM)'이 비로소 시작되었다.

에이미 그랜트는 25년 동안 15집이 넘는 앨범을 내면서 텔레비전 주요 방송과 전 세계 무대에서 사람들에게 음악을 선사했다. 에이미는 기쁨 가득한 결단을 멋지게 보여준 인물이었다.

앤디에게

1978년 봄, 나는 첫 앨범을 냈습니다. 당시 나는 17세였고 꿈으로 가득 차 있었지요. 그해 여름, 나는 고등학교를 졸업한 뒤 첫 홍보 순회공연을 떠났습니다. 그중 남부 캘리포니아의 한 음반 서적 쇼핑몰에서 공연을 가지게 되었습니다. 사인회를 열고 90분간 공연을 할 예정이었지요. 어머니도 내 곁에 함께 계셨고, 나는 몹시 흥분했습니다. 쇼핑몰 관리자는 이번 공연을 위해 예쁜 장식을 넣은 초대장을 1천 200장이나 발송했지요. 관계자 모두 많은 관객이 올 것으로 예상했습니다.

하지만 관객은 그 정도에 미치지 못했습니다. 사실은 단 한 명도 오지 않았지요. 쇼핑객 하나 없는데 상점이 어떻게 영업을 할 수 있겠어요? 쇼핑몰 관리자는 1시간 30분 동안 내 노래를 들어주었어요. 어머니마저 자리를 비운 상태였기 때문에 내 음악을 듣는 사람은 정말 관리자 혼자였지요(농담이 아니에요). 이 일은 그 후 지금까지도 내 활동에서 가장 '유명한' 사건으로 기억되고 있어요.

그날 내게 포기할 생각이 전혀 없었다고는 말할 수 없어요. 하지만 그때 포기하지 않았던 걸 다행이라고 생각해요. 이날 말고도 비슷한 경험이 몇 번 더 있었지만, 어쨌든 그날의 경험 덕분에 나는 어떤 관객이든 나를 지지해주는 사람에게 깊은 감사를 느끼게 되었어요. 어쩌면 내게 이들 관객조차 없었을지도 모르니까요. 얼마 전 남부 캘리포니아 퍼시픽 원형극장 공연 무대에서 2만 명의 관객이 웃음 짓는 얼굴을 보았을 때 내 마음속에 흐뭇한 웃음이 번졌던 것처럼, 그 옛날 오후의 일도 지금까지 내게 흐뭇한 웃음을 안겨주지요.

삶에는 확실한 보장이 없다고 생각합니다. 또한 처음부터 좋은 일이 생기는 경우도 별로 없다고 생각해요. 내가 들려주고 싶은 충고는 어떤 목표를 가졌든 절대로 포기하지 말라는 거예요. 재능, 힘, 지식보다 더 중요한 건 자기 자신을 보고 웃을 수 있고 즐겁게 꿈을 좇을 수 있는 능력입니다.

에이미 그랜트

6

연민 가득한 결단

나는 매일 용서하는 마음으로 오늘 하루를 맞이하겠다

연민 가득한 결단은 용서를 바라보는 기존 태도에 변화를 가져온다.
용서하는 마음을 통해 지난 과거를 훌훌 털고 눈부신 새로운 미래를 맞이한다.
마음속에 다른 사람을 향한 분노와 원한이 남아 있으면 우리의 영혼이 병들고
성장의 앞길이 막힌다. '화날 만한 일'이었든 아니든 결과는 마찬가지다.
연민 가득한 결단을 통해 용서하는 마음을 가지면
우리의 성공은 무한히 뻗어나갈 수 있다.

「폰더 씨의 위대한 하루」 중에서

용서는 비결이지만 뻔히 보이는 곳에 감춰져 있다네. 돈은 한 푼도 들지 않지만,
수백만 달러의 가치가 있는 비결이야. 누구나 이 비결을 실천할 수 있는데,
실천하는 사람은 극소수에 불과해. 만약 자네가 용서의 힘으로 무장할 수 있다면,
자네는 존경을 받고 어디서나 필요한 사람이 되고, 또 부자도 될 걸세.
그리고 당연한 일이지만, 자네도 남에게 용서를 받게 되네.

에이브러햄 링컨

연 · 민 · 가 · 득 · 한 · 결 · 단

『폰더 씨의 위대한 하루』에서 에이브러햄 링컨은 데이비드 폰더에게 개인의 성공을 결정하는 여섯 번째 결단을 선물로 주었다.

나는 매일 용서하는 마음으로 오늘 하루를 맞이하겠다

아주 오랫동안 나의 용서하는 힘은 잊혀지고 내 눈에서 사라져 있었다. 그동안 내내 용서의 힘은 나의 눈길을 기다렸고, 또 어떤 가치 있는 사람에게 발휘되기를 기다렸다. 나는 대부분의 사람들이 나의 소중한 용서를 받을 자격이 없다고 생각했고, 또 그들이 용서를 청하지 않았으므로 용서해줄 생각이 없었다. 그리하여 내가 마음속에 억압해두었던 용서는 비틀린 씨앗이 되어 검은 열매를 맺을 뿐이다.

이제 더 이상 그런 일은 없을 것이다! 이 순간 나의 인생은 새로운 희망과 확신으로 차고 넘친다. 이 세상의 수많은 사람들 중에서 나는 이제 분노와 적개심을 풀어낼 줄 아는 사람이 되었다. 나는 이제 용서는 아무 대가 없이 주어야 한다는 것을 안다. 그냥 용서해주는 이 간단한 행위 하나로 나는 버거워했던 과거의 악마들을 모두 물리칠 수 있다. 그리고 나 자신 속에 새로운 마음, 새로운 시작을 창조한다.

나는 매일 용서하는 마음으로 오늘 하루를 맞이하겠다. 나는 나에게 용서를 빌지 않는 사람들조차도 용서하겠다. 과거에 생각 없고 배려 없는 사람들이 내 앞길에 무심코 내던진 말이나 행동에 분노로 펄펄 끓던 적이 여러 번 있었다. 나는 복수와 대결을 꿈꾸며 귀중한 시간들을 낭비했다. 이제 나는 내 구두 속에 아주 무겁게 들어 있는 이 심리적 돌덩어리의 진실을 알게 되었다. 내가 품고 있는 분노는 종종 일방적인 것이었다. 왜냐하면 나의 가슴을 아프게 한 사람은 자신의 소행을 조금도 의식하지 못하기 때문이다! 나는 앞으로 나의 용서가 필요 없다고 생각하는 사람들도 아무 조건 없이 용서할 것이다. 이렇게 용서함으로써 내 영혼은 다시 편안해질 것이고, 나의 동료들과는 다정한 사이가 될 것이다.

나는 매일 용서하는 마음으로 오늘 하루를 맞이하겠다. 나는 나를 부당하게 비판한 사람들도 용서하겠다. 나는 그 어떠한 형태의 노예제도도 잘못된 것임을 안다. 따라서 남들의 의견을 좇아서 생활하는 사람 역시 노예에 지나지 않는다. 나는 노예가 아니다. 나는 나 스스로 결정을 내린다. 나는 선과 악의 차이를 안다. 엉뚱한 의견이나 부당한 비판은 나의 노선을 바꾸어놓지 못한다.

나의 목표와 꿈을 비판하는 사람들은 내 인생의 높은 목적을 이해하지 못하는 사람들이다. 따라서 그들의 냉소는 나의 태도나 행동에 조금도 영향을 미치지 못한다. 나는 그들의 비전 없음을 용서하고, 나의 앞길로 나아간다. 나는 이제 비판을 묵묵히 감수해야만 위대함으로 도약할 수 있다는 걸 안다.

나는 매일 용서하는 마음으로 오늘 하루를 맞이하겠다. 나는 나 자신을 용서하겠다. 지난 여러 해 동안 나의 가장 큰 적은 나 자신이었다. 내가 저지른 모든 실수, 모든 착오, 모든 좌절은 내 마음속에서 거듭거듭 반추되었다. 지키지 못한 약속, 낭비된 시간, 도달하지 못한 목표는 내 인생에 대한 혐오감을 더욱 부채질해왔다. 나의 당황하는 태도는 온

몸을 마비시키는 결과를 가져왔다. 내가 나를 실망시키는 일이 발생하면 나는 무감각하게 반응했고, 그리하여 더욱더 실망의 수렁으로 빠져들었다.

나는 오늘 나의 머릿속에 들어 있는 적과 싸울 수 없다는 것을 안다. 나 자신을 용서함으로써 과거의 그림자가 빚어내는 의심, 공포, 좌절을 말끔히 씻어낸다. 오늘부터 나의 과거가 나의 운명을 통제하는 일은 없을 것이다. 나는 나 자신을 용서했다. 나의 인생은 방금 새롭게 시작했다.

나는 나를 부당하게 비판한 사람들도 용서하겠다. 나는 나 자신을 용서하겠다.

나는 매일 용서하는 마음으로 오늘 하루를 맞이하겠다.

분노 관리의 신화

　분노나 적대감을 처리하는 데는 분노 관리 프로그램이 가장 효과적이라는 말을 많이 들어왔다. 분노 관리만을 전문적으로 담당하는 정신건강 전문가도 있고, 신문에는 각 지역 대학에서 개최하는 분노 관리 강좌 광고가 실려 있다. 분노 관리는 우리 문화의 일부가 되었다. 정신 나간 행동을 하는 운동선수가 있으면 해당 팀에서는 그에게 분노 관리를 받게 한다.

　2006년에 프로 미식축구 팀 테네시 타이탄스의 전방 방어수 앨버트 헤인스워스는, 경기가 끝난 뒤 순전히 분풀이로 상대 팀인 댈러스 카우보이스 수비수의 머리를 헬멧이 벗겨진 상태로 발로 마구 차고 짓밟았다. 앨버트의 폭행으로 상대 선수는 얼굴을 수십 바늘이나 꿰매고 안면복구 수술까지 받아야 했다. 앨버트 때문에 소속 팀은 망신을 당했고, 북아메리카 프로 미식축구 리그(NFL)에서는 앨버트에게 다섯 경기 출전정지 징계를 내리는 한편, 분노 관리 프로그램에 참여하도록 지시했다.

　유명인이 관련된 재판에서도 판결문에 분노 관리 프로그램이 포함되었다는 뉴스를 접하는 일이 있다. 포춘 선정 500대 기업에서도 종종 이사진에게 분노 관리 프로그램을 이수하도록 지시한다. 잭 니콜슨과 아담 샌들러가 공동 출연한 「성질죽이기(Anger Management)」란 영화에서도 분노 관리 프로그램을 테마로 다루고 있다.

이런 관습적인 해결책에는 심각한 문제점이 있다. 우선 '분노 관리'라는 용어를 생각해보자. 왜 분노를 '관리'하려고 하는가? 분노를 관리해야 한다는 생각은 지우라. 분노를 없애자. '나는 용서하는 마음으로 오늘 하루를 맞이할 것'이라는 연민 가득한 결단을 활용하면 분노를 '해소'할 수 있다. 그렇다, 군이 물어보지 않아도 너무 당연한 얘기 아닌가.

궁극적인 분노 해소 프로그램

용서는 궁극적으로 분노를 없앤다. 오랫동안 나는 용서란 가슴 속에 묻어두어야 하는 어떤 것, 상대가 용서받을 자격이 있는지 없는지에 따라 그때그때 달라지는 어떤 것이라고 여겼다. 용서란 마치 기사 작위를 내리는 것과 같다고 여겼다. 내 앞에 무릎 꿇고 엎드려 울부짖으면서 용서를 구하는 사람에게만 용서

지난 과거가 내 책임이라니, 안타까운 일이지만 다행스럽게도
미래 역시 내 손 안에 있다네.

를 내리며, 용서받을 만하다고 판단되면 상대 어깨 위에 칼을 내려놓고 "너의 죄를 사하노라. 이제 가도 좋다"고 말한다.

우리는 분노를 먹고 살며 가슴속에 오랫동안 원한을 품는다. 원한이 쌓이면서 우리를 짓누르면, 결국 우리는 그 안에 갇혀 누구를 용서해야 하는지, 정녕 그들을 용서하고 싶은 마음이 있는지 기억조차 하지 못한다. 마음속에 온통 다른 사람 생각만 가득한 채 우리의 삶은 엉망이 되어 파국으로 치닫는다. 그러므로 용서를 통해 비로소 궁극적으로 분노를 해소할 수 있다.

누군가를 용서하기 위해서는 잘못한 사람이 먼저 용서를 구해야 한다든가, 상대에게 용서받을 만한 자격이 있어야 한다고 규칙을 정해놓았다는 이야기는 어떤 책에서도 읽은 적이 없다. 또한 "상대가 20년 동안 똑같은 짓을 더 이상 되풀이하지 않은 경우에만 용서할 수 있다"고 적힌 것도 보지 못했다.

지금까지 읽은 모든 책이, 내 마음 깊은 곳의 느낌이 이렇게 말한다. "용서하라. 훌훌 털어버려라"라고. 용서야말로 우리 자신에게 주는 최고의 선물이다. 용서를 통해 상대방이 얻는 것보다 우리 자신이 훨씬 더 많은 것을 얻기 때문이다. 또한 우리가 용서하는 상대가 반드시 이를 알아야 하는 것도 아니다. 용서받는 사람보다 용서하는 사람에게 더 큰 의미가 있는 것이 바로 용서다.

내가 이런 말을 할 때면 가끔 사람들은 다음과 같이 묻는다. "그럼 그 사람들은 그런 짓을 해놓고도 아무 문제가 없겠네요?

나는 그저 용서하고 잊어버리기만 하고요?"

아니, 내가 말하는 건 그런 게 아니다. 용서는 우리 자신에 관한 얘기고, 신뢰는 그들에 관한 얘기다. 용서는 지난 과거를 털어버리는 것이고, 신뢰는 우리가 미래를 어떻게 다루는가에 관한 것이다. 우리 것을 도둑질한 사람을 용서하는가? 그렇다. 그들과 계속 일을 같이 할 것인가? 그럴 순 없다.

용서는 감정이 아니라 하나의 결단이다. 감정의 통로를 통해 용서에 접근하고자 한다면, 아마 우리는 감정에 이끌려 다른 길로 가버릴 것이다. 그러나 우리가 이를 알아챘다면 감정이 우리 결단을 따라올 것이다. 우리가 용서하고 결심하면 감정은 그에 맞춰 따라온다.

용서는 선물이다

깊은 밤, 잠을 청하려고 누워서 가물거리는 평화로운 꿈결 속으로 빠져들다가 갑자기 화들짝 눈을 뜨고 일어난 적이 몇 번이나 되는가? 바로 그놈 때문이다. 그 작자가 했던 말, 그 작자가 한 행동이 생생히 떠오르고, 어떻게 그럴 수가 있는지 기가 막힌다. 둘 사이에 있었던 일을 생각하고 또 생각하면서, 그때 그렇게 말하지 말고 이렇게 말했어야 했는데, 다음에 만나면 이렇게 말해야지 하면서 속으로 다짐하고 또 다짐한다. 어쩌면 그 작자에게 주먹이라도 날릴 생각을 했는지도 모른다(여자분들, 정말이랍니다. 45세 먹은 남자는 아직도 놀이터 모래밭에서 뒹굴던 꼬마 소년 같은 생각이나 하고 있답니다). 우리는 이렇게 한밤중에 스스로를 못살게 굴면서 뜬눈으로 그 작자 생각을 한다.

어쩌면 이런 경험은 없는가? 차를 운전해서 가족과 함께 어딘가로 가는 중이고, 모든 게 좋기만 하다. 편안한 마음으로 가족과 즐거운 대화를 나누던 중 문득 어떤 기억이 떠오른다. 옆에 앉은 아내가 무슨 일이냐며 묻는다.

"무슨 일이라니, 뜬금없이 무슨 소리야?"

"당신이 갑자기 아무 말도 안 하니까요. 당신이 아무 말도 하지 않은 지가 벌써 5분이나 됐어요."

또 그 작자 생각에 빠져 그가 한 말을 생각하고 내가 다음번에 퍼부어주고 싶은 말을 생각했다.

용서는 비결이지만 뻔히 보이는 곳에 감춰져 있다네.
이 비결은 누구나 이용할 수 있지만 실제로는 극소수만이 이용하지.
용서의 힘으로 무장한 사람은 존경을 받으며,
모두가 원하는 사람이 되지.

기막힌 얘기를 한 가지 더 하겠다. 우리를 화나게 했고 지금까지도 생각만 하면 속이 부글부글 끓고 화나는 그 사람은 우리가 이러고 있는 사이에 침대에 누워 평화롭게 잠을 자고, 우리가 자기 생각을 하고 있는 줄은 꿈에도 모른 채 잘 살고 있다. 때로는 자기가 우리에게 화나는 일을 저지른 것조차 까맣게 모르고 지낸다.

이들이 용서를 구하지 않고, 이들이 용서를 구하든 말든 중요치 않으며, 용서를 받을 자격이 있는지 없는지도 중요하지 않고, 이들이 그런 것을 몇 번이나 했는지도 중요하지 않으며, 심지어는 이들이 이것을 생각조차 하지 않는데도 이 때문에 내 생활이 망가지고 있다면, 그렇다면 이들을 용서해야 하는 이유는 무엇일까?

이들 때문에 용서하는 게 아니라 내 삶이 망가지기 때문에 용서하는 것이다. 내 삶이 소진되기 때문이다.

용서는 우리 자신에게 주는 선물이다. "나는 용서하는 마음으로 오늘 하루를 맞이하겠다."

- -

분노 털어버리기

누군가를 향한 분노가 마음속에 남아 있는가? 어린 시절로 돌아가서 내 마음속의 분노를 다시 살펴보라. 누구를 향한 분노 때문에 지금까지 마음의 감옥에 갇혀 있었는가?

이제 눈을 감고 각 사람을 떠올리면서 분노의 감정을 털어내라. 그들을 용서하라. 분노는 오로지 나 자신만을 다치게 한다는 걸 명심하라. 분노, 원한, 증오를 품었던 상대를 용서하면 내 마음이 자유로워지고 삶이 한없이 평화로워진다. 이 실전 훈련을 성공적으로 마치기 위해서는 어떤 예외도 두어서는 안 된다. 모든 사람을 무조건 용서하라(특히 이 사람만은 절대로 용서할 수 없다고 생각하는 사람을 용서하라).

무조건 용서하는 연민 가득한 결단을 지금 이 순간부터 영원히 내 마음속에 간직하기로 다짐하라. 우리의 에고는 분노와 원한의 감정을 품고 있는 데서 은밀하게 이득을 누리기 때문에 무조건 용서하기를 꺼리는 경향이 있다. 이런 '시시한' 감정의 이득 따위는 양보하고 무한한 자유와 기쁨으로 가득한 새로운 삶을 끌어안으라.

- -

용서는 기적이다

조 베리나 패트릭 매기라는 이름을 아는가? 아마 모를 것이다. 어쩌면 1984년에 있었던 브라이튼 폭탄테러 사건은 기억하는 사람이 있을지도 모르겠다. 1984년에 IRA는 토리당 회의를 열고 있는 영국 대처 수상과 전 각료를 죽이기 위해 영국 브라이튼 그랜드 호텔에 폭탄을 터뜨렸다.

이 폭발 사건으로 다섯 명이 사망했는데, 그중에는 앤서니 베리 경도 포함되어 있었다. 그에게는 딸 조 베리를 비롯하여 여섯 명의 아이가 있었다. IRA의 폭탄을 설치하고 폭파시킨 죄로 패트릭 매기가 기소되었으며, 보어햄 재판관은 패트릭 매기에게 8 번에 걸친 종신형을 선고했다.

그런 참혹한 사건으로 아버지를 잃은 딸은 가슴속에 가득한 고통스런 분노를 어떻게 다스릴 수 있었을까? 조 베리는 "비난할 게 아니라 이해하도록 애써야 한다"는 걸 깨닫게 되었다. 조는 이렇게 설명했다. "우리가 투쟁의 어느 편에 서 있더라도 만일 반대편 사람의 삶을 산다면 그들처럼 행동했을 거라는 사실을 깨닫기 시작했다."

연민은 공감에서 생기며, 우리가 연민을 느낀다면 상대방을 판단하지 않으려 할 것이다. 그러나 분노와 슬픔이 가득 찬 상태에서 어떻게 공감할 수 있을까?

조는 이렇게 설명했다.

"적의 이야기가 내 귀에 들리려면 '마음의 이동'이 있어야 해요. 내 얘기를 해보면, 비난하고 싶은 욕구를 털어버리고 마음을 열어 패트릭의 이야기를 듣고 그의 동기를 이해할 수 있는가 하는 게 문제였지요. 솔직해 말하면 그럴 때도 있었고, 도저히 그렇게 할 수 없었던 때도 있었어요. 이건 긴 여행 같은 거고 하나의 선택인 거죠. 상자 속에 잘 분류해서 한곳에 치워놓을 수 있는 게 아니에요."

조 베리에게 이 일이 어떤 것이었을지 상상하기는 어렵다. 아버지가 폭력 행위에 희생되어 헛된 죽음을 맞았는데도 조 베리는 이런 마음 아픈 사건을 통해 뭔가 긍정적인 것이 빛날 수 있다는 희망을 잃지 않았다. 조 베리는 아일랜드를 방문했고, 꼬리에 꼬리를 물고 얽힌 폭력의 연쇄에 휘말린 용감한 사람의 이야기를 들었다.

2000년, 조는 자기 아버지의 생명을 앗아간 장본인을 직접 대면하기로 결심했다. 조는 패트릭을 적이 아닌 한 인간으로서 만나고 싶었다. 조는 그때 일을 이렇게 회상했다.

"패트릭을 처음 만나러 갈 때는 무척 겁났어요. 하지만 그 역시 나를 만나기 위해 용기가 필요했을 거라고 생각했어요. 우리는 긴장 속에서 이야기를 나누었어요. 나는 아버지에 관한 많은 이야기를 해주었고, 패트릭은 자신의 이야기를 들려주었어요."

2년 반이 넘는 기간 동안 함께 만나 이야기를 나누면서 조와 패트릭은 서로를 이해하게 되었다. 이 시간은 두 사람 모두에게 용서를 통해 인간성을 회복하기 위한 기나긴 여정이었을 것이다. 이처럼 힘든 상황에서 두 사람이 서로에게 관심을 가지면서 관계를 이어갔다는 건 그야말로 기적이라고 주장하는 사람도 있다. 용서하는 마음은 기적도 일으킨다.

용서에는 희망이 있다

때로는 우리가 반대편에 서기도 한다. 누군가가 우리 때문에 화가 나는 경우다. 우리가 한 말이나 행동 때문에 다른 누군가가 화가 나기도 한다. 이제 우리를 용서하는 기회는 다른 사람 손에 있다. 우리처럼 그들 역시 연민 가득한 결단을 알고 있다면, 그들에게 분노를 해결할 기회를 주어야 한다. 몸을 낮추어 누군가에게 용서를 구한다는 건 쉽지 않은 일이다. 그러나 해보라, 꽤 괜찮은 일이다.

용서를 구하는 건 정말 놀라운 경험이며, 진정 특별한 사람만이 할 수 있는 것이다. 그저 흘러가는 대로 놔두는 게 더 편할지도 모른다. 특히 관련된 사람이 다시는 만날 일이 없는 사람이거나 얼핏 보아서는 내게 그다지 중요하지 않은 사람일 경우 더욱 그렇다. 그러나 상대가 인간이라면, 나와 함께 이 지구상에서 살아가는 사람이라면, 그 역시 중요한 사람이다. 상대의 앞으로 걸어가서 "이봐요, 할 말이 있어요. 당신에게 사과하고 용서를 구하고 싶은데요"라고 말하려면 용기가 필요하다. 때로는 이런 낮은 자세 덕분에 새로운 인연을 맺고 새로운 친구를 사귈 수도 있다. 또한 이를 계기로 내게 좋은 일이 생기기도 한다. 이러한 행위를 통해 분노가 사라지고 해소된다.

보브 호프와 함께 쇼를 진행하던 시절, 그는 내게 매우 잘해주었다. 그는 정말 멋진 사람이었다.

어느 날 텔레비전 쇼에 출연했는데, 사회자가 "보브 호프와 함께 일하는 건 어떻습니까?"라고 물었다.

"아, 아주 멋진 사람이에요. 정말 재미있지요. 나이가 많은데도 얼마나 날카로운지 정말 놀랍습니다. 그는 최고예요. 나는 정말 그가 좋아요."

이틀 정도 지난 뒤, 호프가 내 말 때문에 기분이 상했다는 얘기가 들려왔다. 그를 두고 나이가 많다고 한 얘기 때문이었다. 그냥 대수롭지 않게 지나갈 수도 있었다. "저런, 그랬대요? 그 스스로 91세라는 사실을 모르고 있었다면 내가 그런 말을 했겠어요?" 하지만 그는 내게 무척 잘해주었던 사람이고, 나는 그와의 우정을 매우 소중하게 여겼다. 내가 호프를 화나게 했다는 생각을 머릿속에서 지울 수가 없었다. 내가 악의적인 마음으로 한 것도 아니고 그런 얘기를 했다고 크게 해가 될 것도 아니었다.

"다른 사람이 나를 어떻게 생각할까?"
"그들은 무엇을 싫어할까?"
이런 물음에 솔직한 답변을 얻는다면 많은 것을 알아낼 수 있다.
다른 사람이 곁에 있고 싶어 하는 사람이 되면
영향력 있는 사람이 될 수 있다.

하지만 나는 그의 감정을 상하게 했다. 그 당시는 내 감정보다 그의 감정이 더 중요했다. 내가 계속 이 생각을 떨치지 못하자, 아내는 "그렇게 걱정되면 그에게 전화를 해요"라고 말했다.

'보브 호프가 집에 있을 때에는 전화해본 적이 없는데.' 나는 속으로 생각했다.

아내가 다시 말했다. "당신은 전화해야 돼요."

나는 아내의 말대로 전화를 걸었다. 벨이 울리고 호프 부인이 전화를 받았다.

"안녕하세요, 호프 부인. 저는 앤디 앤드루스예요. 별일 없으시죠?"

몇 분 정도 서로 이야기를 나누다가 내가 물었다.

"호프 씨, 댁에 계세요?"

호프는 집에 있었다. 그가 전화를 받았다.

"안녕하세요, 호프 씨? 저 앤디예요. 혹시 전화받기 불편하실 때 전화드린 건 아니죠?"

"아니네."

"다행이네요."

나는 단도직입적으로 말을 꺼냈다.

"아시겠지만 일전에 텔레비전 쇼에 출연했어요. 사실인지 어떤지 잘은 모르지만, 그날 제가 호프 씨의 나이를 언급한 거 때문에 언짢으셨다는 말을 어디선가 들었어요."

"그랬었지."

'저런, 사실이었구나.'

"호프 씨, 진심으로 사과드려요. 무슨 나쁜 뜻이 있어서 그런 건 아니지만, 호프 씨의 입장에서 보면 제 입에서 그런 소리가 나오는 게 싫으셨을 거예요. 정말 죄송해요. 앞으로는 조심할게요. 호프 씨에게 용서를 구하는 거 말고 달리 무엇을 어떻게 해야 할지 모르겠어요. 지금까지 호프 씨와 좋은 관계로 지내면서 많은 가르침을 받았던 거, 정말 소중하게 생각해요. 절 용서해주실 거죠?"

이것으로 모든 것은 해결되었다. 호프는 이렇게 말했다.

"당연하지, 앤디. 걱정하지 말게. 텔레비전에서 자네가 해놓고 후회할 소리를 했다고 제일 먼저 이해한 사람이 나네. 그러니 너무 걱정하지 말고 잊어버리게."

호프는 이 문제에서 정말 멋진 태도를 보여주었다. 이 일은 내게 그 어떤 것보다 힘들었다. 이제 그가 세상을 떠나고 나니, 그때 내가 그저 미안하다는 말만 하거나 사과만 하지 않고 진심으로 용서를 구했다는 것이 너무 고맙게 느껴진다. 호프 역시 나를 용서해주었고, 나는 다시는 그 일에 대해 생각하지 않아도 되었다. 호프를 생각할 때마다 좋은 추억이 떠오르고 내 마음속에는 어떤 찌꺼기나 앙금, 아쉬움도 남아 있지 않다. 이게 바로 용서의 힘이다. 그저 '분노를 관리'하는 게 아니라 해소해준다. 용서는 분노를 씻어내고 영원히 마음속에서 지운다.

용서에는 강한 힘이 있다

『폰더 씨의 위대한 하루』에서 에이브러햄 링컨은 여섯 번째 결단, "나는 매일 용서하는 마음으로 오늘 하루를 맞이할 것이다"를 선물로 주었다. 그 장에서 링컨과 데이비드 폰더가 나눈 대화 내용 속에는 용서와 용서의 목적, 용서의 효과에 관한 가르침이 담겨 있다. 나는 링컨에 관한 내용을 찾기 위해 책을 뒤지던 중, 데이비드 폰더가 세 번째로 방문했던 조슈아 체임벌린과 링컨이 감동적인 만남을 가졌던 사실을 알게 되었다.

체임벌린은 게티즈버그의 영웅이었으며, 링컨은 게티즈버그 연설을 막 하려던 참에 천막 안에서 데이비드 폰더를 만나 이야기를 나눴다.『폰더 씨의 위대한 하루』에서 데이비드 폰더는 링

> 용서를 베푸는 간단한 행위를 통해
> 나는 어찌 해볼 도리도 없었던 과거의 악령을 떨쳐내고
> 내 마음속에 새로운 마음, 새로운 시작을 담는다.

컨에게 이렇게 물었다.

"대통령 각하, 혹시 북군 소속인 조슈아 체임벌린 대령을 알고 계십니까? 그는 메인 20연대 소속인데요."

링컨은 고개를 갸우뚱하며 잠시 생각하더니 천천히 대답했다.

"아니, 그런 이름은 모르겠는데. 내가 전에 만나본 사람인가? 또는 아는 사람인가?"

"혹시나 해서 여쭤본 겁니다. 그는 게티즈버그에서 싸웠습니다. 워싱턴에 돌아가시면 한번 알아봐주시기 바랍니다."

링컨은 워싱턴으로 돌아갔고, 조슈아 체임벌린의 활동을 조사했다. 체임벌린은 전쟁이 끝날 때까지 눈부신 활약을 했고, 전쟁 기간 중 각기 다른 네 번의 용감한 행동으로 정부 내에서 그의 이름이 거론되었다. 게티즈버그에서 보여준 영웅적 활약으로 준장이 되었으며, 몇 달 뒤 다시 파이브폭스에서 눈부신 활약을 하여 소장으로 진급했다. 전쟁이 끝날 무렵, 링컨 대통령은 북부연합군 장교 중에서 조슈아 체임벌린을 선발해 애퍼매톡스에서 남부연합군의 항복 문서를 받는 영광을 누리게 했다.

이곳에서 체임벌린이 보여준 용서와 존경의 표시는 전 세계 사람에게 놀라운 감동을 선사했다. 그는 북군에 명령을 내려, 로버트 리 장군과 패배한 남부연합군에게 차렷 자세로 경례를 올리도록 했다. 이 대담한 행동은 당연히 링컨이 배후에서 계획한 것이었고, 링컨은 다시 찾은 미합중국의 대통령 자격으로 국

가와 국민을 대상으로 상처받은 마음을 치료하는 정책을 펴나
갔다.

상처받은 마음 치료하기

펜과 다이어리를 준비하여 아래 적힌 질문에 답하면서, 이 실전 훈
련을 하는 동안 마음속에 떠오르는 이름을 모두 적으라. 다 마치고 나
면 각 이름을 보면서 스스로에게 묻는다. "이 사람은 내가 용서해야 할
사람인가? 아니면 내가 용서를 구해야 할 사람인가?"

이 질문의 특성을 제대로 파악하는 게 중요하다. 너무나 많은 사람
들이 "뭐가 잘못되었지? 왜 이런 일이 내게 일어났지?" 같은 비생산적
인 질문을 던지곤 한다. 질문의 내용이 좋아야 좋은 답을 얻을 수 있다
는 점을 잊지 마라. 좋은 질문을 던져라. 생각할 거리가 있는 질문을 던
져라. 좋은 답을 얻을 것이다.

스스로에게 물어볼 만한 몇 가지 질문 목록을 소개한다.

- 실패하지 않을 거라는 걸 안다면 어떤 결단을 내리겠는가? 한 가
  지를 생각해보라.
- 내 모든 잠재력을 펼치는 데 장애가 되는 한 가지를 삶에서 없애
  고 싶다면 그건 무엇인가?
- 나는 지금 멋진 일을 향해 가는 중인가, 아니면 평범한 길을 가는

중인가?

- 어떤 일에서 벗어나려고 애쓰는 중인가?

- 어떻게 하면 주어진 시간을 잘 활용할 수 있을까?

- 불가능한 일이지만 내가 확신하고 계획하는 일이 있는가?

- 가장 많이 떠올리는 생각은 무엇인가?

- 좋은 일이므로 꼭 해보겠다고 다짐했다가 도중에 포기한 적이 있는 일은 어떤 것인가?

- 가장 존경하는 한 사람을 선택한다. 어떤 점이 존경스러운가?

- 누군가 매우 독창적인 사고를 가진 사람이 나와 같은 상황에 놓였다면 어떻게 했을까?

- 나를 좋은 방향으로 이끌 외부 영향으로는 어떤 것이 있는가? 나쁜 방향으로 이끌 외부 영향은 무엇인가?

- 내게는 어떤 재능, 능력, 장점이 있는가?

- 지금 당장은 답을 알지 못하지만 만일 답을 안다면 뭐라고 말할 생각인가?

- 돌려받을 기회가 없는 누군가에게 한 가지 해줄 수 있는 일이 있다면 무엇인가?

- 내가 용서해야 할 사람은 누구인가?

용서하지 않으면 마음의 독이 생긴다

존 메이슨이 지은 고전적인 저서 『크리스천 생활백서 : 평범한 내 삶이 특별해지는 52가지 습관(*An Enemy Called Average*)』에서 메이슨은 이렇게 썼다. "용서의 결단을 내려야 할 때 어떠한 변명도 하지 마라. 예를 들어 '하지만 그 사람이 내게 한 일을 아무도 알지 못해' 같은 것이다. 어쩌면 변명이 아니라 사실일 수도 있다. 그러나 정작 문제는 따로 있다. 용서하지 않을 때 우리에게 무슨 일이 일어나는지 아는가?"

용서하지 않을 때 우리에게는 '무슨 일'이 일어날까? 삶이 우리를 구석으로 몰아넣는 것 같다는 생각을 해본 적 없는가? 어딘가에 갇힌 느낌, 자신감이 꺾여버린 느낌, 외부 상황이 자신을 통제하는 느낌이 든 적 있는가? 내 경우에도 이런 기분이 든 적이 있다. 오랜 시간이 흐른 지금 생각해보면, 그럴 때마다 누군

삶의 모든 영역에서 성공하기 위해서는
내적 충동, 다시 말해 내 머릿속에 떠오르는 생각을
통제할 수 있어야 한다.
내 머릿속에 둥지를 틀고 있는 적은 맞서 싸울 수 없기 때문이다.

가 내가 용서하지 않은 사람이 있거나 아니면 내 쪽에서 용서를 구해야 할 사람이 있었다. 그 사람의 이름이 내 마음 한편에 딱 달라붙어서 마치 무의식의 세계에서 그 이름이 내 어깨를 두드리는 것처럼, 내가 신경 써야 할 곳에 마음을 집중하지 못하게 하고 자꾸 딴생각을 하게 만든다.

인디언 노인이 손자에게 들려준 이야기를 하나 소개할까 한다. 마음속에서 늑대 두 마리가 싸우는 이야기다. 한 늑대는 사악하고 마음속에는 온통 분노와 질투, 슬픔과 후회, 탐욕과 오만, 자기연민과 죄의식, 원한과 열등감, 거짓말, 거짓 자존심과 이기심으로 가득하다. 다른 늑대는 착하고 남을 용서하는 마음이 가득하다.

손자가 할아버지께 물었다.

"어느 늑대가 이겼어요?"

할아버지는 간단하게 답했다.

"내가 먹이를 준 늑대가 이겼지."

아마 이 이야기를 읽고 있는 독자들의 마음속에도 이와 같은 늑대 두 마리가 싸움을 벌이고 있을 것이다. 싸움은 누군가의 이름이나 얼굴 모습 같은 것으로 나타난다. 착한 늑대를 내 편으로 삼고 용서를 선택하면, 분노와 슬픔, 후회와 원한으로 가득한 다른 늑대를 죽일 수 있다.

우리에겐 용서해야 할 사람이 있다. 이 사람을 용서하지 않으면, 우리는 남편으로서, 아내로서, 어머니로서, 아버지로서, 친구로서, 리더로서 제대로 능력을 발휘하지 못한다. 우리 꿈을 현실에 펼치기 위한 핵심 사항이 바로 용서이며, 구체적으로 말해서 이 사람을 용서하는 일이다. 이 사람은 바로 우리 자신이다.

우리의 어깨에는 너무 무거운 짐이 쌓여 있다. 굳은 마음으로 결심했지만 실행하지 못한 숱한 일들, 지키지 못한 약속, 이루지 못한 목표가 쌓이고 또 쌓여서 우리 어깨를 무겁게 짓누르고 있다. 우리 자신을 용서해야 한다.

용서하지 못하는 마음은 마음속 깊은 곳에 자리 잡고 있다. 우리는 거기서 벗어나지 못한다. 우리 머릿속에 요새를 짓고 있는 적과는 싸울 수 없다. 유일한 해결책은 요새를 부수는 것이다. 우리 자신을 용서하라. 지금 바로.

- -

우리 자신을 용서하자

우리는 늘 스스로에게 가장 신랄한 비평가가 되곤 한다. 판단은 양날을 가진 칼과 같다. 얽매이지 않고 자유롭게 다른 사람을 용서하려면 먼저 우리 자신부터 용서해야 한다.

속기술이나 자기만의 '암호'를 이용하여 지금 바로 우리 자신의 어떤 점을 용서할지 목록을 작성한다.

- -

다시 시작하자

그동안 우리 어깨를 짓누르던 죄의식의 짐을 벗고 새로 시작할 수 있는 기회가 주어졌다. 달이 가고 해가 가는 동안 우리는 줄곧 무거운 짐을 쌓기만 했고, 급기야 우리 자신이 그 밑에 깔릴 지경이다. 말로는 하겠다고 해놓고 하지 못한 일, 지키지 못한 약속, 하지 말았어야 했는데 결국 하고 만 일은 어떤 식으로든 쌓이게 마련이고 이제 한 사람이 감당하기에는 너무 버거운 짐이 되어버렸다. 죄의식 때문에 화가 났고, 화는 분노로 바뀌었으며, 분노는 다양한 형태로 우리의 삶을 잠식하고 있다.

우리 모두에게 가장 큰 적은 우리 자신이었다. 우리가 저지른 실수와 착오, 과오를 하나도 잊지 못한 채 마음속으로 계속 되씹었다. 지키지 못한 약속, 쓸데없이 보내버린 나날들, 이루지 못한 목표는 우리가 곤경에 처해 자기 혐오감을 느낄 때마다 이 혐오감을 부채질했다. 이러한 실망감은 점점 커져 우리를 옴짝달

오늘부터 나의 지난 과거는 더 이상 내 운명을 지배하지 못할 것이다.
나는 나 자신을 용서했고, 나의 새로운 삶이 시작되었다.

싹 못하게 만든다. 그러다 또 우리 자신에게 실망하고, 이런 악순환은 계속된다. 우리 머릿속에 둥지를 틀고 있는 적과 싸우는 것은 불가능하다.

우리 자신을 용서하고 다시 시작하자. 우리 자신을 용서하는 간단한 마음가짐만으로 삶이 바뀔 것이다. 오랫동안 쌓아온 죄의식과 수치심의 짐을 덜어버릴 때 자신이 되고 싶은 사람이 되기 위한 보다 좋은 위치에 서게 된다. 우리 자신을 용서하자. 가족은 우리에게 화나지 않았다. 친구들은 우리에게 화나 있지 않다. 하느님도 우리에게 화나지 않았다. '우리'도 우리에게 화낼 필요가 없다. 홀홀 털어버리자. 우리 자신을 용서하고 다시 시작하자.

오늘부터 더 이상 우리의 지난 과거가 운명을 통제해서는 안된다. 우리 삶은 지금 막 시작되었다. 용서란 이를 베풀 때에만 가치가 있다. 용서라는 간단한 행동으로 과거의 악령에서 벗어나고 새로운 시작을 열 수 있다.

용서를 구하지 않는 사람을 용서하자. 우리 자신을 용서하자. 지금부터 용서의 행동을 보여줌으로써 비생산적인 생각으로부터 해방될 수 있다. 고통, 분노, 원한은 사라질 것이다. 다시 시작할 때이다. "나는 용서하는 마음으로 오늘 하루를 맞이할 것이다."

감사의 편지

이 편지를 쓰는 목적은 우리 스스로에게 좋지 않은 감정을 품고 있는 어떤 이로부터 벗어나고 자신에게 감사하기 위한 것이다. 더 이상 붙잡고 있을 필요가 없는 뭔가를 놓아버리겠다고 다짐하자. 예를 들면 다음과 같다.

나에게

그동안 보고 싶었어. 너무 오랜 시간이 흘렀구나. 네게 용서를 구하고 싶은 일이 있어. 넌 기억하지 못할지도 모르지만 아마 5년 전이었을 거야.

(⋯⋯) 편지를 끝내면서 한 가지 하고 싶은 말이 있어. 이 세상에서 넌 내게 정말 특별한 존재야. 네게 고마움을 표시하고 싶은 일이 정말 많아.

이 많은 일을 통해 네가 안겨준 마법 같은 순간들, 정말 고마웠어. 네 삶이 일으킨 잔잔한 물결은 네가 생각하는 것보다 훨씬 많은 사람에게 가닿을 거야.

사랑해, 너를

이제 당신 차례다. 자신에게 감사와 용서의 편지를 쓰자.

이 시대의 여행자, 노먼 빈센트 필

　노먼 빈센트 필 박사는 목사이자 작가로, 우리에게 마르지 않은 영감을 주는 고전 『적극적 사고방식(*The Power of Positive Thinking*)』을 포함하여 46권이나 되는 책을 썼다. 그의 저서는 40개 언어로 번역되었다. 아내 루스 스태퍼드 필과 함께 『가이드 포스트』라는 잡지를 발간했고, 현재 이 잡지를 읽는 독자는 1천 500만 명이 넘는다. 많은 영감을 주는 소책자도 3천 100만 부나 발행했고, 1993년 세상을 떠나기 전까지 꽉 찬 강연 일정을 소화했다. 필 목사는 22개나 되는 명예박사 학위를 받았고, 일반 시민으로는 드물게 백악관 만찬에 초청받아, 레이건 대통령으로부터 대통령 자유훈장을 받았다.

　노먼 빈센트 필 목사는 이렇게 말했다. "하느님은 우리에게 선물을 주고 싶을 때, 문제 속에 선물을 담아서 주신다. 선물이 클수록 문제도 크다."

　『적극적 사고방식』이라는 책을 쓴 저자라면 적극적 사고방식에 대해 걱정할 필요가 없었을 거라고 생각하기 쉽다. 지금까지 3천만 권이나 팔린 책의 저자이니, 손쉽게 그런 사고방식을 얻었을 거라고 생각되지 않는가?

　삶 자체가 연민 가득한 결단을 그대로 보여주는 한 사람의 위대한 편지를 여기에 소개한다.

앤디에게

　나는 『적극적 사고방식』이라는 책을 쓰고 나서 거절당하는 아픔을 많이 겪었어요. 사실대로 말하면 나는 이 책의 제목을 '믿음의 힘'이라고 하고 싶었지만, 출판사 측에서는 내가 이 책 내용 속에서 무의식적으로 썼던 '적극적 사고방식의 힘'이라는 문구를 제목으로 하자고 강력하게 요구했지요.

　놀랍게도 이 책은 곧 베스트셀러 목록에 올랐어요. 실제로 「뉴욕 타임스」 베스트셀러 목록에는 186주나 올라 있었고, 이는 당시로서는 대단한 기록이었지요. 이 책 때문에 나는 혹독한 비판의 표적이 되었어요. 나는 이 책이 그리스도교에 충실한 책이라고 여겼지만 몇몇 목사는 나를 극단적인 보수주의자, 자본주의적 이익의 앞잡이라고 질타했고, 신앙을 부자가 되기 위한 방편으로 전락시켰다고 몰아붙였지요. 공평하고 객관적인 인물로 알려져 있던 한 학식 있고 재능 많은 감독은 이 책을 비판하면서 비이성적 모습을 보였고, 심지어는 내게 인신공격까지 했어요. 많은 목사가 이 책의 내용에 '이단'이라는 끔찍한 꼬리표까지 달아 이에 반대하는 설교를 하기도 했지요. 한 유명한 설교 목사는 이 책이 그리스도교 신앙을 심각하게 왜곡했다고 했어요. 우리 교회에서는 용감하게 나서서 나를 지지했지만, 여기저기서 시끄럽게 떠들어대는 소리가 너무 격렬해서 나는 교회에 사직서를 제출하려고 했지요. 나는 기차를 타고 한적한 시골에 계신 아버지를 만나러 갔어요. 나이가 많으신 아버지께서는 나를 괴롭히는 문제가 있다는 걸 알아채셨지요. 그 시골구석에 계신 아버지까지도 내가 무차별적인 공격을 받고 있다는 소식을 들어 알고 계셨어요.

아버지는 흔들의자에 앉아 이렇게 말씀하셨어요. "노먼, 너는 항상 예수 그리스도에 충실했고 믿음을 지켜왔어. 성경의 진리를 설교하고, 이를 믿었지. 그리스도교의 주된 흐름에서 벗어난 적도 없고 일시적인 유행을 좇은 적도 없었어. 그리고 과학적인 치유의 기술 가운데 최고의 것과 목사직을 결합시켰단다. 너는 기존의 낡고 파괴적인 부정적 사고방식에 맞서기 위해 적극적 사고방식으로 나아가는 새로운 길을 개척한 거야. 넌 내 아들이고, 이 아버지는 이제껏 80년이 넘도록 교회 안에서든 밖에서든 훌륭한 사람과 별로 훌륭하지 않은 사람을 모두 다 알고 있는 사람으로서 네가 예수 그리스도에 충실한 훌륭한 목사라고 말하고 있는 거야."

"그리고 이 말을 기억해라. 필 집안 사람은 절대 포기하지 않아. 만일 내 아들 가운데 한 명이라도 상황에 당당히 맞서기를 겁내면서 도중에 그만둔다면 내 마음이 무척 아플 게다."

아버지는 다정한 분이셨죠. 살아오면서 아버지가 욕하시는 걸 한 번도 들은 적이 없었어요. 그런 아버지 입에서 욕설이 나올 줄은 정말 몰랐어요.

"노먼, 한 가지만 더 말해두마. 또 네게 뭐라고 하는 사람이 있다면 닥치라고 해."

내가 이 말에 얼마나 놀랐을지 상상이 되나요?

나는 곧바로 다른 방으로 가서, 사직서를 찢어 쓰레기통에 던졌어요. 당연한 말이지만 나는 큰 힘을 얻고 다시 돌아왔지요. 책은 전 세계적으로 2천만 부가 팔렸고, 서적 통계 전문가의 의견으로는 미국 역사상 가장 많이 팔린 몇 안 되는 책으로 꼽힐 거라고 하더군요. 이 책 제목은 미국뿐 아니라 세계적으로 하나의 문화와 용어로 자리 잡았어요.

한때 미국 기독교 교회협의회 회장을 역임했던 신시아 웨들은 내 친구를 만난 자리에서 이렇게 말한 적이 있어요.

"노먼 씨는 잘 지내나요?"

"잘 지내요. 그 많던 비판보다 더 오래 끈질기게 견뎠지요."

"아니에요. 그는 비판을 더 많이 사랑했기 때문에 이긴 거예요."

모든 거절 속에는 배울 게 있어요. 나도 배웠지요. 우리가 각자의 일을 열심히 하고 사람들을 사랑하며 어느 누구도 미워하지 않는다면, 결국에는 승리할 거예요. 지금은 나를 비판하는 사람도 별로 없지만, 그래도 내가 혹시 모르고 지나친 무언가를 그들에게서 찾아내곤 해요.

당신의 벗, 노먼 빈센트 필

Norman Vincent Peale

7

끈기 있는 결단

나 는 어 떠 한 경 우 에 도 물 러 나 지 않 겠 다

끈기 있는 결단을 자기 것으로 삼아 얼마나 강한 의지로 잘 실천하는가에 따라
나머지 여섯 가지 결단의 승패가 달라진다.
어떠한 경우에도 끝까지 해낸다는 것은
곧 우리의 노력으로 성공을 이루어낸다는 의미다.

「폰더 씨의 위대한 하루」 중에서

훌륭한 리더는 다른 사람의 기준에서 볼 때 그다지 현실적인 사람이 아닙니다.
이들은 종종 이상한 사람으로 취급받기도 합니다.
주변의 부정적 예상이나 감정 같은 건 무시하거나 아예 듣지도 않으며,
자기만의 길을 헤쳐갑니다. 할 수 없다는 얘기 따위는 듣지 않기 때문에
이들은 한 차례, 또 한 차례 계속해서 위대한 일을 해냅니다.
이런 이유 때문에 젊은이에게는 어떤 일을 할 수 없다고 못 박아 얘기해서는
안 됩니다. 바로 그 일을 하기 위해 모든 불가능한 것을 무시할 수 있는 한 사람을,
하느님은 몇 세기 동안 기다리고 계셨는지도 모릅니다.

대천사 가브리엘

끈 · 기 · 있 · 는 · 결 · 단

『폰더 씨의 위대한 하루』에서 대천사 가브리엘은 데이비드 폰더에게 개인의 성공을 결정하는 일곱 번째 결단을 선물로 주었다.

나는 어떤 경우에도 물러서지 않겠다

나는 이제 퍼즐의 마지막 조각을 맞추어 넣는다. 나는 인간에게 부여된 가장 큰 힘, 즉 선택의 힘을 갖고 있다. 오늘 나는 어떠한 경우에도 물러서지 않기를 선택한다. 나는 더 이상 망설임의 세계에서 살지 않는다. 나는 물에 선 갈대처럼 이리저리 흔들리지 않겠다. 나는 내가 원하는 결과를 안다. 나는 나의 꿈에 꼭 매달린다. 나는 나의 길을 바꾸지 않는다. 나는 뒤로 물러서지 않는다.

대부분의 사람들은 지치고 힘든 상황이 오면 뒤로 물러선다. 나는 그 '대부분의 사람들'이 아니다. 나는 대부분의 사람들보다 강하다. 평균적인 사람은 다른 사람과 자신을 비교한다. 그렇게 하기 때문에 그들은 평균적인 사람인 것이다. 나는 나 자신을 나의 잠재력과 비교한다. 나는 평균적인 인간이 아니다. 나는 힘든 상황을 승리의 전주곡으로 생각한다.

어린아이가 실제로 걷기까지 걷기 연습을 얼마나 많이 해야 하는가? 나는 어린아이보다 더 많은 힘을 갖고 있는가? 더 많은 이해심을 갖고 있는가? 내가 실제로 성공하려면 얼마나 더 많이 노력해야 하는가? 어린 시절, 나는 이런 질문을 하지 않았다. 그 질문의 대답은 중요하지 않았기 때문이다. 어떠한 경우에도 물러서지 않음으로써 나의 결과, 나의 성공은 보장된다.

　나는 어떠한 경우에도 물러서지 않겠다. 나는 결과에 집중한다. 내가 바라는 결과를 이루기 위해서 그 과정을 즐기지 못해도 개의치 않겠다. 내가 결과에 집중하면서 그 과정을 계속 하는 것이 무엇보다도 중요하다. 운동선수는 훈련의 고통을 즐기지 않는다. 운동선수는 훈련을 완수했다는 결과를 즐긴다. 어미 매는 무서워서 떠는 새끼 매를 둥지에서 꺼내와 벼랑 아래로 떨어뜨린다. 날기를 배우는 고통은 결코 즐거운 경험이 아니다. 하지만 어린 매가 하늘을 향해 솟구칠 수 있을 때, 그 고통은 순식간에 잊힌다.

　뱃전을 강하게 때리는 폭풍우를 두려움에 떨면서 바라보는 선원은 엉뚱한 해로를 선택하게 될 것이다. 그러나 현명하고 노련한 선장은 그의 시선을 등대에 고정시킨다. 그는 자신의 배를 특정한 장소로 직접 인도함으로써 불편함의 시간을 줄일 줄 안다. 등대에서 흘러나오는 불빛에 시선을 고정시킴으로써 단 한순간의 낙담도 끼어들지 못하게 한다. 나의 빛, 나의 항구, 나의 미래가 시야에 있다고 생각한다!

　나는 어떠한 경우에도 물러서지 않겠다. 나는 커다란 믿음을 가진 사람이다.

　앞으로 나는 나의 밝은 미래에 대하여 믿음을 가지겠다. 나의 믿음을 의심하며, 나의 그런 의심을 믿으며 너무 많은 시간을 허비했다. 앞으로는 그런 일이 없을 것이다! 나는 나의 미래에 믿음을 가지고 있다. 나는 앞을 내다본다. 나는 계속 전진할 수 있다.

　나는 이성보다 믿음이 더 훌륭한 인도자라고 생각한다. 이성은 한계가 있지만 믿음은 한계가 없다. 믿음은 기적을 만들어내는 힘이 있기 때문에, 나는 나의 생활에서 그런 기적을 기대한다. 나는 내가 보지 못하는 미래를 믿는다. 그것이 바로 믿음의 핵심이다. 이러한 믿음의 보상은 내가 믿는 미래를 보게 해주는 것이다.

나는 피곤함에도 불구하고 계속 앞으로 나아가겠다. 나는 결과에 집중한다. 나는 커다란 믿음을 가진 사람이다.

나는 어떠한 경우에도 물러서지 않겠다.

포기는 습관이다

"나는 어떤 경우에도 물러서지 않겠다"는 끈기 있는 결단은 다른 여섯 가지 결단의 성공을 좌우하는 핵심 사항이다. 이 결단 없이는 다른 결단도 의미가 없다. 끈기 있는 결단을 결심하고 이를 자기 것으로 만들 때 다른 여섯 가지 결단이 확실하게 효과를 발휘한다.

끈기 있는 결단을 다짐하면 책임을 인정하게 된다. 항상 지혜를 구하고, 행동하는 사람의 모습을 보이지 않으며, 어떠한 경우에도 확고한 마음을 잃지 않고 매일매일 행복한 사람이 되겠다고 선택한다. 용서하는 마음으로 하루를 맞이한다. 다른 여섯 가지 결단 하나하나가 모두 "나는 어떤 경우에도 물러서지 않겠다"는 일곱 번째 결단의 성공 여부에 달려 있으며, 다른 모든 결단을 하나로 결합하는 것도 이 끈기 있는 결단이다.

나는 미식축구 경기를 보는 것을 무척 좋아한다. 누가 출전하든 상관하지 않으며, 특정 팀을 응원하는 팬도 아니다. 나는 그저 미식축구가 좋다. 내가 미식축구 경기를 즐겨 본다는 사실이 내게는 참 뜻밖의 일이다. 지금은 미식축구에 대단히 열광하지만, 초등학교 때는 미식축구를 싫어했다. 미식축구를 하루빨리 그만두고 싶은 생각에 두통까지 생겼다. 훈련도 싫고, 코치도 싫고, 방과 후 어두워질 때까지 학교에 남아 있는 것도 싫었다.

그러나 아버지는 내가 미식축구를 그만두는 걸 허락하지 않으셨다. 나로서는 기막힌 노릇이었지만, 아버지는 "일단 시작한 이상 끝내야 한다"고 말씀하셨다.

어머니까지 나서서 아버지를 설득했다.

"애가 두통까지 생겼어요. 그 애한테 맞지 않는다고요. 그쪽으로는 적성이 아닌 게 분명해요. 우리 애는 바싹 말랐잖아요. 한번 나가보세요. 다른 애들 등치가 얼마나 큰지."

"내년에는 미식축구를 안 해도 되지만, 올해 시작한 일은 끝내야지."

아버지는 나를 따로 불러 이렇게 말씀하셨다.

"아들, 끈기는 하나의 습관이라는 걸 알았으면 좋겠구나. 도중에 그만두는 것 역시 습관이다. 내가 너한테 해줄 수 있는 가장 큰 일은 끈기 있게 해내는 습관을 기르고, 도중에 그만두는 습관을 갖지 않도록 도와주는 거다."

나는 도중에 그만두는 습관을 갖지 않았다. 우리 집에서는 그런 행위가 받아들여지지 않았기 때문이다. 일단 시작한 이상 끝까지 해야 한다. 집집마다 다니며 씨앗을 팔기로 했다면 다른 애들은 씨앗을 반품할 수 있어도 나는 모두 다 팔았다. 크리스마스 카드를 팔기로 했다면 한 장도 남김없이 다 팔아야 했다. 아버지는 이렇게 말씀하시곤 했다. "앤디, 이 카드를 5월까지 팔아도 좋다만, 어쨌든 한 장도 남겨서는 안 된다."

우리 집은 늘 이런 식이었고, 나는 지금 그 일을 무척 고마워한다. 끝까지 붙잡고 있기만 해도 기적 같은 일을 볼 수 있을 것 같은데 사람들이 그만 항복해버리는 경우를 매일 목격하곤 한다. 끈기를 보일 때 우리 앞에 문이 활짝 열리고, 이제껏 꿈꿔왔던 삶이 펼쳐진다.

어떠한 경우에도 예외 없이

끈기 있는 결단을 말하면 사람들은 "다 좋은데, 누군들 그런 말 안 들어본 사람이 있겠어?"라며 대수롭지 않게 여긴다. 끝까지 해내야 하며 포기하면 안 된다는 건 우리 모두 들어서 알고 있다. 진짜 중요한 건 중간에 들어가는 말이다. 끈기 있는 결단

아이는 제대로 걸을 수 있을 때까지
얼마나 오랫동안 걷는 연습을 하느라 애써야 할까?
우리는 성공을 이룰 때까지 얼마나 오랫동안 애써야 할까?
아이라면 절대로 의문을 품지 않는다.
어떤 대답이 나오는가는 중요하지 않기 때문이다.
어떠한 경우에도 끝까지 해내면 확실한 결과가,
우리의 성공이 보장된다.

이란 '어떠한 경우에도' 끝까지 해내는 것이다. 그런데 사람들은 중간에 있는 말을 곧잘 빼먹곤 한다.

어떠한 경우에도 끝까지 해낼 때, 기적은 일어난다. 길이 없던 곳에 길이 보인다. 우리가 추구하는 일은 뭔가 대단한 일이고, 남들은 잘 하지 않는 멋진 일이며, 그에 따른 보상 역시 크다면, 그 일은 분명 힘든 일이다. 큰 보상은 오로지 하기 힘든 일을 해냈을 때에만 따른다. 쉬운 일이라면 모든 사람이 다 했을 테고, 그러면 보상이 작을 수밖에 없다.

큰일을 할 때면 언제나 고비가 온다. 누가 봐도 분명히 '끝난 일'이고 도저히 할 수 없다고 여겨지는 순간이 찾아온다. 심지어 우리 자신마저 끝난 일이라는 생각이 들 때가 있다. 이 지점까지 끈기 있게 잘 밀고 왔다면 사람들은 우리에게 이제 그만둬도 괜찮다고 말할 것이다. 왜냐하면 끝까지 해냈기 때문이다. 그때까지 버텨왔다면 주위 사람들의 격려 속에서 아무런 양심의 거리

"내가 어떻게 목표를 이루었는지 비밀을 알려주지.
오로지 끈질기게 하는 거라네. 거기서 힘이 생기는 거야."
루이스 파스퇴르

낌 없이 그만둘 수 있다. 최선을 다했기 때문이다. "당신은 열심히 했어요. 하느님도 아실 거예요. 우리는 당신이 애쓰는 모습을 지켜봐왔어요. 당신은 정말 열심히 노력했어요. 이젠 그만둘 때예요. 괜찮아요, 그만둬도 돼요." 그동안 조금이라도 끈질기게 해왔다면, 그만둔다고 해서 뭐라 할 사람도 없고 그에 따른 벌도 없다.

그러나 '어떠한 경우에도' 끝까지 해내려면 길이 없는 곳에서 길을 찾아야 한다. 그럴 때 기적이 일어난다. 벽에 부딪힐 때, 막다른 길에 이르렀을 때, 정말 우리에게 부족한 것은 돈도 아니고 멘토도 아니고 시간도 아니다. 우리가 부족한 건 바로 아이디어다. 그게 전부고, 아이디어만 있으면 된다.

내가 함께 일했던 사람들 중 헤아릴 수 없을 정도로 많은 사람들이 이 지점까지 왔다. 그들은 말한다. "이제 끝났어. 난 알아. 어떠한 경우에도 끝까지 해내야 한다고 생각해. 하지만 여기가 그 지점일 거라는 생각이 들어."

그러면 나는 이렇게 대답할 것이다.

"지금까지 뭘 했지? 어떤 시도를 해봤지?"

"모든 시도를 다했지. 가능성이 있을 만한 것은 하나도 남기지 않고 다해봤어. 할 수 있는 일 중에서 내가 해보지 않은 건 하나도 없어."

"더 해볼 수 있는 게 없다는 거 알아. 지금이 아니라면 달리 어디서 돌아서야 할지 생각도 안 날 테고." (이것은 혼자서도 해볼 수 있는 아주 멋진 작은 게임이다.)

"내 말이 그 말이야. 지금이 아니라면 어디에서 돌아서야 할지 모르겠어."

"모르겠다는 심정 이해해. 하지만 만약에 말이야, 다음에 무엇을 해볼 수 있을지 '안다면' 뭘 해볼 생각이야? 안다고 치고 뭘 할 수 있을 거 같아?"

"글쎄, 내가 알고 있다면, 어쩌면 이런 걸 해볼 수 있지 않을까 싶은데."

"좋아, 그거야. 그걸 하는 거야."

꼭 기억하라. 아무것도 보이지 않는 '깊은 숲 속'에 있을 때에도 우리에게 부족한 건 오로지 아이디어뿐이다.

끝까지 해내겠다는 다짐

내가 가끔 만나 점심을 같이 먹는 친구가 있다. 이 친구는 나보다 나이가 조금 많고 그 역시 어릴 때 미식축구를 했다. 그는 나보다 실력이 더 나았고 프로선수로 뛰는 게 꿈이었다. 그는 고등학교 내내 쿼터백을 맡았고, 이후 장학금을 받고 대학 선수로 활약했다.

그러나 대학교 4학년 때 척추 부상을 입어 경기를 할 수 없게 되었고, NFL에서 뛰고 싶은 그의 꿈은 가망이 없어 보였다. NFL 마지막 드래프트 기간에는 불안과 실망감에 숨이 막힐 지경이었다. 마침내 전화가 걸려왔다. 한 팀에서 마지막 순번 때 그를 선발했고, 그게 그의 '17차' 드래프트였다.

이 친구는 너무 행복했고, 돈 한 푼 주지 않는다 해도 계약할 생각이었다. 실제로도 거의 그런 셈이었다. 그는 6,500달러에 계약했다. 팀 선수가 되는 건 정말 힘든 도전이 될 것이다. 경쟁해야 할 쿼터백이 네 명이나 되었지만 그가 이 세상에서 가장 원하는 자리는 쿼터백이었다.

이 친구는 합숙 훈련에 들어가기 전 몇 주일 동안 몸을 만들고 패스 기술을 다듬었다. 집에 A자 모양의 틀을 설치하고 여기에 낡은 타이어를 매달아 그 사이로 수천 번 패스 연습을 했다.

인생이라는 게임에서 알아야 할 게 있다.
하프타임의 중간 점수만큼 하찮은 것도 없다는 사실이다.
인생의 비극은 그 게임에서 지는 게 아니라,
거의 이길 뻔한 게임을 놓치는 것이다.

친구나 가족 모두 이 친구를 자랑스러워했지만, 그가 선수로 출전할 수 있으리라고는 기대하지 않았다.

7월이 되어 합숙 훈련에 들어갈 때가 되자 이 친구는 마음의 준비를 하면서도 정말 두려웠다. 어느 코치도 그를 선수로 출전시키겠다는 생각을 하지 않았다. 맨 처음 사진 촬영을 위해 운동복을 나눠줄 때 팀에서는 그에게 쿼터백 넘버조차 배정하지 않았다(실제로 신입 인사기록 카드를 보면, 이 친구는 쿼터백이 아닌 러닝백의 등 번호를 배정받았다).

합숙 훈련은 고되고 경쟁도 치열했지만, 이전에 예비 훈련을 했던 게 도움이 되었다. 그는 자신감이 생기면서 스크럼과 시즌 전 경기에서 좋은 실력을 펼쳤고, 마침내 최종 팀 선발 때 새 운동복을 받았다. 등 번호는 쿼터백 넘버였고, 그는 최종 팀의 선수가 되었다.

이후 3년 동안 그는 벤치에 앉아 팀이 구단 역사상 가장 암담한 3년을 힘겹게 버텨내는 모습을 지켜보았다. 코칭스태프가 두 차례나 바뀌었고, 선수 사기는 바닥이었다.

선수 생활 4년째로 접어들었을 때, 팀에서는 분위기를 바꾸기 위한 대담한 조치의 일환으로 잘 알려지지 않은 보조 코치를 팀의 수석 코치로 임명했다. 전국 경기에서 한 번도 이름을 들어보지 못한 인물이었다. 이 신임 코치 역시 내 친구와 비슷한 길을 걸었고, 밑바닥에서부터 올라온 사람이었다. 그는 한 번도 훌륭한 선수였던 적은 없지만, 경기를 너무 사랑했기 때문에 코치의 길을 선택했다.

신임 코치가 프로 팀을 이끄는 건 무리라는 말도 있었고, 상황이 몹시 좋지 않기 때문에 선수들과 제대로 관계를 갖지 못할 거라고 말하는 사람도 많았다. 그는 꽤 늦은 나이에 코치라는 기회를 얻었고, 게다가 그때뿐이었다. 팀 상황이 몹시 좋지 않았기 때문이다. 내 친구는 그때를 이렇게 회상했다. "내가 선수로 뛰는 것도 어려운 일이었지만, 이 코치에게 내 실력을 보여주는 건 더욱 어려웠어."

내 친구는 말이 없는 조용한 성격이었고, 코치는 내 친구에게서 그다지 깊은 인상을 받지 않았다. 하지만 내 친구가 운동을 게을리하지 않고 안정감과 자신감을 보여주며 어떠한 경우에도 끝까지 해내는 근성을 보이자, 이에 마음이 움직였다. 코치는 내 친구에게서 자기 자신의 모습을 보았다. 두 사람 모두 대단한 재능을 타고나지는 않았지만, 천성적으로 물러서거나 포기할 줄 모르는 성격이었다.

내 친구가 4년차로 접어들었을 때 선발 쿼터백이 부상을 입고 쓰러졌다. 내 친구는 모든 준비가 갖춰졌다. 이날을 위해 그토록 열심히 노력하지 않았던가. 내 친구는 경기장으로 들어갔고 그때까지 뒤지고 있던 팀에게 역전승을 안겨주었다. 이 게임 이후 바트 스타는 그린베이 패커스의 선발 쿼터백이 되었다.

그다지 유명하지 않았던 신임코치 빈스 롬바르디와 바트 스타는 NFL 역사상 전무후무한 기록을 패커스 팀에 안겨주었다. 슈퍼볼 첫 두 해 챔피언십을 비롯해서 7년 동안 다섯 차례나 우승을 거머쥐었고, 바트는 이 경기 모두에서 MVP로 뽑혔다. 또한 1970년에는 '올 10년의 선수'로 지명되었고, 알려지지 않았던 신임 코치 빈스 롬바르디와 함께 프로 미식축구 명예의 전당에 이름을 올렸다.

현재 바트 스타는 버밍엄에서 아내 체리, 자녀, 손자 손녀와 함께 살고 있다. 그는 예전 미식축구 선수로 활약할 때처럼 개인 생활과 사업에서도 큰 성공을 거두었다. 바트는 자신이 성공을 이룰 수 있었던 이유는, 어떠한 경우에도 끝까지 해내는 습관 때문이라고 말할 것이다.

- -

끈기를 기르는 법

지금까지 실전 훈련을 하는 동안 자신이 살고 싶은 인생을 규정하고 우리도 모르는 사이에 앞길을 가로막은 장애물이 무엇인지 알아보면서 꽤 잘해왔다. 우리가 무엇을 원하는지 분명히 정한 이후에도 우리 삶에 장애물이나 시련이 나타나며, 우리는 이것이 어떤 양상으로 나타나는지 알고 있다. 이런 이유에서 우리는 장애를 극복하고, 장애가 더 이상 포기의 변명이 되지 않도록 도구와 이해로 단단히 무장해야 한다.

우리가 필요할 때 의지할 수 있는 우리 자신에 대한 강한 믿음체계가 무엇인지 지금 바로 확인해보자. 우리 마음 깊이 박혀 있으면서 때때로 앞길을 가로막는 핵심적 장애가 무엇인지 세 가지를 골라보라. 어쩌면 자신에게서 자꾸 미적거리면서 미루는 성향을 발견할 수도 있다. 아니면 늘 두려움에 이끌려 행동 방향을 정하고 결정을 내리는 성향이 있을지도 모른다. 자신의 성장을 가로막는 개인적 장애물 세 가지를 찾아보라.

그런 다음 앞으로 열심히 지켜나가겠다는 결심이 서고 끈기 있는 정신에도 어울리는 몇 가지 특성을 긍정문의 형태로 적는다. 예를 들어 장애물 항목에 미적거리는 습성이라고 적었다면 그 옆에 '나는 내 목표를 달성하겠다고 다짐한다. 나는 이것을 끝까지 지켜낼 것이다. 나의 이상을 향해 똑바로 나아갈 것이다'라고 적는다. 장애물 항목에 두려움이라고 적었다면 그 옆에 '어떤 것도 나를 구속하지 못한다. 무엇이든 끈기 있게 이루어낼 것이다. 믿음과 용기를 잃지 않고 성공을 이룰 때까지 끝까지 해낼 것이다'라고 적는다.

늘 갖고 다닐 수 있는 다이어리나 메모 카드에 이 내용을 적는다. 기존의 낡은 장애물이 모습을 드러낼 때마다 새로 정한 긍정문의 내용을 스스로에게 일깨운다.

믿음 또는 두려움

그렇다면 사람마다 차이를 보이는 건 무엇 때문인가? 힘든 상황을 만났을 때, 왜 이 사람은 포기하고 저 사람은 포기하지 않는가?

『폰더 씨의 위대한 하루』에서 대천사 가브리엘은 한 창고에서 데이비드 폰더를 만나 일곱 번째 결단을 전달했다. 이 책에서 내가 가장 좋아하는 대목이다. 이 책을 읽지 않은 독자들도 있을 테니 어떤 곳인지는 말해주지 않겠다. 이야기 전체 중에서 입이 딱 벌어질 만큼 놀라운 대목이기 때문이다. 하지만 나는 이 장소를 분명하게 볼 수 있다. 이런 곳이 실제로 존재할지도 모른다고 생각하니 너무 놀라웠다.

창고에서 가브리엘은 데이비드 폰더에게 이렇게 물었다.

"일상생활에서 당신의 행동과 감정을 이끌어가는 건 믿음인

이성은 기껏해야 어느 정도까지만 뻗어나갈 수 있지만
믿음은 무한하게 뻗어나간다.
내일을 실현하는 데 유일하게 한계가 되는 것은
오늘 내 마음속에 품는 의심뿐이다.

가요? 아니면 두려움에 이끌려 행동하나요?"

우리는 믿음이나 두려움 중 어느 하나에 이끌려 행동한다. 두 가지 감정 모두 아직 일어나지 않은 사건에 대한 예상이거나 혹은 보이지 않고 만질 수 없는 어떤 것에 대한 믿음이다. 믿음을 갖는다는 것은, 아직 보지 못한 것에 대해 희망 찬 가능성을 믿는 것이다. 이런 믿음 뒤에 따르는 보상은 그런 보이지 않는 가능성이 현실로 나타나는 것이다. 믿음 속에 들어 있는 정서적 에너지는 우리의 기운을 북돋아준다. 반대로 두려움은 아직 보지 못한 것의 어두운 가능성을 믿는 것이며, 이에 따르는 보상은 오로지 더 많은 두려움뿐이다. 두려움 속에 들어 있는 정서적 에너지는 우리의 생명력을 앗아간다. 두려움은 우리가 행동에 나설 때 촉매 역할을 하기도 한다. 행동하지 않을 경우, 우리는 평생 평범한 삶의 감옥에 갇히게 될 것이다.

믿음을 가진 사람은 영원한 보상을 얻고 두려움을 가진 사람은 거의 정신 나간 사람처럼 살아간다. 두려움은 증기 같은 것이며 가공의 존재다. 두려움이란 불행한 일을 당하지 않도록 저 위에서 뭔가 경고를 보내는 것이라고 생각되는가? 그렇다면 그런 건 잊어도 좋다. 성경 어디에도 두려움이 하느님으로부터 온다는 얘기는 없다. 두려움 때문에 우리는 혼란에 빠지고, 나의 목표와 꿈과 운명에서 멀어진다. 두려움과 근심은 절대로 일어나지 않을지도 모르는 어떤 것에 미리 선이자를 지불하는 것과 같다.

오랜 시간을 살아오는 동안 나는 똑똑한 사람이 두려움에 가장 먼저 영향을 받는다는 사실을 알게 되었다. 왜 그런지 이유를 알 수 없다가 마침내 두려움은 상상이 미쳐 날뛰는 것임을 깨닫게 되었다. 우리가 두려워하는 것은 아직 존재하지도 않는다. 두려움이란 하느님이 우리에게 부여한 창조적인 상상력을 잘못된 방향으로 발휘한 것이다. 상상력이 풍부하고 똑똑한 사람의 삶 속에서 두려움은 어느새 혼란으로 발전하여 이들이 목표와 꿈을 향해 나아갈 수 있는 모든 가능성을 막아버린다. 모든 것이 정지된다. '걱정(worry)'이란 단어는 '억눌러 질식시키다', '숨 막히게 하다' 같은 뜻을 지닌 고대 영어에서 유래되었다. 걱정과 두려움만 없었다면 우리의 삶 속에 창조적인 물결과 지성의 운동이 펼쳐졌겠지만, 걱정과 두려움 때문에 이 모든 게 막혀버렸다.

그러니 두려움 같은 건 무시하라. 저 바깥으로 던져라. 두려움에는 어떤 보상도 없다. 보상은 내 믿음 속에, 내 자신이 일어날 거라고 믿는 것 속에 있다.

"나는 어떠한 경우에도 끝까지 해낼 것이다. 내게는 강한 믿음이 있다."

랠프 월도 에머슨은 이런 말을 한 적이 있다. "언제나 두려운 일을 하라."

우리 삶에서 닫힌 문은 무엇인가? 이것은 우리 마음속에 그어놓은 한계선이다. 이 한계선만 넘으면 바로 꿈으로 이어진다. 우리가 이 한계선에 부딪혔을 때 두려운 마음을 품거나 회피하지 않는다면, 이 한계선을 뛰어넘어 무한한 가능성을 경험할 것이다.

내가 아는 사람 중에 에릭 웨이언메이어라는 친구가 있는데, 그는 지금까지 만나본 사람 중 가장 놀라운 사람이었다. 에릭은 선천적으로 희귀한 유전병을 가지고 태어났으며 13세 때 시력을 잃었다. 처음에는 화가 나고 두렵고 괴로웠다고 한다. 이 세

우리는 믿음이나 두려움 중 어느 하나에 이끌려 행동한다.
사실 두 가지는 같은 것이며 동전의 양면이라고 할 수 있기 때문이다.
믿음이나 두려움은 아직 일어나지 않은 사건에 대한 예상이거나,
아니면 볼 수도 없고 만질 수도 없는 어떤 것에 대한 믿음이다.
두려움을 가진 사람은 거의 정신 나간 사람처럼 살아가고,
믿음을 가진 사람은 영원한 보상을 얻으며 살아간다.

상이 끔찍한 곳이라고 결론 내린 뒤 삶을 포기했을 수도 있다. 하느님이 자신에게 무서운 손길을 내밀었다고 생각했을 수도 있다. 그러나 에릭은 자신의 장애를 끌어안고, 모든 사람이 불가능하다고 여긴 일을 해냈다. 그는 보이지 않는 시각장애를 강력한 도구로 변화시켰고, 이를 이용하여 자신이 꿈꾸던 삶을 살았다.

에릭은 운동을 좋아했다. 그러나 앞을 보지 못하는 사람이 어떤 운동을 할 수 있겠는가? 처음 시작한 운동은 레슬링이었는데, 그는 고등학교 팀의 스타 레슬러가 되기도 했다. 16세가 되고 나서는 등반에 열정을 갖고 있는 걸 알게 되었다. 그는 활동적인 스키어이자 마라토너, 스카이다이버, 스쿠버다이버이기도 했다. 에릭은 모험을 좋아했으며, 앞을 보지 못하는 사람이 할 수 있으리라고는 누구도 생각하지 못한 그 이상의 것도 나서서 했다.

에릭은 일찌감치 결심을 하고 자신의 장애를 이용하여 모험과 성장으로 가득한 폭넓은 삶을 살고자 했다. 그는 시각장애 때문에 생긴 움츠림과 두려움과 한계를 모두 넘어서겠다고 다짐했다. 스스로 도전에 나서고 한없이 뻗어나가면서 장애의 어두운 문 너머까지 나아갔다.

에릭이 처음부터 세계적인 등반가였을까? 그렇지 않다. 시각장애를 가진 소년으로 살던 시절, 그의 가슴에는 분노가 가득했다. 지팡이를 들지 않겠다고 싸우고, 점자를 배우지 않겠다고 싸우고, 자신에게 시각장애인이라는 꼬리표를 붙이는 모든 것과 싸웠다. 에릭은 이렇게 회상했다. "앞을 보지 못하는 아이로 알려지고 싶지 않았어요. 뭔가 멋진 존재, 멋있는 일을 하는 존재로 알려지고 싶었어요."

한동안 학과 공부 면에서나 정서적으로 어려움을 겪기도 했다. 점자를 배우지 않았기 때문에 고등학교 1학년 때 수학에서 낙제를 하기도 했다. 그러나 곧 활기를 되찾았다.

등반을 향한 에릭의 열정은 두려움이나 장애를 넘어설 만큼 대단했다. 자연을 피부로 느끼고, 바위마다 각기 다른 질감을 손으로 만져보며, 계곡 사이로 불어오는 바람을 온몸으로 맞고, 갖가지 소리에 귀 기울이다 보면 온몸이 감각으로 가득 차는 기분이었다. 에릭은 이런 느낌이 너무 좋았다. 에릭에게도 두려움은 늘 있었다. 우리에게도 역시 두려움이 생길 것이다. 그러나 에릭은 자신의 두려움을 건설적인 방향으로 이용하기로 했다.

에릭은 에베레스트 산을 등반한 몇 안 되는 사람 중 한 명이

두려움이라는 형편없는 조각칼로 미래를 만들 수는 없다.

자 최초의 시각장애인으로서『타임』지 표지모델이 되었다. 에베레스트 산을 등반하기로 목표를 세운 에릭은 정상 정복을 시도한 90퍼센트의 등반가가 성공하지 못했으며, 살아서 돌아오지 못한 사람도 많다는 것을 알았다.

에베레스트 정복을 시도한 사람 중 10퍼센트가 넘는 사람이 죽었다는 사실을 알고 있는가? 죽을 확률이 10퍼센트라는 것을 알고도 차에 탈 마음이 생길까? 그러나 여기 한 시각장애인은 세상에서 가장 높은 높이 8,848미터에 달하는 봉우리에 올랐다. 그곳은 기온이 영하 30도까지 내려가고, 시속 161킬로미터나 되는 바람이 휘몰아치는 곳이다. 지형은 이루 말할 수 없을 정도로 험하고, 항상 바람이 불고 변하고 뭔가가 떨어지고 움직이며, 날카로운 얼음과 깊은 협곡과 위험한 균열이 도사리고, 정상까지 가기 위해서는 이를 반드시 건너야 했다. 말 그대로 한 발짝만 잘못 디뎌도 곧 죽음으로 이어지는 그런 곳이었다.

에릭 웨이언메이어처럼 우리도 두려움을 그저 통과해야 할 문이라고 여기면 어떻게 될까? 에릭은 일곱 대륙마다 가장 높은 봉우리에 올랐다. 그 역시 때때로 겁나고, 온몸이 뻣뻣하게 굳는 두려움을 겪어야 했다. "암벽 등반을 하면서 삶이란 어둠 속을 헤치고 나아가는 것임을 알게 되었어요. 저 앞에 무엇이 있는지 알지 못하기 때문에 무섭지요."

에릭은 비록 시간도 많지 않고, 행여 잡을 만한 곳을 찾지 못할 경우 떨어질지도 모르지만, 손을 뻗어 붙잡아야 할 것이 저쪽에 있다는 걸 믿었다. 너무 오래 매달려 있으면 손가락에 힘이 빠지겠지만, 곧 자신이 원하는 것을 찾을 수 있다고 희망하고 기도하고 믿었다. 확실한 보장이 없다고 여겼지만, 두려움에 떨며 아무것도 하지 못하는 그런 사람이 되기는 싫었다.

"정상은 산 위에 있지 않습니다. 정상은 하나의 상징입니다. 우리의 마음과 몸과 영혼을 다해, 그리고 이 작은 두 손이 가진 모든 힘을 다해 우리 삶을 기적적인 것으로 바꿀 수 있다고 깨우쳐줍니다. 주변 사람과 손을 맞잡을 때 우리 삶을 바꾸는 것보다 더 큰일을 할 수 있습니다. 이 지구상의 모든 걸 바꿀 수 있습니다."

두려움을 부수고 나아가자

우리는 어떤 두려움 때문에 원하는 것을 이루지 못하고 열정을 품은 일에 뛰어들지 못하는가? 삶에서 느끼는 가장 큰 두려움 세 가지를 적는다. 이 두려움은 인간관계, 재정, 경력, 가정, 영적 정서적 신체적 상태에 영향을 미친다.

이 두려움이 여러 가지 삶의 영역에서 어떤 모습으로 나타나는지 두세 가지로 정리해서 적는다.

이러한 두려움이 행동에까지 나타나지 않도록 한다면 어떻게 될까?

우리는 어떻게 행동을 하게 될까? 다음번에 두려움이 다시 나타날 때, 이를 이겨내고 대신 다른 감정으로 대체하기 위해 무엇을 할 수 있을지 한 가지 적어보자.

우리가 품는 두려움은 실재하는가, 아니면 상상 속의 일인가? 위험과 불확실성을 어느 정도까지 처리할 수 있는가에 따라 삶의 성취와 보상 수준이 달라진다. 힘들지 않고, 위험성도 없으며 아무런 불편도 감수하지 않는 그런 일 중에서 과연 할 만한 가치가 있는 일이 있을까?

다이어리에 적힌 두려움을 하나씩 살펴보면서 발목을 잡는 두려움을 어떻게 하면 줄일 수 있을지, 각 영역에서 우리가 실천할 만한 행동을 두 가지 찾아본다. 에릭이 에베레스트 산 정복 정도 되는 일을 해냈다면, 우리는 한곳에 힘을 모아 용감하고 단호하며 계획적인 행동을 통해 몇 가지 두려움 정도는 처리할 수 있지 않을까?

이러한 행동을 하지 않을 경우, 어떤 대가를 치를까? 보다 구체적으로 앞으로 24시간 안에 언제쯤 이런 행동을 실행에 옮길 것인가?

비를 내리는 사람

오스트레일리아에는 비를 내린다는 아보리진 이야기가 전해져온다. 아보리진은 언제든지 비를 내리게 할 수 있다. 현재 아보리진은 기우 춤으로 유명하지만 부족별로 조금씩 차이가 있다. 그중 보다 탁월한 솜씨를 보이는 부족이 있으며, 이들은 언제든지 비를 내리게 할 수 있다고 한다. 가뭄으로 어려움에 처한 백인 마을 사람들이 이들 부족을 불러 기우 춤을 추게 했다. 그러던 어느 날, 백인 마을의 지도자가 이 유명한 부족의 족장을 찾아가서 이렇게 말했다. "당신들이 춤을 추기만 하면 비가 오는 이유가 무엇입니까?"

족장은 대답했다.

"사실은 간단합니다. 우리는 비가 올 때까지 춤을 춥니다."

참고 버티면서, 딴 길로 새지 않고 성공할 때까지 기다리는 것이야말로 최선의 전략이다. 우리가 선택한 어떤 일에서든 실패하지 않는 법을 아는가? 오직 우리가 그만둘 때에만 실패한다. 실패와 성공 모두 우리 손 안에 있다.

이런 말을 하는 사람도 있다. "넌 절대로 해내지 못할 거야. 그런 일은 결코 있을 수 없어. 왜 쓸데없이 시간을 낭비해?"

운동선수는 훈련의 고통을 즐기는 게 아니다.
운동선수는 훈련 뒤에 얻는 결과를 즐긴다.

언젠가 그날이 오면 누군가는 틀리고 누군가는 옳았다는 게 밝혀질 것이다. 절대로 할 수 없다는 그런 말 따위는 한 귀로 듣고 한 귀로 흘려버려라. 모든 건 우리에게 달렸다. 우리가 그만두기 전까지는 절대로 실패하지 않는다. "나는 어떠한 경우에도 끝까지 해낼 것이다."

- -

목표를 이루기 위한 나만의 공간을 갖자

끈기 있는 결단을 실행하기 위해서는 보다 효율적으로 목표를 이루기 위한 방법을 알아야 한다. 예를 들어, 부부가 오래전부터 함께 기다려온 휴가처럼 특별한 계획을 마련해야 하는 일이 있다. 이 계획을 세워야겠다는 생각을 자주 하지만 그때마다 꼭 일이 생긴다. 전화가 걸려오고, 이메일이 도착하고, 휴대 전화가 울리고, 아이가 수학 숙제를 도와달라며 앓는 소리를 하고, 저녁 식사가 식탁에서 기다리고 있다. 그러고 나면 지쳐서 자야 한다.

삶에는 늘 일이 생긴다. 해야 할 일과 진행 중인 일이 끝없이 밀려오는 가운데 삶은 어느새 휩쓸려 떠내려간다. 때로는 잠시 문을 잠그고, 컴퓨터를 끄고, 휴대 전화도 끄고 우리에게 정말 중요한 일에 매달리는 시간이 필요하다.

앞서 실전 훈련에서 확인했던 목표 중 한 가지를 정해 이 목표에 매달릴 시간 계획을 짜보라. 중요한 업무 회의 시간처럼 이 시간은 절대

타협할 수 없는 신성한 시간이라고 여겨야 한다.

우여곡절이 많았던 『폰더 씨의 위대한 하루』

　시인 헨리 워즈워스 롱펠로는 이런 말을 했다. "성공의 가장 큰 요소는 끈질긴 인내다. 오랫동안 큰 소리로 문을 두드리면 반드시 누군가를 깨울 수 있다."

　끈질긴 인내와 관련하여 내가 해줄 만한 좋은 얘기가 있다면, 아마도 『폰더 씨의 위대한 하루』를 빼놓을 수 없을 것이다. 이 책은 「굿모닝 아메리카」 북클럽 선정도서이며 「뉴욕 타임스」 베스트셀러 목록에도 올라 있기 때문에, 많은 사람들은 이 책이 출판업계에서 곧바로 인정받고 출판 과정도 매우 수월했을 거라고 생각한다. 그러나 이는 사실과 너무도 거리가 멀다.

　『폰더 씨의 위대한 하루』 초고를 완성한 뒤, 나는 이 작품이야말로 내가 만든 최고의 작품이 될 거라고 확신했다. 그러나 다른 어느 누구 하나 그런 확신을 보여준 사람이 없었고, 이 책을 출판하겠다는 사람 하나 확보하지 못했다. 그렇게 3년이 흘렀고, 저작권 대행 회사를 세 군데나 거쳤으며, 큰 출판사에서 51번이나 거절을 당했다.

조금 더 놀라운 얘기를 해보겠다. 내가 방 안에 틀어박혀 원고를 얼마나 여러 번 읽었는지 안다면 아마도 기절할 것이다. 나는 특히 "어떠한 경우에도 끝까지 해낼 것"이라는 부분을 계속해서 읽었다. 일곱 번째, '끈기 있는 결단' 덕분에 나는 내가 실패할 수 없다는 걸 깨달았다. 내가 계속 밀고 나가기만 하면 이 책은 출판될 거라고 생각했다.

이 책을 읽은 친구들은 "이 책 덕분에 내 삶이 바뀌었어"라고 말하곤 했다. 그러고 나서 출판사 사람에게 이 원고를 건네면 그들은 이 글을 읽고 나서 "우리 회사에서는 낼 수 없습니다"라고 거절했다.

몇 달이 지나고, 다시 몇 해가 지나도록 나는 이 책을 출판하지 못했다. 나로서는 알 수 없는 뒷사정이 있었다. 이런 일이 벌어지는 데는 그럴 만한 이유가 있다고 생각했다. 지금은 그 이유를 알지만, 그 당시에는 정말 커다란 좌절감을 느꼈다.

나는 계속 작업을 하고, 계속 기다리면서 간간이 그만둘까 하는 유혹을 느끼기도 했지만, 계속 밀고 나가야 한다고 생각했다. 예전에 원고를 거절했던 한 회사가 마침내 『폰더 씨의 위대한 하루』를 출판하기로 했다. 길이 없는 곳에서 길을 찾을 거라는 끈기 있는 결단의 내용이 신용을 지켰다.

내가 어떻게 했기에 이런 일이 가능했을까? 나는 출판사 직원보다 더 힘 있는 사람을 공략 대상으로 삼았다. 바로 출판사 직원의 아내다. 어느 날 밤 나는 저녁파티에 나갔고, 출판사 직원과 그의 아내가 내 건너편 자리에 앉게 된다는 걸 확인했다. 파티가 진행되면서 어느 시점이 되면 누군가 내게 "어떻게 지내냐?"며 물어올 것이다.

내 예상대로 누군가 내게 어떻게 지내냐며 물었다.

"원고 작업 중입니다."

나는 이렇게 대답한 뒤 책 내용을 대강 설명했다.

"와우, 한번 읽어보고 싶어요."

출판사 직원의 아내가 대답했다.

"그러세요? 마침 차에 원고가 있어요. 그 원고를 드릴 테니 저분한테는 보여주지 마세요."

나는 그녀의 남편인 출판사 직원을 가리켰다.

우리는 서로 쳐다보며 웃었다. 내 책이 마침내 빛을 보기 시작하는 첫 장면이었다. 나중에 알게 된 사실이지만, 그녀와 남편은 그날 밤새도록 내 원고를 읽었다고 한다. 남편이 밤새워 원고를 읽게 된 것은 아내가 밤새워 원고를 읽는 동안 계속 "여보, 이 부분 좀 한번 들어봐요"라고 하면서 옆구리를 찔러댔기 때문이다.

일주일 뒤 우리는 계약서를 작성했다. 어떠한 경우에도 끝까지 해낼 때 기적은 일어난다. 정말 놀랍지 않은가.

모든 출판사에서 이 원고를 거절했지만 나는 결국 해냈고, 이 출판사 직원은 필요한 자리에 마침 있었다. 시기도 잘 맞았다. 다이앤 소여가 전국 방송인 「굿모닝 아메리카」에 나와 『폰더 씨의 위대한 하루』를 손에 들고 "이 책은 지금 미국인에게 꼭 필요한 책입니다"고 말할 때, 한 가지 생각이 내 머릿속을 스쳤다. 내가 이 책을 썼던 무렵 미국에는 9·11 사건도 일어나지 않았고, 그로 인해 혼란스럽고 불확실한 분위기도 아니었기 때문에, 지금 소여가 말하는 그런 필요성이 대두되지 않았다. 그동안 이 책이 출판되지 못한 것을 거절이라고 여기든 혹은 시기가 늦춰진 거라고 여기든, 이 기간은 적절한 때를 맞이하기 위한 신성한 조율 과정이었다.

언젠가 강연을 마치고 사람들과 이야기하던 중이었다. 한 여자가 다가와, 자기가 쓴 원고 얘기를 하면서 1년 동안 20군데가 넘는 출판사에서 거절당했다고 털어놓았다. 나는 이렇게 말했다. "한 가지 말씀드릴 게 있어요. 『폰더 씨의 위대한 하루』가 3년 동안 51군데 출판사에서 거절당했다는 사실을 안다면 혹시 기운이 좀 나지 않을까요?"

"네, 그러네요. 기분 나빠하지는 마세요. 하지만 선생님이 저보다 더 많이 거절당했다는 것을 알고 나니 정말 기분이 좋아졌어요."

"좋네요. 내가 그 숱한 거절 속에서도 끝까지 해냈던 또 한 가지 이유가 생겼어요. 당신의 기운을 북돋아주려고 그랬나봐요.

물론 내가 선택한 건 아니지요. 백만 년이 흘러도 그런 일은 일어날 수 없어요. 하지만 나는 이 과정을 겪으면서 끈기 있는 인내를 입증하며 버텨냈고, 결국 이렇게 당신에게 용기를 주는 이야기를 들려주게 된 거죠."

끈기 있는 사람들

토머스 제퍼슨은 이런 말을 했다. "실무 경험이 부족하다고 두려워하지 마라. 소명을 받을 만한 자격을 갖춘 사람이라면 맡은 바 일을 능히 해낼 것이다."

그렇다면 대체 우리에게 성공이란 무엇인가? 새로 구입한 집? 아이? 특정 직업? 연봉 인상? 성공은 어쩌다 보니 우연히 얻게 되는 그런 게 아니다. 이는 나도 독자도 분명히 인정하는 사

계속 회피한다면 위대한 존재가 될 수 없다.
회피하면 힘을 기를 수 없고 삶의 교훈을 얻지 못하기 때문이다.
의미 있는 뭔가를 얻기 위해 길을 가다보면
거대한 것이 우리 앞을 수없이 가로막을 것이다.

실이다. 우리가 무엇을 원하는지, 이를 얻기 위해 무엇을 내놓을 것인지 확실하게 알아야 한다. 두 가지가 필요하다. 하나는 결단이고, 다른 하나는 성공을 이룰 때까지 일관된 행동을 하고 끝까지 놓지 않는 것이다.

끝까지 놓지 않는다는 건 무엇을 의미하는가? 목표를 바라보면서 계속 행동을 취하는 것이다. 다짐하고, 계획하고 효과적인 행동을 취하는 것이다. 하느님이 우리에게 베풀기만을 기다린다면 그 어느 것도 얻을 수 없다. 하느님은 새에게 먹을 것을 주지만 둥지 안까지 먹이를 던져주지 않는다. 끝까지 놓지 않는다는 건 철저한 행동을 통해 원하는 결과를 반드시 얻겠다고 결연한 의지로 다짐하는 것이다. 많은 사람들이 끝까지 놓지 않겠다는 다짐도 없이 목표나 지향점을 정하는 잘못을 저지르고 있다. 한두 차례 행동을 취한다고 우리가 마음먹은 성공을 손에 넣을 수는 없다. 수차례에 걸쳐 일관된 행동을 취할 때 우리가 원하는 그곳에 갈 수 있다.

무수한 성공담 속에는 대개 끈기 있는 인내가 있다. 성공하지 못한 사람은 도중에 두 손을 들고 놔버리거나 그만둔다. 성공하는 사람은 어떠한 경우에도 끝까지 해낸다. 우리는 성공담을 들을 때 자신을 그 상황에 대입하면서 '나라면 이때 어떻게 했을까?'라고 생각해보게 된다. 때로 우리의 상처를 건드리는 마음 아픈 내용이라도 나오면 '내가 버텨낼 수 있었으면 좋겠어'라고 생각한다.

피자 얘기를 해보자. 새로운 형태의 피자 가게를 여는 게 꿈이고, 이 피자 가게에서는 보증 배달 서비스를 실시하며 배달 주문만 받는다면 어떻게 될까?

이 피자 가게는 매우 색다른 형태이기 때문에 처음에는 고전한다. 그러나 조금씩 알려지기 시작할 때쯤 화재가 일어나 피자 가게가 모두 불타버린다. 당신이라면 성공이 눈앞까지 왔다고 여기면서 이 꿈을 버리지 않고 다시 시작할 것인가? 사람들은 집까지 음식이 배달된다는 걸 아직 받아들이지 못한 상태지만 당신은 이들이 곧 받아들일 거라고 확신한다. 이런 경우에도 절대 포기하지 않고 끝까지 해낼 것인가?

톰 모나한은 끝까지 해냈다. 그는 피자 가게를 다시 열었다. 그 후 또 다른 점포를 하나씩 하나씩 세웠고, 마침내 그의 도미노 피자는 말 그대로 전 세계로 퍼져나갔다.

코미디언이 되겠다는 꿈을 가졌지만 첫 직장에서 해고되었다면 어떻게 할 것인가? 그 후 두 번째 직장에서도, 세 번째 직장에서도 사람들은 당신이 별로 웃기지 않는다고 하면서 여기에 한마디를 덧붙인다. "게다가 여자잖아요. 여자 코미디언은 없어요."

그래도 버틸 것인가, 아니면 모든 사람이 강력하게 주장하는 대로 그만둘 것인가? 조앤 리버스는 버텼다.

이번에는 미식축구 쿼터백이 되었다고 하자. 고등학교 시절 모든 사람이 당신은 쿼터백으로 뛸 수 없을 거라고 말하면서, 왼손잡이라서 손에서 공이 떠나는 순간 역회전에 걸려 당신이 던진 공을 잡기 어렵다고 한다면 어떻게 할 것인가? 고등학교 미식축구팀에서 계속 쿼터백으로 남아 자신의 꿈을 끝까지 밀고 나갈 것인가? 또한 대학에 들어갈 때도 그와 똑같은 얘기를 듣고, NFL 드래프트 때도 그 얘기를 듣는다면 어떻게 할 것인가? 당신이라면 끝까지 버텨내어 오클랜드 레이더스의 켄 스태블러처럼 슈퍼볼 챔피언에 오르고 네 차례나 최고 선수에 뽑히며 마침내 NFL의 MVP까지 거머쥐겠는가?

그렇다면 목소리가 비음인 데다, 별로 기분 좋은 소리도 아니라는 얘기를 듣는 가수라면 어떻게 할 것인가? 게다가 주요 음반 회사가 모두 당신에게 퇴짜를 놓았다. 그것도 한 번이 아니라 두 번씩이나 거절한다면 어떻게 할 것인가? 당신이라면 랜디 트래비스처럼 세 번째에 또다시 다른 노래를 들고 얼굴에는 웃음을 머금은 채 회사 문을 두드릴 수 있겠는가?

사람들이 오랫동안 먹어왔던 팝콘을 다른 형태로 바꾸는 아이디어가 당신에게 있다면 어떻게 할 것인가? 낱알마다 수분 함량이 정확하게 13.5퍼센트로 유지되어 모든 낱알이 다 튀겨지는 옥수수를 얻기 위해 40년이라는 기간 동안 이종교배를 계속하면서 잡종 옥수수 3천 종류를 얻어낼 수 있겠는가? 오빌 레덴바

허는 그렇게 했다.

이 모든 사람들이 내게 보내온 편지 속에는 그들이 거절을 어떻게 견뎌냈는지, 최후의 승리를 얻기 위해 얼마나 끈기 있게 인내했는지 상세하게 쓰여 있었다. 이들이 보낸 편지 외에도 내게는 수백 통이나 되는 편지가 있다. 상황이 좋지 않을 때나 회의적인 목소리가 우리의 꿈을 짓누를 때 그만두고 싶은 유혹을 이기고 '어떠한 경우에도 끝까지 해내라'고 응원하는 특별한 이야기가 수도 없이 많이 담겨 있다.

목표를 향해 나아가는 전략 세우기

목표를 향해 나아갈 수 있도록 우리의 힘을 기르면 보다 효율적으로 끈기 있는 결단을 지킬 수 있다. 결과를 얻을 수 있는 튼튼한 전략을 세우면 목표 달성을 앞당길 수 있다.

1. 정말로 이루고 싶은 목표는 무엇인가? 우리의 능력을 벗어나긴 하지만 그래도 한때 꿈꾸었던 특별한 일을 골라보라. 정말로 원하는 게 무엇인지, 왜 원하는지 신중하게 생각한다.
2. 마음속에 목표를 새긴 다음, 이를 이루기 위한 방법을 생각나는 대로 떠올린다. 목표를 달성하는 데 도움이 될 만한 행동이라면 아무리 사소한 것이라도 모두 적는다.

꿈꾸던 삶에 한 발짝 가까이 다가갈 수 있도록 앞으로 24시간 이내에 적어도 한 가지 행동을 실행에 옮겨라. 목표 달성에 한 발짝 가까이 다가갈 수 있도록 매일, 또는 매주 계획표를 짜라.

위기의 세계를 내 품속으로

성공하기까지 어떤 어려움을 겪었는지에 관한 내용이 담긴 성공담은 누구나 좋아한다. 그러나 자기 삶이라면 얘기는 달라진다. 마음속에 조금씩 회의가 싹트기 시작하고, 삶이 생각했던 것보다 더 힘겹게 느껴진다.

어쩌면 지금 이 순간 삶에서 가장 힘든 시기를 보내고 있을지도 모른다. 아니면 주변에 그런 사람을 알고 있을지도 모른다. 그러나 혼자만 힘든 건 아니다. 우리 모두 위기에 처해 있거나,

---

위대한 사람을 만드는 것은 언제나 고난과 고통이었다.
가장 단단한 철은 가장 뜨거운 불로 만들고,
밤이 가장 어두울 때 별이 더 빛나는 법이다.

위기를 벗어나는 중이거나, 아니면 위기를 향해 나아가는 중이다. 위기는 이 지구상에서 살아가는 삶의 일부다.

우리가 아직 숨 쉬는 한 이 지구에 온 목적을 다 이룬 게 아니다. 우리가 아직 함께 지내는 이유가 있고, 더 즐길 재미가 남았으며, 더 누려야 할 성공이 남았고, 우리가 격려해야 할 사람이 있으며, 가르쳐야 할 아이가 있고, 함께 나눠야 할 웃음이 있다. 아직 우리 일은 끝난 게 아니다. 이제 겨우 하프타임이다. 숨을 들이마시고 자리에서 일어나 다시 나갈 준비를 하자.

회피하고 싶은 마음을 조심하라. 오락거리가 여기저기 널려 있다. 영화, 텔레비전, 음악, 인터넷 상의 또 다른 세계, 온갖 재미있는 게 우리 곁에 있다. 회피하면 힘을 기를 수 없고, 삶의 교훈을 얻지 못한다. 회피하면 우리의 관심은 위대한 삶에서 멀어져 엉뚱한 곳으로 향한다. 위대한 삶이야말로 우리가 나아가야 할 지향점이다.

넬슨 만델라는 자신을 가리켜 특별한 상황 때문에 지도자가 된 그저 평범한 보통 사람이라고 말했다. 그는 10대 시절에 중매 결혼을 피하기 위해 후견인으로부터 도망쳐, 요하네스버그에 위치한 한 법률 사무소에 견습생으로 들어갔다.

만델라는 아파르트헤이트의 온갖 비인간적 처사를 수년 동안 매일매일 지켜보았다. 흑인으로 산다는 건 인간이 아닌 존재로 전락하는 것을 의미했다. 이를 지켜보던 만델라의 가슴속에는 세상을 변화시키고 싶은 터무니없는 용기가 불붙기 시작했다. 만델라는 고향으로 돌아가 편안한 전원생활을 누릴 수도 있었고, 변호사로서 그런대로 성공한 삶을 누릴 수도 있었다. 그러나 이 모든 걸 접고 희생과 고통으로 가득한 삶을 살기로 했다. 이는 다른 사람을 바꾸고 그들의 삶을 바꾸기 위한 선택이었다.

만델라는 인종분리 및 탄압국가를 열린 민주국가로 바꾸는 혁명에서 두려워하지 않는 모습을 보여주었다. 그러나 용서와 인내, 끈기로 가득한 그의 진정한 가치는 감옥에서 석방된 뒤 본격적으로 진가를 드러냈다. 만델라는 국민당의 아파르트헤이트 정책에 반대하여 아프리카 민족회의에 참여하고 비폭력 파업을 주동한 혐의로 27년간 복역했다.

위대한 사람을 만드는 것은 언제나 고난과 고통이었다. 가장 단단한 철은 가장 뜨거운 불로 만드는 법이다.

이 순간 삶의 어느 지점까지 왔든 우리는 겨우 반을 지났을 뿐이다. 전반전에서는 저들의 점수가 나보다 앞서갔다. 나는 몇 가지 실수도 했지만, 여기서 깨친 교훈을 가지고 이제 다시 필드로 나가 점수를 올리려고 한다. 인생에서 하프타임의 중간 점수만큼 하찮은 것도 없다. 인생의 비극은 그 게임에서 지는 게 아니라, 거의 이길 뻔한 게임을 놓치는 데 있다.

지금까지 이 책에서 소개한 사람들, 풀러, 보브 호프, 조지 워싱턴, 조슈아 체임벌린, 잔 다르크, 노먼 빈센트 필, 에이미 그랜트, 노먼 슈워츠코프를 다시 생각해보자. 우리 모두 문제를 겪거나 '앞으로' 겪게 되듯이 이들 역시 우리와 마찬가지로 문제를 겪었다. 문제란 기회로 통하는 '깜깜한 문'과 같다.

우리가 겪는 문제는 우리의 영역을 넓힐 수 있는 기회다. 브루스 윌킨슨 박사는 자신이 쓴 『야베스의 기도(The Prayer of Jabez)』에서 작은 기도의 힘을 설명하면서, 우리가 자기만의 영역을 확대하고 넓혀갈 수 있도록 추구하고 애써야 한다고 주장했다. 어떻게 자기 영역을 넓혀나갈 것인가?

어떠한 경우에도 끝까지 해내라. 지금 이 순간부터 우리 미래가 확실하다는 걸 믿을 것이다. 두려움은 우리의 삶에 설 자리가 없다. 이제 믿음을 가져야 할 때다. 미래를 믿으라. 미래가 어떤 모습으로 나타나는지 지켜보라.

위기를 기회로 바꾸자

위기란 삶의 일부다. 지금 우리 앞에 놓인 가장 커다란 위기 세 가지는 무엇인가? 이를 다이어리에 적고 다음 물음에 답하라.

- 위기가 이렇게 커진 이유는 무엇인가? 또는 우리가 이를 커다란 위기로 여기는 이유는 무엇인가?
- 이 위기와 관련하여 위대한 점이 있다면 무엇일까? 세 가지 위기

가 위대한 것이 될 수 있는 이유를 각각 다섯 가지씩 적어보라. 엄청난 신용카드 빚이 문제라면 이 역시 좋은 기회로 삼을 수 있다. 카드 빚을 모두 갚기 위한 뚜렷하고 구체적인 목표를 설정할 수 있다.

- 지금 바로 이 위기에 대처하기 위한 몇 가지 방안을 적는다.
- 이 위기를 해결하기 위한 창의적인 해결책 세 가지를 적는다.

지금 바로 실행할 수 있는 문제와 해결책을 골라 행동에 옮긴다. 어려운 시기에 우리에게 부족한 건 돈도, 시간도, 멘토도, 리더도 아니고, 오로지 아이디어뿐이다.

중단 없는 끈기로 아이디어를 밀고 나가자

첫 번째 책(『폰더 씨의 위대한 하루』는 아니었다)을 계획하던 무렵, 나는 '갑작스런 성공'을 이룬 사람이 자기 삶에서 심하게 거절당한 일을 회상하는 이야기를 모아 하나의 책으로 엮어보기로 했다. 나는 이렇게 물었다. "성공하기까지 가장 힘들었던 시기는 언제입니까? 혹은 가장 심하게 거절당한 일은 무엇입니까?"

윗부분에 발신인 이름이 적힌 편지지에 본인이 직접 작성한 글이 담기고, 맨 끝에는 자필 서명이 들어 있는 그런 편지를 받고 싶었다. 정말 멋진 아이디어였다. 하지만 아무도 제대로 답해 주지 않았다. 나는 마침내 52통의 편지를 손에 넣기까지 400명에게 거절당해야 했다. 게다가 이건 아무것도 아니었다.

나는 저작권 대행 업무를 보던 유능한 에이전시 윌리엄 모리스를 찾아갔다. 세계에서 가장 큰 에이전시로 꼽히는 곳이었으며, 런던, 베를린, 뉴욕, 로스앤젤레스 등에 문학 부서를 두고 있었다. 나는 그들에게 내 아이디어를 들려 주고 편지 52통을 건넸다. 이들은 내 아이디어를 거절했다. 이들뿐만 아니라 다른 수많은 에이전트와 출판사에서도 거절했다.

내 주변의 많은 사람이 이 아이디어는 끝났다고 생각했지만 내게는 방안이 있었다. 내가 직접 이 책을 출판하는 것이었다. 나는 돈이 없었지만 책을 인쇄하기 위해 콘도를 담보로 대출을 받았다.

인쇄소에서 책 1만 권을 내 콘도로 배달했다. 몇 톤이나 되는

약한 자에게 상황은 자신을 억누르는 지배자이지만,
현명한 사람에게는 상황이 무기가 된다.

무게였다. 나는 코미디 프로에 출연하여 내 삶에서 가장 힘든 시절에 대해 이야기하기 시작했다. 다른 사람의 힘든 시절 이야기를 듣고 격려를 얻으면 자신이 겪는 '최악의 상황'도 그리 나쁘지 않은 것으로 느껴진다. 사람들은 내 코미디 쇼를 보고 이 책을 사기 시작했다. 나는 이 책을 10만 권이나 팔았다.

나는 이 책을 모두 팔고 난 뒤, 다시 출판사를 찾아가서 이 소식을 전했다. 출판사에서 이 책을 출판하고 싶어 할 거라고 생각했고 일이 쉽게 풀릴 거라고 판단했다. 그러나 그들은 이렇게 대답했다. "어우, 우리 생각이 틀렸군요. 정말 좋은 기회를 놓쳤네요. 하지만 이미 팔 만큼 다 파셨네요."

나는 다시 혼자 힘으로 20만 권을 판 뒤 예전과 같은 생각을 하면서 출판사를 찾았다. 그리고 그들 역시 같은 대답만 되풀이했다. "우리가 두 번씩이나 틀렸으니 어쩌라는 거죠? 우리가 기회를 놓친 건 사실이지만, 이 책 역시 이것으로 끝일 겁니다."

그 후 나 혼자 30만 권, 40만 권, 50만 권까지 팔았지만 그들을 만나러 가지 않았다. 마침내 60만 권을 팔았을 때, 나와 내 매니저는 생각했다. '그래, 이 정도면 됐어. 우리는 책 한 권 팔아주거나 식사 한 번 같이 한 배급업자도, 서점도, 출판사도 없었어. 아무 도움도 받지 못한 건 불행한 일이지만, 그래도 우리가 이 돈을 다 차지하지 않았는가.' 60만 권 곱하기 13달러였다. 직접 계산해보라. 내 짐작에는 이 정도면 성공적인 결말이다.

이 시대의 여행자, 조앤 리버스

조앤 리버스는 라스베이거스에서 활약하는 인기스타이다. 전국 순회공연을 떠나면 극장마다 매진을 기록하고 「조앤 리버스 쇼」라는 전국 방송 프로그램도 갖고 있다.

몇 년 전, 나는 조앤 리버스의 오프닝 역할을 맡아 함께 순회공연을 다닌 적이 있었다. 이 사실을 알게 된 사람은 한결같이 "그녀는 '실제로' 어때요?"라고 물었다.

조앤 리버스는 내가 개인적으로 함께 일해본 사람 중에서 가장 친절하고 마음이 넓은 사람이었다. 절대로 사인을 거절하는 법이 없으며, 시간이 없어서 서둘러야 할 때조차도 자기 앞에 서 있는 사람에게 꼭 한마디씩 건네곤 했다. 내게도 항상 시간을 내주었다. 격려의 말을 해주고 얼른 결혼하라고 채근하기도 했으며, 내 돈 걱정까지도 해주었다. "내 드레스룸에 샌드위치 있으니까 먹어요, 앤디", "호텔 햄버거 값이 얼만 줄 알아요?", "나랑 같이 리무진 타고 가요. 뭐 하러 따로 택시 값을 써요?"

나는 언제까지나 조앤에게 감사하는 마음을 잊지 않을 것이다. 그녀는 사람을 어떻게 대해야 하는지 멋진 모범을 보여주었다. 조앤이 보내온 다음의 편지 내용은 끈기 있는 결단의 좋은 사례가 될 것이다.

앤디에게

그동안 살아오면서 거절당한 얘기를 한 가지 해달라고 했지요? 겨우 하나요? 이 편지를 한 장에 끝낼 수만 있어도 정말 운이 좋다고 생각할 거예요. 나는 아주 오래전부터 쇼 분야에서 일하고 싶었어요. 그리고 내 기억에 아주 오래전부터 사람들은 내게 안된다고 말했지요. 1958년 12월 7일, 나는 보스턴에 있는 쇼룸 안으로 걸어 들어갔어요. 하룻밤에 쇼 공연을 두 차례 하고 주당 125달러를 받기로 했지요. 나는 벌써 건너편 여관에 방을 잡아놓은 상태였어요. 정말 더럽고 끔찍한 곳이지만 난 개의치 않았어요. 나는 처음에 이렇게 시작했어요.

그 이전에 뉴욕에서 많은 에이전트를 만났지만 모두 거절당했고, 그러다가 해리 브렌트를 만난 거예요. 그는 나와 함께 일하겠다고 나서주었고, 마침내 쇼룸에 페퍼 재뉴어리라는 이름으로 자리까지 잡아주었어요. '톡 쏘는 코미디!'인 셈이죠. 쇼는 정말 좋았어요. 적어도 나는 그렇게 생각했어요. 첫 공연이 끝난 뒤 관리인이 나를 따로 부르더니 "이봐, 페퍼. 해고야"라고 말하더군요.

나는 눈앞이 깜깜했어요. '해고라니!' 처음 얻은 직장에서 바로 해고된 거죠. 나는 지저분한 여관방으로 돌아가 그대로 쓰러졌어요. 주체할 수 없는 눈물이 흘렀고, 정말 끝도 없이 눈물이 나왔어요. 나는 더러운 욕실에 들어가 샤워기를 틀어놓은 채 서서 엉엉

소리 내어 울었어요. 양말도 벗지 않고 커튼도 열어놓은 상태였지요. 어쩌면 영화 「사이코」에 등장하는 살인자가 나를 찌르지 못하게 하려고 커튼을 열어놓은 건지도 모르지요. 내 안에서는 자꾸 뭔가가 올라왔어요. 그게 재능인지 아니면 단순히 망상인지 알지 못한 채로 나는 시커멓게 때가 낀 욕조 안에 서 있었어요. 하지만 나는 포기하지 않았어요.

얼마 안 있어 두 번째 자리를 얻었지만 다시 해고되었어요. 그러자 해리 브렌트도 날 떠났고, '페퍼 재뉴어리'란 이름까지도 가져갔어요. 그는 이렇게 말했어요. "여자 코미디언은 얼마든지 찾을 수 있어. 하지만 이런 이름은 좀처럼 찾기 힘들어."

나는 다시 원점으로 돌아갔어요. 할 수 있는 모든 시도를 다했고 모든 사람을 다 찾아갔지요. 하지만 아무 소득도 없었고 모든 사람이 '노'라고 거절했어요. 앤디, 이 정도로 간단히 줄일게요.

우리 어머니마저도 이런 말씀을 하셨어요. "재능이 없는 거야. 넌 지금 삶을 낭비하고 있는 거야."

이 업계에서 막강한 힘을 가진 한 에이전트가 이런 말을 했어요. "당신은 너무 나이가 많아. 성공할 거라면 지금쯤 벌써 성공했어야지." 또한 「투나잇 쇼」의 유능한 코디네이터는 "당신은 텔레비전에서 먹힐 것 같지 않아요"라고 했지요. 이런 의견이 내 마음속을 파고들었지만 나는 도저히 그만둘 수 없었어요.

나는 돈 한 푼 없었어요. 그랜드 센트럴 역 앞에 있는 공중전화

부스가 내 사무실이었지요. 아버지가 나를 벨뷰에 보내겠다고 협박하는 바람에 나는 작은 가방 하나를 들고 집을 나와 차에서 잠을 자며 지냈어요. 모든 게 힘들었지요. 그러나 이 시기는 장차 내 삶에서 여러 차례 의지가 되었던 내적 힘과 단호한 결단을 기르는 데에 도움이 되었어요.

이런 글을 쓰는 동안에도 사실 실패보다는 성공한 일이 더 잘 생각나요. 우리는 어려운 시절은 쉽게 잊는 경향이 있지요. 특히 아이들의 경우, 성공이란 그저 우연히 마주치는 '행운의 복권'인 줄 알아요. 그래서 나는 그때 내 나이가 서른하나였다는 걸 잊지 않으려고 해요. 31년 동안 '노'라는 말을 들었고, 31년이라는 긴 시간이 지난 후에야 사람들이 나를 받아주었다는 사실을 기억하려고 해요. 나는 매우 힘들고 암담했던 시절에도 내게 가장 소중한 재산은 절대로 포기하지 않는 근성이라는 걸 본능적으로 알고 있었어요. 끈질긴 인내는 재능만큼이나 매우 중요해요.

절대로 믿음을 버리지 마세요. 절대로 포기하지 마세요. 절대로 도중에 그만두지 마세요. 절대로 그러면 안 돼요.

조앤 리버스

일곱 가지 결단과 관련하여
최종적으로 생각해볼 것들

여기서는 마지막으로 몇 마디 덧붙이면서 지금까지 우리가 함께 배웠던 사항을 좀 더 보강할 것이다. 그러나 사실은 이제부터가 시작이다. 매일 일곱 가지 결단을 자기 것으로 삼아 열심히 지켜나가면 더 깊은 의미가 새록새록 나타날 것이다. 매일 일곱 가지 결단에 따라 살겠다고 선택하면 사랑과 행복과 부와 웃음으로 가득 찬 더 높은 차원의 새로운 세계가 우리를 기다릴 것이다.

나는 정말 중요한 사람일까?

두 달 전쯤 나는 한 호텔 방에서 셔츠를 다리면서 다른 방에서 들려오는 텔레비전 소리를 듣게 되었다. 뉴스 앵커는 '이 주의 인물'을 진행하고 있었다. 드디어 주인공을 발표하는 순간이었다. "그럼 이 주의 인물을 소개합니다. 노먼 볼로그 씨입니다."

나는 다리미를 내려놓고 얼른 텔레비전으로 달려갔다. 노먼 볼로그라니, 나는 정말 믿기지 않았다. 기자의 멘트가 계속 이어졌다. "이 주의 인물, 노먼 볼로그는 지구상에 살고 있는 20억 명의 생명을 구했습니다."

나는 정말 놀라서 정신을 차릴 수 없었다. 그 사람이 아직까지 살아 있는 줄은 몰랐다. 91세의 노먼 볼로그라니. 나는 그가 누구인지 알고 있다. 볼로그는 메마른 땅에서도 키울 수 있는 옥수수와 밀 품종을 개발했다. 그는 특별한 옥수수와 밀 재배법을 발견하여 아프리카, 유럽, 시베리아, 중남미 등지에서 많은 사람의 생명을 구한 공로로 노벨평화상을 받기도 했다.

볼로그는 이 지구상에 살고 있는 20억 명의 생명을 구한 공로를 인정받고 있었다. 그러나 기자가 잘못 알고 있는 게 있었다. 20억 명의 생명을 구한 사람은 노먼 볼로그가 아니라 헨리 월리스였다.

헨리 월리스는 프랭클린 루스벨트 대통령의 초임 시절, 부통령을 지냈다. 그러나 전직 농무장관이었던 월리스는 루스벨트 대통령 재임 기간 부통령직에서 물러났고, 대신 트루먼이 그 자리에 앉았다. 월리스가 부통령직을 수행하던 시절, 그는 부통령의 권한을 이용하여 멕시코에 농장을 지었다. 이 농장은 메마른 땅에서도 재배할 수 있는 옥수수와 밀의 품종을 개발하는 것이 유일한 목적이었다. 월리스는 노먼 볼로그라는 젊은 사람을 고용하여 이 농장의 운영을 맡겼다. 그리하여 볼로그는 노벨평화상을 받았고 이 주의 인물에도 선정되었지만, 20억 명의 생명을 구한 사람은 실제로 월리스가 아닐까?

아니면 조지 워싱턴 카버(1860∼1943. 미국의 식물학자, 화학자. 땅콩을 공업에 이용한 것으로 유명하다)인가? 카버는 땅콩과 고구마를 이용한 놀라운 발견을 하기 전, 아이오와 주립대학의 학생이었다. 이 대학에서 카버는 낙농학 교수 한 명을 알고 지냈는데, 이 교수는 자신의 여섯 살짜리 아들이 카버와 함께 토요일과 일요일 오후에 식물 조사를 다닐 수 있도록 허락해주었다. 카버는 이 꼬마에게 식물에 대한 사랑을 키워주는 한편, 인류를 위해 무엇을 할수 있는지 커다란 이상을 심어주었다. 조지 워싱턴 카버는 이 작은 꼬마에게 삶의 방향을 일러주었고, 이후 이 꼬마는 자라서 미부통령이 되었다.

생각해보면 정말 놀랍지 않은가? 조지 워싱턴 카버가 여섯 살짜리 꼬마에게 '나비의 날갯짓'을 했고, 이 날갯짓으로 20억 명의 생명을 구한 것이다. 그렇다면 카버가 이 주의 인물에 선정됐어야 하는 건가?

아니면 미주리 주 다이아몬드 출신의 농부 모지스가 이 주의 인물로 선정되어야 했을까? 모지스와 아내 수전은 노예 주에 살고 있었지만 노예제도를 신봉하지 않았다. 이 때문에 퀸트릴의 습격대에게 공격을 당했다. 이들은 당시 이 지역을 두려움에 떨게 하면서 파괴와 방화, 살인을 일삼던 정신 나간 무리였다. 퀸트릴 습격대는 모지스와 수전의 농장을 완전히 초토화하고 헛간에 불을 질렀다. 이 과정에서 몇몇 사람이 습격대에게 총을 맞기도 하고 납치되기도 했다. 이때 납치된 사람 중에 메리 워싱턴이라는 여자가 있었으며, 메리 워싱턴은 갓난아이를 데리고 있었다. 메리 워싱턴은 수전의 절친한 친구였으며, 수전은 이 일로 몹시 괴로워했다. 모지스는 이웃과 마을 주민을 통해 퀸트릴 쪽에 말을 전했고, 며칠 뒤 겨우 퀸트릴 습격대와 약속을 정했다.

모지스는 북쪽으로 몇 시간 동안 가서 캔자스 주의 한 교차로에서 퀸트릴 습격대 네 명과 만났다. 이들은 말을 타고 나타났으며, 횃불을 들고 얼굴에는 눈만 내놓은 채 밀가루 포대를 뒤집어썼다. 모지스는 하나뿐인 말을 내주고, 대신 그들이 주머니에 넣어 던져준 것을 받았다.

그들이 지축을 울리듯 시끄럽게 말을 달려 자리를 떠나자, 모지스는 무릎을 꿇고 자루에서 갓난아이를 꺼냈다. 아이의 몸은

차가웠고 목숨만 간신히 붙어 있었다. 모지스는 코트 안에 아이를 품고, 살을 에는 듯한 추위 속에 밤길을 걸어 집으로 돌아왔다. 모지스는 아이를 친자식처럼 키울 거라고 약속했다. 또한 아이에게 교육을 시켜주고, 이미 이 세상 사람이 아닐 거라고 생각되는 아이의 어머니를 추모해주기로 약속했다. 모지스는 아이에게 이름도 지어줄 생각이었다.

이렇게 해서 모지스 카버와 수전 카버는 조지 워싱턴이라는 작은 아이를 기르게 되었다. 그러므로 생각해보면 20억 명의 생명을 구한 사람은 바로 미주리 주 다이아몬드 출신의 농부였다. 그가 그렇게 하지 않았다면 이 모든 게 불가능했을 것이다.

어쩌면 이 이야기를 먼 옛날 태곳적까지 이어갈 수도 있을 것이다. 정말로 20억 명의 생명을 구한 사람이 누구인지 어느 누가 알겠는가? 특정 시점에서 어느 누가 한 행동 때문에 지구상의 흐름 전체가 바뀌고 20억의 생명을 구했는지 누가 알겠는가?

오늘 우리가 한 행동이 어느 누구의 미래를 바꿔놓을지 누가 알겠는가? 오늘 우리가 내린 선택에 따라 운명이 바뀌게 될 아직 태어나지 않은 많은 세대가 있다. 우리가 행하는 모든 것은 중요하며, 단지 우리 자신, 우리 가족, 우리가 태어난 곳만 중요한 게 아니기 때문에 그것은 우리 모두에게 앞으로도 영원히 중요하다.

나의 삶을 개척하자

우리는 일곱 가지 결단을 자기 것으로 익힘으로써 우리 마음 속이든 넓은 바깥 세계이든 새로운 영역의 개척자가 될 것이다. 개척자란 아무도 밟지 않고 어느 누구의 소유도 아닌 땅으로 들어가는 사람이다. 개척자는 이 땅을 탐험하고 여기에 정착하고 이를 팔기 위한 목적을 가지고 있다. 개척자는 자신의 운명과 미래 세대의 운명을 자기 손안에 거머쥔다. 이런 열의는 신나는 모험으로 이어지는 문을 활짝 연다. 이 모험 속에는 새로운 동맹 세력과 보물, 인류애와 관련된 발견으로 가득 차 있다.

사람들이 우리를 뒤따라올까? 지구상에 사는 많은 인류와 다른 우리는 무엇을 하게 될까? 다른 사람이 뒤따라오도록 길을 내면서 앞서가게 될까?

개척의 리더십에는 책임감이 요구된다. 우리는 일곱 가지 결단을 우리 것으로 끌어안으면서 다른 사람의 리더도 되고 하인도 된다. 다른 이들을 이끌어 이들이 꿈꾸는 삶을 살면서 성공을 이루도록 도와주고, 이 과정에서 우리가 추구하고 우리에게 어울리는 삶이 실현된다. 다른 사람의 삶에 어떻게 기여할 것인가? 사람들을 우리 주위로 모으기 위해 무엇을 할 것인가? 개척자가 가장 먼저 정복해야 하는 영역은 바로 자기 마음이다. '이런 일을 하기 위해 나는 어떤 사람이 되어야 하는가?' '누가 내

곁에서 함께 해주기를 원하는가?

개척자가 되자

우리의 목표와 꿈을 세우기 위해 다이어리에 다음 질문의 답을 적어보라.

- 내가 가고자 하는 곳은 어디인가?
- 나는 이런 일을 하기 위해 어떤 사람이 되어야 하는가?
- 내가 그곳까지 가기 위해 어떤 일을 해야 하는가?
- 누가 내 곁에서 함께 가주기를 원하는가?
- 지금 이 순간, 그리고 앞으로 길을 가는 동안 나는 어떤 장애물을 처리해야 할까?

멋진 삶으로 나아가는 길에는 장애물이 있다

멋진 삶을 향해 나아가는 동안 장애와 좌절과 함정을 극복하는 것은 필수 과정이다. 우리 앞에 어떤 시련이 기다리고 있는지 알아야 한다. 그렇지 않을 경우, 우리가 걸어가는 행로는 끊임없이 지연되고 허를 찔릴 것이다.

우리가 가장 먼저 만날 장애물은 우리 안에 있는 두려움과 의심이다. 그다음 우리를 기다리는 장애는 우리 밖에 있으며, 다른 사람들, 다른 사람의 비판, 다른 사람의 의심, 다른 사람의 야릇한 표정, 다른 사람이 흘겨보는 눈길 같은 것이다.

우리의 목표를 생각할 때 가장 큰 압박감으로 다가오는 물음은 무엇인가? '이 일을 실패하면 어쩌지?', '사람들이 나를 보고 웃으면 어쩌지?', '내게 성공하는 데 필요한 것이 없다면 어쩌지?'

우리의 꿈을 마주하고 서면 이와 같은 두려움이나 의혹이 우리의 앞을 가로막고 발목을 잡는다. 그런 두려움이나 의혹이 생기더라도 기분 나빠하지 마라. 이런 느낌이 드는 것을 깨닫고 이를 의식의 영역으로 가져오라.

이제 막 시작하려는 모든 것을 이미 다 이룬 것처럼 살아간다

보통 사람은 자신을 다른 사람과 비교한다.
그렇기 때문에 평범한 사람이 된다.
나는 내가 가진 가능성과 자신을 비교한다.
나는 평범한 사람이 아니다.
나는 지쳐 쓰러지면, 이를 승리가 머지않았다는 예고로 받아들인다.

면 좋지 않을까? 나중에 보려고 미식축구 경기를 녹화한 경험이 있는가? 아마 시즌 최고의 시합일 것이며, 너무나 보고 싶은 시합이었을 것이다. 이 시합의 결말을 다른 사람에게서 듣고 싶지 않은 마음에 사람들을 피할지도 모른다. 집으로 막 들어가는 길에 이웃 사람이 "잠깐만요, 우리가 마지막 쿼터에 가서 이긴 거 알아요? 정말 멋졌어요"라고 말한다면 어떨까?

이때 우리가 느낄 실망감을 무엇으로 표현할 수 있을까?

그러나 시즌 최고의 경기이기 때문에 어쨌든 테이프를 끝까지 보기는 하겠지만, 느낌은 전혀 같지 않다. 첫 번째 쿼터에서 팀이 뒤지더라도 애 타는 마음이 들지 않을 것이다. 세 번째, 네 번째 쿼터에 들어가도 텔레비전 앞에 앉아 "패스, 패스!", "공을 계속 붙들고 있으라고!" 고래고래 소리 지를 이유가 하나도 없다. 어차피 이길 거라는 걸 알기 때문에 걱정할 일이 없다. 시합이 어떻게 펼쳐질지 세세한 것까지는 모르지만, 이길 거라는 건 '이미 다 알고' 있다.

이미 이긴 것처럼 살아갈 수 있을까? 함정이 있을 거라는 걸 알고, 어려운 시기가 있을 거라는 것도 알지만 겁내거나 화내지 않을 것이다. 왜냐고? 이길 거라는 걸 알기 때문이다.

성공은 실패를 거쳐 우리에게 온다

무슨 일이든 성공을 거두려면 실패도 끌어안고 가야 한다. 앞서 보았듯이 성공한 삶에는 항상 실패가 있으며, 실제로 실패는 성공이 멀지 않았음을 알리는 전조의 역할을 하기도 한다. 실패를 '최종 선언'으로 받아들이면 우리 것이 될 수 있었던 멋진 미래를 스스로 빼앗는 결과가 된다.

3M 회사의 기술진으로 근무하던 스펜서 실버가 초강력 접착제를 만들 당시, 그에 대한 평판이 위기를 맞은 일이 있었다. 그때까지 스펜서는 수석 연구원으로서 3M에서 제작 판매한 수많은 성공 상품을 내놓은 바 있었다. 그러나 동료들에게 '접착계의 왕'이라고 불리던 스펜서가 이번에 내놓은 상품은 접착력이 떨어지고 부실하며 너무 쉽게 말랐다. 동료들의 웃음을 받으면서도 스펜서는 이번 실패에 두 가지 뚜렷한 특징이 있는 걸 놓치지 않았다. 계속 붙였다 떼었다 할 수 있었으며, 떼고 난 뒤에

오직 실패했을 때에만 현상 유지를 용인할 수 있다.
대개의 경우 우리는 앞으로 나아가거나 아니면 죽는다.

'어떤 재질의 접촉면'에도 자국을 남기지 않았다.

이 두 가지 특성을 알아낸 덕분에 스펜서는 꿋꿋이 (또한 기분 좋게) 직장 동료의 농담을 견뎌냈다. 나아가 그는 자신이 발견한 것을 직장 내 모든 사람에게 알려야겠다고 생각했다. 동료 중 교회 성가대 활동을 하는 아서 프라이라는 사람이 있었는데, 그는 자신이 노래해야 할 부분을 놓쳐 자주 핀잔을 듣곤 했다. 스펜서의 실패작에 대해 이야기를 들은 아서는 이 실패작을 이용하여, 쉽게 뗄 수 있고 자국을 남기지 않으며 계속 붙였다 뗐다 할 수 있는 접착제로 쓸 수 있겠다고 생각했다. 이렇게 탄생한 포스트잇 메모지는 전 세계적으로 대성공을 거두었다. 그러나 처음에는 분명 실패작이었다.

실패는 종종 우리가 예상치 못한 더 좋은 곳으로 우리를 이끌기도 한다. 실제로 실패를 발판으로 삼아 새로운 전망이나 아이디어를 얻는 일도 자주 있다. 그러므로 '패배의 쓰라림'에 제자리를 찾아주어야 한다. 이것이 있어야 할 자리는 영광스런 자리다. 실패는 학습 경험이며, 아이디어를 만드는 공장이고, 나 자신과 다른 사람에게 내가 강하고 상상력이 풍부하며 융통성이 있다는 것을 입증하는 기회라고 여기는 사람도 있다. 이런 사람에게 '승리의 짜릿한 전율'은 한 가지 보상이 더 추가되는 것일 뿐이다.

무한한 가능성의 영역

두려움이나 의심에 이끌려 갈 때에는 즐거운 마음으로 게임에 이길 수 없다. '실패하면 어떻게 될까?'라는 두려움의 물음 대신 이를 거꾸로 뒤집어 '성공하면 어떻게 될까?'라고 물어라.

'누구에게 연락할 수 있을까? 다른 사람의 판단에 굴하지 않고 나 자신을 사랑한다면 어떻게 될까? 이 결혼이 잘되면 어떻게 될까? 나는 어떤 사람이 되어야 하며 무엇을 해야 할까?'

사랑, 행복, 만족 등 삶의 진정한 보상은 우리의 내적 성장을 통해 얻는다. 우리는 전력을 다할 때 성장하고, 삶의 보상은 이러한 성장을 통해 얻어진다. 성장하는 삶은 우리에게 끝없는 성취를 안겨준다. 일곱 가지 결단을 자기 것으로 익히면 이러한 성장의 삶을 살 수 있고 무한한 가능성의 세계로 나아갈 수 있다.

시간이 조금만 흐르면 개성 있는 모든 사람이 이 개성에 의문을 품을 것이다.
영광과 용기를 한 몸에 지닌 모든 사람이 부당한 비판을 받게 될 것이다.
그러나 부당한 비판은 아무리 강한 것이라도 진실에 영향을 미치지 못한다.
비판을 피할 수 있는 유일한 길은
아무것도 하지 않고,
아무것도 아닌 존재가 되는 것이다.

우리는 자신이 이루고자 하는 목표를 얻을 만한 충분한 자격이 있다는 것을 스스로의 노력을 통해 입증해야 한다. 결론적으로 말해, 이 여행은 하느님이 이미 우리 내부 깊숙한 곳에 심어놓은 위대한 것이 겉으로 드러날 수 있도록 덮개를 걷어내는 것과 같다. 이 일에 노력이 필요할까? 당연히 필요하다. 모든 잠재적 가능성을 실현하기 위해 우리 안에 들어 있는 마지막 한 점의 노력과 에너지까지 모두 짜내야 한다.

　「스가랴」 13장 구절에서는 "내가 불 속에 집어넣어서 은을 단련하듯이 단련하고, 금을 시험하듯이 시험하겠다"라고 적혀 있다. 우리 안에 이미 금이 들어 있다. 우리는 두려움의 깜깜한 문을 통과하여 용감하게 걸어가면서, 이 금을 가리고 있는 덮개를 걷어내기만 하면 된다. 두려움 속으로 뚫고 들어가면 자유를 맛볼 것이다. 이런 사실을 '믿기는' 하지만, 직접 두려움을 대면하고 이 두려움이 만들어놓은 장애물을 제거하여 자신의 타고난 위대성을 깨닫기 전까지는 이를 '알지' 못한다.

　두려움 속으로 걸어가는 동안 매우 무섭고 섬뜩한 느낌이 든다. 두려움 속에는 우리가 '알지 못하는' 무수한 것이 들어 있기 때문이다. 두려움을 날려버릴 수 있는 확실한 방법이 있다면 어떻게 될까? 이 방법대로 했을 때 우리의 꿈과 이상이 현실로 나타난다는 걸 안다면 이 방법을 따를 것인가? 우리 마음과 머릿속에 꼭꼭 새겨두어야 할 말이 있다. '우리가 두려워하는 일을

하라.'

죽음이 두렵다면 일주일에 몇 시간을 할애하여 요양원이나 노인 병원에서 자원봉사 일을 해보라. 거절당하는 게 두렵다면 이웃들 중 가장 중요한 사람을 찾아가서 점심을 달라고 부탁해보자. 대중 앞에서 말하는 게 두렵다면 대중 연설 관련 강좌를 듣거나 지역 토스트마스터스 클럽(전 세계적으로 클럽을 운영하면서 소속 회원에게 대화법이나 대중연설, 리더십 기술을 가르치는 비영리 교육단체)에 가서 연설을 하라. 실패가 두렵다면 자신이 실패할까봐 두려워하는 바로 그 행동이나 일을 직접 하라. 처참하게 실패하라. 그리고 실패가 우리에게 가져다주는 모든 기회를 발견하라.

두려워하는 일을 하면 어떤 일이 벌어질까? 처음에는 기분이 좋지 않을 것이며, 불안하고 확신이 서지 않고, 심지어는 자신이 가치 없는 존재로 느껴지기까지 한다. 그러나 두려워하는 일을 하는 것은 양파를 벗기는 일과 같다. 우리가 이제껏 얼마나 불필요한 짐을 지고 다녔는지, 벗기면 벗길수록 자꾸 드러난다. 한 꺼풀 두 꺼풀 새로운 짐이 모습을 드러낼 때마다 이를 벗겨내고 어떤 존재(혹은 존재하지 않은 어떤 것)에 대한 착각이었는지 실체를 밝혀낸 뒤 저 밖으로 던져버려라. 이 실험의 너머에는 두려움을 벗어던진 자유와 꿈의 실현이 우리를 기다리고 있다.

끝없이 이어지는 결단의 연결망

우리 삶의 깊숙한 곳에서는 어떤 숨겨진 힘이 작용하고 있을까? 우리는 이 힘을 어떻게 알아낼 수 있을까? 우리의 결단이 이 세상에 어떤 영향을 미칠까?

1980년에 팀 버너스 리는 제네바에 위치한 유럽 입자물리 연구소에서 소프트웨어 엔지니어로 6개월짜리 일을 맡아 하고 있었다. 이것저것 시험 삼아 해보면서 자신의 메모를 체계적으로 정리할 프로그램을 생각해내려고 애썼다.

팀이 고안한 소프트웨어는 팀의 말대로 하면 "실생활에서 사람들 사이에 무질서하게 이루어지는 관계를 체계적으로 정리할 수 있는 프로그램이다. 우리 뇌는 원래 이런 무질서한 관계를 잘 기억해야 하지만 때로는 그렇지 못한 경우가 많다."

팀은 어린 시절에 보았던 백과사전을 떠올리며 이 프로그램의 이름을 '모든 것에 대한 자세한 사항을 알고 싶은 사람은 안으로 들어오세요'라고 했다.

그 당시 소프트웨어에 담긴 아이디어를 기반으로 하여 팀은 일종의 하이퍼텍스트 메모장을 만들었다. 여기서는 문서에 포함된 단어가 그의 컴퓨터에 들어 있는 다른 파일과 연결될 수 있었으며, 숫자로 이를 표시했다(그 시절에는 마우스가 없었다). 숫자를 치면 소프트웨어가 자동으로 관련 문서를 한데 모았다. 정말 근사하고 비밀스런 작업이었다. 다른 누구도 이 소프트웨어를 사용할 줄 몰랐으며 팀의 컴퓨터에서만 작동되었다.

'다른 누군가의 컴퓨터에 들어 있는 것까지 합치면 어떻게 될까?' 이런 궁금증을 품은 팀은 다른 사람의 허락을 얻은 뒤 새로운 자료를 중앙 데이터베이스에 입력하는 지루한 작업을 수행했다. 다른 사람에게도 그들의 컴퓨터에 있는 문서를 열어 자료를 팀의 컴퓨터에 연결시킬 수 있도록 허용하면 훨씬 더 나은 해결책이 될 거라고 팀은 생각했다. 유럽 입자물리 연구소의 동료에게만 접근을 허용하고 있지만, 왜 꼭 그래야 할까? '세계 모든 과학자들에게 이를 개방하면 안 될까?' 팀의 구상대로 하면 중앙 관리자가 존재하지 않는다. 중앙 데이터베이스도 없을 것이고 스케일링(문서를 편집하거나 사진제판을 할 때 그에 들어갈 사진, 삽화, 그림 등의 도판 크기를 결정하여 그에 맞게 축소하거나 확대하고 잘라내는 것) 문제도 절대 없을 것이다. 모든 것이 마치 정글처럼 제멋대로 커갈 것이다. 아무 제한 없이 자유롭게 무한대로 뻗어나갈 것이다.

우리의 선택이 우리 삶을 만들어간다.
먼저 선택한 뒤 이 선택에 따라 우리가 변화된다.

팀은 훗날 이렇게 말했다. "소프트웨어 문서화에서 사람 명단으로, 전화번호부로, 체계적인 차트로, 아니면 다른 어떤 것으로도 옮겨갈 수 있을 것이다." 팀은 상대적으로 배우기 쉬운 부호화 시스템을 서둘러 만들었고 이를 HTML, 하이퍼텍스트 생성 언어라고 했다. 당연히 HTML은 웹 언어가 되었다. 이렇게 해서 웹 개발자는 포맷을 갖춘 텍스트와 링크와 이미지가 포함된 웹 페이지를 대부분 모으게 되었다.

팀은 주소지정기법을 만들어 각 문서마다 고유의 주소, 즉 보편 출처 확정자, 줄여서 URL을 부여했다. 또한 규약을 만들어 이들 각 문서가 전화로 연결된 여러 컴퓨터상에서 서로 연결되도록 했다. 그는 이 규약을 가리켜 HTTP(인터넷에서 웹서버와 사용자의 인터넷 브라우저 사이에 문서를 전송하기 위해 사용되는 통신 규약)라고 했다.

그 주일이 끝날 무렵, 팀은 월드와이드웹의 최초 브라우저를 만들었다. 사용자는 이를 이용하여 어디 있든 자신의 컴퓨터로 팀의 문서를 볼 수 있었다.

1991년 월드와이드웹은 정보 체계에 질서와 명확성을 부여하는 부호화 시스템을 갖추고 출범했다. 이때부터 웹과 인터넷은 함께 성장했고, 때로는 기하급수적인 성장을 보이기도 했다. 5년도 되기 전에 인터넷 사용자 수는 60만 명에서 4천만 명으로 늘었다. 53일 만에 두 배나 성장한 적도 있었다.

메모를 체계적으로 정리하려고 시작한 팀 버너스 리의 시도가 우리의 생활방식을 바꿔놓았다. 이렇게 세상을 변화시킨 사람이지만, 현재는 MIT의 한 작은 방에서 일하고 있다. 팀은 많은 사람이 그렇듯이 자신의 '발명품'으로 돈을 벌지 않았다. 다음 세기에도 계속해서 '모든 것에 대한 자세한 내용을 알고 싶은 사람은 안으로 들어갈 수 있도록' 하기 위해 뒤에서 조용히 일하는 것에 만족하고 있다.

남은 삶은 24시간뿐, 카운트다운이 시작되었다

오늘 우리가 하는 일은 다른 모든 사람에게도 중요하다. 오늘 우리가 하지 않은 일도 마찬가지로 다른 모든 사람들에게 중요하다. 우리의 실수는 모두 지나간 일이다. 우리 자신을 용서하고 앞으로 나아가야 한다. 우리는 어떻게 살아가야 할지 선택한다. 어떤 선택을 내릴 것인가?

하느님이 우리 안에 부여한 뛰어난 창조적 능력을 마음껏 펼치기 위해서는, 앞으로 이 지구상에서 살아갈 날이 24시간밖에 남지 않은 것처럼 매일매일 살아가라. 우리의 행동은 어떻게 달라질까? 우리의 모습은 어떻게 달라질까? 아침에 자리에서 일어날 때 어떤 마음일까? 출근길에 내 차 앞으로 마구 끼어드는 저 미친 운전자를 어떻게 대하게 될까? 다섯 살짜리 아이에게 뭐라고 인사할까? 밤에 잠자리에 들기 전에 자신에게 어떤 말을 들려주게 될까? 잠자리에 들기 전에 배우자나 부모에게 어떤 말을 들려주게 될까?

남아 있는 24시간

15분간 조용히 앉아 눈을 감고, 지금까지 이 책과 다이어리에서 얻은 아이디어, 생각, 에너지를 마음속으로 가만히 음미해본다. 밝은 미래의 가능성을 향해 마음을 연다.

우리 자신에게 묻는다. '앞으로 남은 24시간 동안 어떤 사람이 되고 싶은가, 무엇을 하고 싶은가?' 우리에게 남은 시간이 모두 24시간밖에 없다면 무엇을 할 것인가? 1분 30초 동안 마음속에 떠오르는 모든 생각을 그대로 다이어리에 적는다.

가장 중요한 것 세 가지를 골라 중요도 순으로 순서를 매긴다. 이 세 가지가 왜 자신에게 그토록 중요한지 이유를 생각하여 옆 칸이나 아랫줄에 적는다.

앞으로 남은 24시간 안에 이 세 가지를 성취하기 위해 지금 당장 무엇을 할 것인지 적는다. 모든 상상력을 펼쳐라. 남은 시간은 24시간뿐이다.

나만의 다른 선택

우리 삶은 선택으로 이뤄진 한 폭의 그림이다. 우리 삶에 의미 있고 지속적인 변화를 가져오기 위해 지금 바로 한 가지 선택을 한다면 무엇을 선택하겠는가?

다음 사항을 잊지 마라. '나는 다른 누구와도 다르다. 이 지구상에서 나와 같은 사람은 한 번도 없었고, 앞으로도 없을 것이다. 내 정신, 생각, 느낌, 사고능력은 오로지 내 안에서만 다 함께 존재한다. 나의 눈은 다른 어느 것과도 비교할 수 없는 나만의 것이다. 이 두 눈은 창문과 같아서 이를 통해 나만의 독특한 영혼을 들여다볼 수 있다. 내 머리카락 한 올 속에도 나만의 독특한 DNA가 들어 있다. 지금까지 지구상에 존재했던 수많은 사람, 앞으로 태어날 수많은 사람들 중 어느 누구도 나와 똑같은 복제 방식을 가지고 태어난 사람은 없을 것이다. 나는 다른 누구와도 다르다. 나는 특별한 존재다. 나는 선택받은 사람이다. 내가 지니는 모든 특성은 결코 흔한 게 아니며 우연히 생긴 것이 아니다.'

우리는 왜 다른 사람과 다른 독특한 모습으로 태어났을까? 다른 변화를 만들기 위한 것이다. 우리는 어떤 점에서 볼 때 이 세상을 바꾸고 있는 중이다. 우리가 내리는 선택, 우리가 행하는 모든 행동이 중요한 의미를 지닌다. 마찬가지로 우리가 선택하지 않은 일, 우리가 행하지 않은 행동이 중요한 의미를 지닌다. 오늘 내가 시작한 일이 연쇄 반응을 일으키면서, 이 안에 얽혀 있는 수백만 명의 삶에 변화를 가져온다. 우리가 깨닫든 그렇지 않든 간에 특정 연쇄반응의 첫 시작점을 선택한 셈이다.

우리가 행동에 옮기는 데 필요한 모든 것이 이미 우리 안에 있으며 선택은 오로지 우리 몫이라는 걸 잊지 마라. 지금 이 순간부터 나는 현명한 선택을 할 것이다. 다시는 내 자신이 부족하다는 생각 같은 건 하지 않을 것이다. 무의미한 생각을 곱씹지 않으며 목적 없이 방황하는 데 만족하지 않을 것이다. 내게는 힘이 있다. 나는 중요한 사람이다. 내게는 선택권이 있고, 내가 바로 선택된 사람이다. 나는 중요한 일을 하기 위해 선택되었다.

- -

주인공처럼 모험적인 삶을 살자

우리는 자기만의 모험을 떠나는 주인공이며, 이제 갈림길에 서 있다. 지금부터 우리가 결단을 내리는 대로 우리의 운명이 결정된다. 그러므로 현명한 선택을 하라. 데이비드 폰더를 비롯한 다른 수십만 명의 여행자가 일곱 가지 결단의 힘을 빌려 자기 삶을 바꾸었듯이, 우리에게도 똑같은 힘이 있다. 이 일곱 가지 결단을 우리 존재방식 속에 하나로 통합하라. 그러면 모험을 하는 동안 우리의 삶이 바뀔 것이다.

책임지는 결단 공은 여기서 멈춘다

지혜를 구하는 결단 나는 지혜를 찾아 나서겠다

행동하는 결단 나는 행동하는 사람이다

확신에 찬 결단 나는 단호한 마음을 가지고 있다

기쁨 가득한 결단 오늘 나는 행복한 사람이 될 것을 선택하겠다

연민 가득한 결단 나는 매일 용서하는 마음으로 오늘 하루를 맞이하겠다

끈기 있는 결단 나는 어떠한 경우에도 물러서지 않겠다

지금까지 이 책을 읽은 동안 이 모든 걸 깨치면서 우리 마음속에 이미 새로운 변화가 시작되지 않았는가? 무엇이 바뀌었는가? 우리는 어떻게 달라졌는가? 주인공이 되어 모든 인류에 긍정적 영향을 미치겠다는 각오가 생겼는가? 이런 변화 양상을 다이어리에 적어보라.

나와 함께할 성공 명상

다음 내용은 우리에게 힘을 주는 조언이다. 이 책에 실린 모든 실전 훈련을 마친 뒤 일상생활 속에서 매일 큰 소리로 읽으라. 이 명상은 우리가 배운 모든 내용을 좀 더 보강하기 위한 것

이다. 앞으로 21일 동안 아침에 일어날 때, 밤에 잠자리에 들 때, 이 내용을 큰 소리로 읽으라. 각자에게 맞게 자유롭게 편집하거나 몇 가지 단어를 바꿔도 된다. 내가 항상 되고 싶어 했던 부모가 될 것이며, 내가 항상 되고 싶어 했던 아들, 또는 딸이 될 것이다. 이 세상에서 가장 멋진 친구가 될 것이며, 어려움에 처한 사람들이 찾는 리더가 될 것이다.

나의 운명은 확실하다. 현재 내가 처한 상황을 내 책임으로 받아들였으며, 앞으로 나아가기 위해 해야 할 일이 무엇인지 알고 있다. 공은 여기서 멈춘다.

나는 모든 만남과 책 속에서 끊임없이 지혜를 구할 것이다. 앞으로 1년 안에 나는 내가 만나는 모든 사람, 내가 읽은 모든 책, 내가 내린 모든 선택을 통해 정말로 다른 사람이 될 수 있다. 나는 봉사하는 마음으로 나의 운명 속으로 걸어 들어갈 것이다.

나는 행동하기로 선택한다. 나는 행동하는 사람이다. 나는 이

여기 한 가닥 실이 있다.
이 실은 오로지 내게서만 시작되며 수십만 명의 삶 속으로 이어질 것이다.
나의 모범, 나의 행동, 나의 결정 하나가
정말로 세상을 바꿀 수 있다.

순간을 놓치지 않을 것이다.

나는 단호한 마음을 가지고 있다. 나는 앞으로 나아갈 것이다. 나의 운명은 확실하다.

나는 웃음 띤 얼굴로 나의 운명을 향해 나아갈 것이다. 왜냐하면 행복한 사람이 되기로 선택했기 때문이다.

내 마음은 가볍다. 왜냐하면 나를 화나게 했던 모든 사람을 용서했기 때문이다. 무엇보다도 나는 나 자신을 용서했다. 진정 새로운 삶이 다시 시작되었다. 앞으로 남은 삶에서 나를 안내해 줄 원칙을 모두 알고 있기 때문이다.

남은 후반전에서 나는 승리할 것이다. 미래는 지금 이 순간 시작된다. 나는 어떠한 경우에도 끝까지 해낼 것이다.

『폰더 씨의 위대한 하루』가 출간된 지 벌써 5년이 넘게 흘렀다. 지금도 서점에 가면 쉽게 만날 수 있는 책이라, 그렇게 많은 시간이 흘렀으리라고는 믿기지 않았다. 초판 발행일을 몇 번이나 확인했다.

이 책의 후속편이라고 할 수 있는 『폰더 씨의 위대한 하루: 실천편』 번역 작업을 의뢰받고 나서 처음에는 솔직히 '벌써 실천편이 나온단 말인가? 인기 있을 때 그 후광을 업고 가자는 건가' 하는 생각도 들었다. 흔히 자기계발서 한 권이 인기를 끌면 그와 별반 다를 바 없는 내용을 가지고 꼬리에 꼬리를 물고 유사한 책이 나오는 걸 익히 보지 않았던가.

그러나 번역 작업을 해나가는 동안 왜 저자가 후속편을 내는 데 5년이란 시간이 필요했는지 이해할 수 있었다. 앤디 앤드루스는 정말 우리에게 필요한 내용을 우리가 제대로 받아들일 수 있도록 하기 위해 5년의 시간이 필요했던 것이다.

『폰더 씨의 위대한 하루』가 우리에게 성공의 지혜를 소개해준 책이라면,『폰더 씨의 위대한 하루: 실천편』은 이 성공의 지혜가 우리 삶의 모든 면에서 작용하는 원리임을 증명해 보이고 우리가 이를 실천하도록 우리 마음을 움직이는 책이다. 우리가 의식하든 그렇지 않든 간에 중력 법칙의 영향권 속에서 살아가야 하듯 이 성공의 지혜, 아니 성공의 원칙은 우리 삶의 모든 면에서 마치 중력처럼 영향을 미치고 있다고 저자는 강조한다.

물론 중력의 법칙을 몰라도 살아가는 데 지장이 없듯이, 성공의 원칙을 몰라도 살아가는 데 큰 문제는 없을지 모른다. 그러나 중력의 법칙을 적극적으로 이용하면서 기술의 발전을 이룰 수 있었듯이, 이 성공의 원칙 역시 적극적으로 받아들여 우리 삶 속에서 실천해나갈 때 우리 삶은 성공의 길로 나아갈 수 있다고 저자는 강조한다.

지난 5여 년 동안 저자는 수많은 독자가『폰더 씨의 위대한 하루』에 나온 일곱 가지 결단을 각자의 삶에 적용한 결과 얼마나 많은 변화를 이루게 되었는지 지켜보면서, 또한 먼 과거의 영웅이나 위인이 아니라 이 시대에 성공을 거머쥔 사람들의 삶을 가까이서 지켜보고 연구하면서 이런 확신에 이르게 되었다.

『폰더 씨의 위대한 하루』에서도 그랬듯이 이 책 역시 재미있는 이야기로 가득하다. 저자가 일곱 가지 성공 원칙의 진실성을 증명해 보이기 위해 들려주는 수많은 삶의 이야기는 그 자체만으로도 읽는 재미가 쏠쏠하다. 저자는 스스로를 가리켜 성공의 원칙을 발견하고 연구하는 사람이라고 하지만, 독자 입장에서 볼 때에는 타고난 이야기꾼에 더 가깝다는 인상을 받는다.

게다가 이 책의 경우 『폰더 씨의 위대한 하루』와는 달리 우리 주변에서 가까이 볼 수 있는 사람들의 이야기를 소재로 삼고 있는 점에서 보다 친근감을 준다. 『폰더 씨의 위대한 하루』에서는 워낙 이름 높은 분들의 삶을 접하느라 우리와는 먼 나라 이야기를 읽듯, 나도 저렇게 한번 살아보았으면 좋겠다는 한숨 섞인 부러움만 가득했다면, 이 책에서는 우리도 얼마든지 성공의 삶을 살아갈 수 있다는 살아 꿈틀대는 자신감을 안겨준다.

『폰더 씨의 위대한 하루』에서 제시되었던 이 일곱 가지 결단이 이 시대 모든 성공의 삶 속에 어떻게 하나의 원칙, 혹은 법칙으로 녹아 있는지 직접 읽고 느끼고 확인해보길 바란다. 자연 법칙을 깨치고 이를 응용하는 자가 앞서가듯이, 성공의 법칙 역시 이를 깨치고 응용하는 자만이 앞서갈 수 있다.

2008년 10월

하윤숙